天から落ちてきた相撲取り

元禄八犬伝　四

田中啓文

集英社文庫

目次

天から落ちてきた相撲取り

元禄八犬伝　四

第一話　天から落ちてきた相撲取り

一

年の瀬である。ふだんは呑気《のんき》に暮らしている大坂の町人たちも、大晦日《おおみそか》が近づいてくると焦りはじめる。一年間、溜《た》めに溜めた「掛け」を支払わねばならないからだ。醤油《しょうゆ》でも酒でも米でも味噌《みそ》でも、生活に必要なものはツケで買い、代金は帳面につけておき、盆と暮れにまとめて支払うのだ。いわゆる「節季《せっき》払い」だが、盆はまだ、

「金がない」

と言えば待ってくれる。しかし、「大節季」である大晦日はそうはいかない。この日に取りはぐれると店側はつぎの盆まで待たねばならないのだ。だから、一日中丁稚《でっち》たちが大坂を走り回って取り立てることになる。居留守を使おうと、泣いても拝んでも脅してもダメだ。丁稚たちも必死なのである。集金できずに店に帰ろうものなら、番頭にどやされる。飯抜きにされる。蔵に放り込まれる。藪入《やぶい》りに家に帰してもらえない。だから、金がないときは着物でも布団でも畳でも引《ひ》っ剝《ば》がして持っていってしまう。この寒

い折に着物がないと年が越せないから、どこかで金を借りて払うしかない。得意先、出入り先、家主、裕福な友人……などであるが、これがなかなか貸してくれないので、皆は借金の算段に大坂中を走り回ることになる。

「そこのおっさん、どいてんか！　わて、急いどるのや」

「わしも急いどるのや。おまえがどかんかい」

「あっ、あんた、大工の藤助《とうすけ》はんやな。ええとこで会《お》うた。ここで会うたが百年目や。ツケ、耳をそろえて払《はろ》てもらおか」

「しもた。酒屋の丁稚や。払いたいけど手元不如意や。また今度な」

「あかん。行ったらあかん」

「こらこら、しがみつくな。着物が破れる」

「払え、払え、払え！　払いたまえ、清めたまえ」

「どけ、ちゅうたらどかんかい」

「あ、痛っ！　こども相手になにするんや」

「おまえが放さんからやろ。ほな、さいならー」

「こらあ、待てえ！」

丁稚は走り、借りた側も走り、町中があわただしい雰囲気に包まれる。

しかし、そんな喧騒《けんそう》とは無縁の連中も少しばかり存在した。浪人網乾左母二郎《あぼしさもじろう》もそのひとりである。夏が来ようが冬が来ようが年がら年中黒羽二重《くろはぶたえ》の単衣《ひとえ》ものの着流しに、漆の剝げた刀を一本、閂差《かんぬきざ》しにした左母二郎は、大あくびをしながら隠れ家に戻るところだった。

だれかが左母二郎の背中にどすんと突き当たった。見ると、若い職人である。

「おっとごめん」

そう言うだけで駆け去ろうとしたので、左母二郎はその手首を摑《つか》んでひねり上げた。

「痛《い》てててて……なにすんのや！」

「それはこっちの台詞《せりふ》だ。ひとにぶつかっといて、詫《わ》びもせずに行こうたあ、どういう了見だ」

「わて、急いどるのや。叔父貴《おじき》に早《はよ》う借りにいかんと……」

「そんなこと俺の知ったこっちゃねえ。とっとと詫びねえか」

「そ、そうか。ほな、謝りとうないけど……しゃあないな。ぶつかってすまなんだ。これでええか」

「それだけか」

「まだ、なんぞあるんか。ちゃんと謝ったやないか」

「馬鹿野郎！」

左母二郎は摑んだ手首を反対に曲げるようにして、男を地面に這《は》いつくばらせた。

「詫びってのは口でするもんじゃねえ。態度で見せてくれ」

「え？」

「金だ。金を寄越《よこ》しな」

「せやから、金がないさかいに借りにいくのやないか。あったら叔父貴のところになんぞわざわざ行くかいな」

「だったら、俺もついていってやるよ。そこでおめえが金を借りたら、そのなかからいくらかくれ」

「暇やなあ、あんた」

「暇だよ。悪かったな。――で、その叔父貴ってのはどこに住んでるんだ」

「堺《さかい》や」

「馬鹿っ！　そんなところまで行けるかよ！」

「せやから、暇やな、て言うたやろ」

左母二郎が憮然《ぶぜん》として手を放すと、男は痛そうに顔をしかめながら行ってしまった。

「ちいっ……どいつもこいつもシケてやがらあ」

左母二郎は小悪党である。ゆすり、たかり、かっぱらい、ぶったくり（強盗）……なんでもする。生まれてから一度も働いたことがなく、剣術の腕はそこらの道場主より優れているが、それをもって身を立てようとか仕官しようとかいった気持ちはまったくない。だれかに仕えて扶持《ふち》をもらう、とか、あくせくして金を稼ぐ、とかいうことを左母二郎はもっとも嫌っていた。ひとに頭を下げる、という発想がそもそもなかった。

(浪人がいちばん気が楽だ。俺の主人は天下に俺しかいねえ。将軍でも、俺はなにひとつしてもらったことがねえから頭は下げねえ)

今、左母二郎が隠れ家にしているボロ家も地主を刀で脅して家賃はタダにしてもらっているし、ものを買っても支払いはだいたい踏み倒してしまう。食いもの屋で飲み食いしても難癖をつけて支払わないので、たいがいの店は出入り禁止だ。無理に入ろうとするとものすごく嫌な顔をされる。醤油屋も味噌屋も米屋も酒屋も「掛け」では売ってくれない。現金払いを要求される。だから、節季払いも大晦日も関係ないのだ。

「頼む、後生や。それだけは堪忍してくれ……！」

心斎橋《しんさいばし》を南へ歩いていると、悲痛な声が聞こえたので、左母二郎はそちらを向いた。「文亀堂《ぶんきどう》」という大きな本屋から男が出ていこうとしている。四十歳ぐらいのしょぼくれた店主らしき男が、その男の腕を摑んで止めようとしている。

「堪忍してくれ、とはひと聞きが悪い。わてが非道なことでもしてるように聞こえるがな。うちはあんたとこが溜めに溜めてる紙代をもらいに来ただけや。もう一年も、一文ももろてないのやで」

「大節季はまだやないか」

「大晦日になったら、よそも掛けを取りにくるやろ。そのまえにもろとかな、取りはぐれる。こっちも支払いに困っとるのや」

「お願いや。あと何日か待ってくれ」

「ほな、大晦日になったら金ができるちゅうのか。金兵衛《きんべえ》さん、なんぞあてでもあるのか」

店主らしき男は、禿《は》げかけた頭を振って、

「あてはない……」

「ほな、あかんがな」

「ことはない。ほんまや。もしかしたら大金が入るかもしれんのや。頼むさかい来年の春まで待ってくれ」

「アホなこと言うな。そんな『もしかしたら』……みたいなええかげんな話に乗ったら大怪我《おおけが》する。今あるだけでももろうていく」

「わての母者人《ははじゃびと》がずっと患いついてて、医者への薬礼が溜まってしもて、もう薬をくれんのや。あちこち頭下げて、やっとかき集めてきた金……持っていかれたら母親が死んでしまう」

「あのな、医者には掛けを払うて、うちには払わん、とはどういうことや。紙もあんたとこの商売には大事なもんやろ。その話聞いたらよけいにこの金、もろていかなおさまらん。悪う思わんといてや」

摑まれた手を振り切って歩き出した男のまえに店主は回って、土下座した。

「たしかに本屋にとっては紙も糊《のり》も墨も大事や。せやけど、母親の命には代えられん。あてがあるのや。金が入ったらすぐに払う。わてを信じてくれ」

「そのあてというのはなんやねん」

「賭けがあるのや」

「博打《ばくち》か？　そんなええかげんなもん、あてにできるかい。でたらめ抜かして乗り切ろうとしとるな。その手は食わんぞ」

「博打やない。賭け相撲や。大晦日に賭け相撲がある。うちのせがれは相撲がめちゃくちゃ強いのや」

「わて、相撲なんぞにはまるで関心ないねん。けど、それでもたかだか素人《しろうと》相撲に賭けたぐらいでどれほどの銭がもらえるか、ぐらいのことはわかる。あんたのせがれがどれだけ強いか知らんけど、大名のお抱え力士ならともかく、素人がなんぼほど稼げるちゅうねん。その場しのぎの言い逃れもたいがいにせえ！」

男は店主の顎を蹴り上げた。店主がのけぞって倒れたとき、店のなかから若い男が現れた。筋骨たくましく、盛り上がった肩や胸は鉄のように硬そうだ。偉丈夫で、腕も太く、まるで金剛力士か仁王のようである。

「わしのおとうになにをする！」

その男は掛け取りの男の帯を両手で摑むと、投げ飛ばした。砂だらけになった掛け取りは這って逃げようとしたが、仁王男はそこにあった大きなべか車《ぐるま》を積んであった荷物ごと持ち上げ、男に叩《たた》きつけようとした。

「ひえーっ！」

掛け取りは悲鳴を上げ、店主らしき男が、

「あかん！　大作《だいさく》、やめんかっ！」

そう叫んだ。仁王男は掛け取り男目掛けて途中まで振り下ろしかけたべか車をぐっと止め、やや外れた方向にぶちまけた。そこにたまたま左母二郎が立っていたのだ。蒼白《そうはく》になりながらも、左母二郎は腰を落として咄嗟《とっさ》に刀を抜いた。居合いである。べか車は見事に真っ二つに切断され、右と左に分かれて地面に落ち、荷物が散らばった。

「なにしやがんでえっ！」

左母二郎が叫んだ瞬間、掛け取りの男が桶《おけ》が転がるように逃げ出した。店主があわてて飛んできて、

「すんまへん！　うちのせがれがとんでもないことといたしまして……」

仁王男も申し訳なさそうに頭を下げている。

「せがれだと？　こいつぁおめえの息子かよ」

左母二郎は内心、

（しめた。息子の不始末てえことで金がふんだくれそうだぜ……）

と思った。

「どうぞ、なかに入っとくなはれ。なにもできまへんが、お詫《わ》びのしるしにお茶でも差《さ》し上げます」

左母二郎は父子のあとについて店に入った。いたるところに美濃紙《みのがみ》や製本された大小の書物が積んであり、ふたりの丁稚がそれを整えたり、紐《ひも》で結わえたり……と忙しそうに働いていた。

「お茶なんていらねえよ。下手《へた》すりゃ死んでたとこだ。いくらか出せ」

「はははは……あんさん、ずばり言いますなあ。けど、それは無理だす。今、うちはまるで金がおまへんのや」

「今の男に言ってたのを聞いたぜ。医者に払う金はあるんだろ。それを、全部とは言わねえ。半分だけ寄越しな」

左母二郎が手を出すと、大作と呼ばれた仁王男がまえに進み出て、

「おまえもさっきのやつとおんなじか！　おばあの薬代は死んでも渡さん！　そのドタマカチ割ったる！」

そう叫ぶと、紙のうえに重石《おもし》として置かれていた長い鉄の板を持ち上げ、頭のうえに

振りかざした。左母二郎は驚いて飛び下がり、

「ま、待った。わかったわかった。金はいらねえよ。こんなものぶつけられたらあの世行きだ」

店主は苦笑いして、

「大作、やめんか。力を頼んでだれかれ構わず乱暴を働いてはならん、とあれほど言うたやろ」

「けど、おとう、こいつ、おばあの金を……」

「このお方は紙屋とおまえの喧嘩《けんか》の巻き添えになったのや。ほんまはなんぼか包んでお帰りいただくのが筋やが、情けないことに今のうちにはわずかな金もない。ひたすら頭を下げるしかないというのに、『ドタマカチ割る』とはなにごとや。――ご浪人さん、すんまへん。いつかお金ができましたらお詫びさせてもらいますさかい、今日のところはご勘弁を……」

「わかったよ。それにしても、おめえのせがれ、とんでもねえ力だな」

上がり框《がまち》に腰を下ろした左母二郎は言った。

「わしは素人だが、どんな玄人《くろうと》力士にも負けんわい」

店主はため息をついて、

「てまえは文亀堂金兵衛と申します。うちはご覧のとおり本屋渡世をいたしております

が、せがれは生来力自慢のうえ、相撲が大好きで、母親を早くに亡くしたあとわてが甘やかしたからか、家業も継がず、鎧竜《よろいりゆう》という四股名《しこな》をつけて素人相撲に精を出し、こんな具合になってしまいました」

「素人相撲にしとくにゃ惜しいぜ。本職になりゃあ、かなり番付はうえだろう」

「こいつもそれを望んどりますのやが、こんなせがれでもうちの唯一の跡取りでおますさかい、相撲取りにするわけにはまいりまへん。その代わり、素人相撲ならなんぼでも取ってええ、と思いとどまらせとりますのや。——あんさんにはお茶より酒のほうがよろしいやろ。燗冷《かんざ》（燗をつけた酒が残ったのを、冷まして、瓶などに保存してあったもの）しかおまへんけどな……」

左母二郎は女子衆《おなごし》が持ってきた酒を飲み、丁稚の働きぶりを見ながら、

「けどよ、おめえさんとこ、なかなか繁昌《はんじよう》してるようじゃねえか。どうして金がねえんだ？」

「じつは……一年ほどまえに出した本が禁書になりまして……」

「禁書……？　政《まつりごと》でも難じたのか？」

「とんでもない。うちは本屋というても地本《じほん》問屋で、扱《あつこ》うとるのは浮世草子、草双紙、仮名草子みたいな柔らかいもんばかりだす。ところが、三冊立て続けに禁書を食らいまして……ちゃんとまえもって仲間内の吟味を受けたうえで、お奉行所にも中身をお渡し

して、お許しを得たさかいに版木を彫ったのに、本が店先に並んだときを見澄ましたように、『売ることまかりならん』……小売り店からも荷売りの本屋、貸本屋からも全部引き上げて……大損ですわ。それまでうちは、表通りにこの三倍からある大きな店を構えとりましたのやが、ここに逼塞《ひっそく》ということになり、丁稚、手代の数も三分の一に減らして、細々と商いさせてもろてます」

「禁書になった理由はなんなんだ」

「それが、町奉行所におききしても、著しく風紀を乱すから、としか返答がおまへんのや。それやったら先に言うてくれ、と思います。まるで、町奉行所がわざとうちを潰そうとしているみたいな……」

「おめえ、なにか思い当たることがあるんだろ。言っちまいなよ」

「今日お会いしたばかりのお方にこんなこと申し上げるのはどうかと思いますけど、わても腹に溜めてるのが苦しいさかい、言うてしまいますわ。――ここ心斎橋で、うちと同業の『万書堂《まんしょどう》』という地本問屋がおますのやが、うちが禁書を食らうたびに、ほとんどおんなじような中身の本をそのあとに出して、えらい儲《もう》けてはりますのや」

「同じような中身なら禁書になるはずだろう」

「それが……なりまへんのや。向こうはうちとは逆に、店を大きゅうして、今では本屋講の講中頭《こうじゅうがしら》だす」

「つまり、『万書堂』の差し金だ、と……」

「そこまでは言うてまへん。なんの証《あかし》もおまへんさかいな……。けど、なんでお奉行所が向こうに肩入れするのかがわかりまへんのや」

「ふーむ……」

「そういうわけで、あちこちへの返済がとどこおったうえに、母親が病気になって……さっきみたいな恥をさらすことになりました。あんさんにまでご迷惑をおかけして、まことに申し訳ない」

左母二郎は燗冷を飲み干すと立ち上がった。

「邪魔したな。じゃあ、帰らあ」

「すんまへんなあ、お詫びのお金もお渡しできず……」

「ないところからはとれねえ。俺にもそれぐれえの理屈はわかるぜ。——けど、おめえ、さっきの野郎に、大金が入るかもしれねえあてがある、とか、賭け相撲とか言ってたな」

「ああ、あれだすか。今度、大坂で相撲興行がおましてな、萩《はぎ》の毛利《もうり》の殿さまのお抱え力士たちと大坂の何奴《なにやつ》部屋の力士たちが取り組みますのやが、萩の鮫ケ海《さめがうみ》ゆうのがめちゃくちゃ強いらしい。何奴部屋の顔ぶれでは負けるさかい、ゆうて、何奴部屋の親方がうちのせがれに助っ人を頼みにきはったんだす」

「玄人が素人に助勢を乞うたあてえしたもんだな」

「うちのせがれが玄人以上に強いのは大坂では知れ渡っとりますからな。今度の相撲の興行主は縄田屋《なわたや》さんという船場《せんば》の生糸問屋の主《あるじ》さんらしいけど、大の相撲好きで、そのお方の口利きやそうだすわ」

「おめえのせがれはその、鮫なんとかてえやつより強《つえ》えのかい」

「そればかりはやってみなわかりまへんけど、その興行が賭け相撲になっとるんだす。もし、わては、何人かの高利貸しから大金を借りまくって、せがれに賭けとりますのや。もし、優勝できたら賞金ももらえるし、賭け金ももらえる。それに一縷《いちる》の望みを託しとります。もし負けたら店を畳むしかおまへんけど、もし勝ったら……」

「そんときゃあ礼金を頼むぜ」

左母二郎は店を出ていこうとした。

「あの……あんさんのお名前は？」

「俺か？　さもしい浪人網乾左母二郎、てえのさ」

店を出た左母二郎は、なおも心斎橋を南に下り、道頓堀《どうとんぼり》に沿って東に折れた。彼の隠れ家は長町《ながまち》裏にある。大坂でも名高い貧乏長屋の建ち並ぶ一角で、長屋の木戸をくぐるとその内部は迷宮のようになっている。その場しのぎの建て増しを繰り返したからだが、その建て増しは今も続いている。貧乏人に交じって、博打打ち、ヤクザもの、キツネ落とし、インチキ医者、夜鷹《よたか》、男娼《だんしょう》……など、いかがわしい連中が住み暮らしていて、戸も畳も天井板も箪笥《たんす》も火鉢もなく、へっついさえ売ってしまったような家も多い。いわゆる「お上《かみ》」の目がもっとも届きにくい場所なのである。もし、町方役人やその手下が入り込もうものなら、その理由を説明するまえに袋叩きに遭うだろう。

左母二郎の隠れ家はこの長屋ではなく、そこをくねくねくねくねと通り抜けた先にある二階建てのボロ家だ。行きつくには長屋をかならず通らねばならないので、隠れ家にはもってこいなのだ。

「おい、帰ったぜ」

そう声をかけながら左母二郎は菱形《ひしがた》に歪《ゆが》んだ戸をこじ開けた。しかし、同居人である鴎尻《かもめじり》の並四郎《なみしろう》からの返事はない。

「留守か……?」

そう思ったとき、

「おーい、左母《さも》やん、ここや！」

うえのほうから声がした。二階か。いや、そうではなさそうだ。左母二郎は外に出た。

「ここ、ここ！」

左母二郎が隠れ家の屋根を見上げると、そこに並四郎が上っていた。

「おめえ……なにしてんだ」

「見たらわかるやろ。布団干しとるのや」

よく見ると、並四郎は屋根のうえに布団を大量に広げている。どれもこれも、なかから綿が出てしまったようなボロ布団だ。布団の四角《よすみ》には石を置いて、風で飛ばないようにしているのも並四郎の細かい性格を表していた。

並四郎はのっぺりした顔立ちで、月代《さかやき》や髭《ひげ》も神経質なほどきれいに当たっており、月代を伸ばし放題にしている左母二郎とは対照的だが、なぜかふたりは馬が合って、一緒に暮らしている。洒落《しゃれ》た柄の着物を着て、帯や小袖、足袋《たび》などにも一分の隙もなく、斜めにした髷先《まげさき》や紫色の元結も粋で、一見、どこかの若旦那風の拵《こしら》えだが、その正体は天下の大盗《たいとう》かもめ小僧である。

悪徳商人の屋敷に、

〇〇屋主《あるじ》殿、御差し支えなくば明晩〇の刻〇〇を頂戴すべくそちらに見参いたしまする。かもめ

という「予告状」を送りつけたうえで、厳重な警戒のなかを指定の品を盗み取り、かもめが群れ飛ぶ戯画を描いた紙に、

御役人衆御役目御苦労なれどけふもうまうま盗めたかもめ

という、役人をからかう文句を残していく。いつも威張りくさっているお上の顔を丸つぶれにして、大坂の町人たちの溜飲《りゅういん》を下げてくれる大人気の盗賊である。「七方出《しちほうで》」という変装術に長《た》けており、顔の形から背丈、体格、声まで自在に変えて別人になりきってしまう。その技には左母二郎《ましら》も感心するしかなかった。また、体術も抜きんでていて、どんな高い場所でも猿のように登っていく。だから、並四郎にとって二階建ての家の屋根ぐらいは地面と同じようなものだろう。

「なんでそんなことしてるんだよ」

「なんでて、うち、物干しないさかいや」

「そうじゃねえよ。布団なんて干したことといっぺんもねえだろ。どういう風の吹き回しだ？」

「船虫《ふなむし》に怒られたんや。こないだ、寒いさかい、うちの布団にくるまってたらノミやらダニやらが移ってかゆなった、て……」

「そりゃあ八房《やつふさ》のせいだろ」

彼らは、理由《わけ》あって、将軍綱吉《つなよし》の愛犬である八房という子犬をときどき預かっているのだ。その八房は今、土間にある犬小屋でくうくう眠っている。

「そうかもしれんけど、船虫が、布団をお天道《てんと》さんに干さないからや、てえらい剣幕でな……わてもしかたなしにこんなことしとるのや。今日はええ天気やからよう乾くやろ」

　左母二郎はため息をついた。大盗かもめ小僧のやることとしてはかなりしょぼいではないか。

「船虫はどこ行ったんだ」

「酒買いにいった」

「金は？　たぶん今日はどこの酒屋もツケじゃあ売らねえだろ」

「一文、二文とあちこちから掻《か》き集めたら三百文ほどあった」

「お、そいつは豪儀だ。安酒なら二升は買えるぜ」

　そのとき、

「左母二郎、酒、買ってきたよ」

　現れたのは、二十五、六の年増女だった。目尻の吊《つ》り上がった猫のような目、つんと突き出した鼻、おちょぼ口に派手な口紅。薄い色合いの振袖に博多帯《はかたおび》を締めている。商売女とも素人ともつかぬが、だらしなく開けた胸もとや短い裾からのぞく白い太ももなど、少なくともあばずれであることはまちがいない。船虫、という女で、名前からもわかるとおり札付きである。左母二郎、並四郎と仲が良く、この隠れ家に入り浸っている。もちろん稼業は悪事で、盗みやゆすり、美人局《つつもたせ》……殺し以外はなんでもする。しかし、仲間と思って気を許していると、左母二郎たちをだまくらかし、あっさりと役人に売り渡すことも辞さないしたたかな女である。一番好きなものは左母二郎でも並四郎でもなく、「金」なのだ。しかし、ほとぼりがさめたら、またしれっと戻ってくるし、ふたりも怒るわけでもなく、酒を酌み交わしている。腐れ縁、というやつだ。

「船虫、ご苦労。おめえも飲んでいくかい」

「あったりまえだろ。ひとさまが飲む酒をうれしそうに買いに行く酔狂ものがいるかい」

「そりゃあいい。早速飲もうぜ」

「アテはあるかい？」

「買ってこなかったのか」

「お酒だけでからっけつになっちまったよ。だいたいあんたたち、料理なんかしないだろ」

「しねえよ。おめえはどうなんだ」

「あたしゃ包丁見ると蕁麻疹《じんましん》が出る性分なのさ」

「ちっ……」

「なにかないのかね、この家は」

「ああ、大根の漬けものがあらあ」

「じゃあ、出してきてよ」

「俺がか？」

「当たり前だろ。あたしのお手てを糠味噌《ぬかみそ》臭くするつもりかい？」

というわけで、結局は左母二郎が糠の桶から大根の漬けものを出してくるはめになった。いつ漬けたのかわからぬほどで、しなしなに萎《しな》びており、おそらくはかなりしょっぱいと思われた。水でざっと洗い、

「なんで俺がこんなことをしなきゃならねえんだ……」

ぶつくさ言いながらも包丁で切っていると、屋根から下りてきた並四郎が、

「うーん……」

「どしたい」

唸《うな》りながら雲行きを眺めている。

「ええ天気やったんやけど、なんか雲行きが怪しいな」

船虫も、

「あたしも、帰ってくるとき、妙な風が吹いてきて、変だな……と思ったんだけどさ」

「雨でも降るんかいなあ。せっかく布団干したのに……。どないしょ。下ろそか」

左母二郎が、

「濡《ぬ》れるのはしかたねえとしても、風で飛ばされたりしちゃコトだぜ」

「石載せてるさかい、それはないと思うけどなあ……」

船虫が、

「まあ、様子を見ようよ。パラッと来たら下ろしゃいい。かもさん、あんた、屋根ぐらいすぐに上がれるんだろ」

「目ぇつむってても上がれるで」

「じゃあとりあえず飲もう」

三人は家に入り、湯呑《ゆの》みで酒を飲み始めた。船虫が一杯目をひと息で飲み干すと、

「ああ、お金が欲しいねえ。お金さえあれば、鯛《たい》のお造りに潮椀《うしおわん》を肴《さかな》に美味《おい》しく飲めるっていうのに、こんな大根の漬けものじゃあ、酒がはかどらないよ」

そう言いながら、早くも二杯目を注《つ》いでいる。

「まあ、そう言うな。俺も金は欲しいが、あくせくするぐれえならいらねえや。こういう暮らしっぷりにもいいところはあるぜ」

「どこがいいのさ」

「たとえば、世間の連中が師走《しわす》だ年越しだとバタバタしてるときに、こうして昼酒かっ食らって寝ていられる」

並四郎が笑って、

「ははは……そらまあそやな」

そのとき、どこからともなく、ごうっ……という音が聞こえてきた。風が吹いた、というより、巨大な獣が唸っているような低い音と、キーン……というような高音が同時に鳴っている。

「なんの音だ……？」

左母二郎は飲んでいた湯呑みを置いて立ち上がり、外に出た。雨は降っていないが、墨一色で描いたような真っ黒な雲が空全体を覆い、それがブドウの房のように垂れ下がっている。強いが生温かい風が吹いており、次第に強さを増している。

「な、なんだ、ありゃ」

遠く、木津川《きづがわ》のあたりに、空から一本の紐のようなものが伸びているのが見えた。それはくねくねと身をよじらせるようにしながら移動している。並四郎と船虫も出てきて、左母二郎とともにその物体を眺めている。轟々《ごうごう》という唸りはますます大きくなり、周囲に満ちた。紐状のものが日吉橋《ひよしばし》に接近した瞬間、

「あっ……！」

船虫が叫んだ。橋が消えたのだ。なんの音もせず、あっけなくへし折れてしまった。

「あれは竜巻や」

並四郎も叫んだ。

「ヤバいよ、こっちに来るよ」

船虫は悲鳴のような声を上げた。日吉橋に続き、汐見橋《しおみばし》も吹き飛んだ。瓦礫《がれき》は巻き込まれて、空に昇っていく。左右にあった人家もつぎつぎと崩れて、吸い上げられていく。

「どうする？　逃げようか」

船虫がそう言った途端、竜巻は消滅した。

「よかったー。消えちゃったよ」

左母二郎が、

「いけねえ。なかに入れ！」

船虫の手を引っ張って隠れ家に飛び込んだ。並四郎もふたりに続いた。つぎの瞬間、豪雨のような音とともに周辺の地面になにかがぶちまけられた。おそらく竜巻に吸い上げられて回転していた無数の瓦礫が落ちてきたのだろう。雹《ひょう》が叩きつけているような音はしばらく続き、ようやく静まった。

「あー、危なかった。あのまま外にいたら死んでたかも……」

並四郎がそう言いかけたとき、屋根のほうから耳が聞こえなくなるほどの轟音がして、家が前後左右に激しく揺れた。八房がきゃんきゃんと吠《ほ》えたてている。

「地震や！」

並四郎が叫ぶと、

「ちがう。雷が落ちたんだよ！」

船虫が真っ青になってそう言った。ようやく揺れが収まったとき、一階の天井が下向きに膨れ上がったように見えたかと思うと、めきめきと亀裂が走り、なにか大きなものが三人の目のまえにずどんと墜落し、半ば畳にめり込んだ。

「ひいいっ……！」

船虫は悲鳴を上げて飛びのき、左母二郎は刀の柄《つか》に手をかけて身構えた。濛々《もうもう》と上がる埃《ほこり》のなかに三人が見たものは、どう見ても「人間」だった。しかも、かなり巨大な体《たい》軀《く》の「大男」である。びりびりに破れてはいるが、鮫の柄の浴衣《ゆかた》を着ている。しかも、男のまわりにはまだ生きている魚が十数匹跳ねている。

「なんだ、こいつぁ」

船虫が震えながら、

「わかった。やっぱり雷さまだ。ほら、雲のうえじゃあ雷さまが太鼓叩いてるっていうじゃないか。それがうっかり足を滑らせて落ちてきたんだよ」

並四郎が、

「アホか。角もないし、虎の皮のふんどしもしてへんやないか」

「じゃあ、どうして空から降ってきたんだい」

「今の竜巻に巻き込まれたんやろ。――死んでるんやろか」

左母二郎が、

「あの高さから落っこちたら、たいがい死ぬだろうぜ。とにかくこんなところに埋まってられちゃ困る。掘り出すとするか」

そう言うと、畳から突き出ている男の腕を摑んで引っ張ろうとした。しかし……。

「重い……！」

その言葉を聞いた並四郎も手伝ったのだが、引っ張ろうが押そうが男の身体《からだ》はびくとも動かない。ふたりはへとへとになり、

「しゃあないな。これは黒鍬《くろくわ》（川普請や道路工事などを請け負う人足）の連中を雇わなあかんわ」

並四郎がそう言ったとき、

「うがあああああっ……！」

咆哮《ほうこう》とともにその男は腕をぶるん、と振るった。さすがの左母二郎も驚いて飛びすさった。男は畳に手を突いて、

「うぐぐぐ……がああっ！」

呻《うめ》き声を上げながら、おのれの身体をじりじり持ち上げていき、なんとか畳から脱《ぬ》け出した。顔も肩も胸も血だらけで、あちこちに大きな傷がある。左母二郎は刀に手をかけ、

「こ、こいつ、生きてやがったのか。いつでも相手になるぜ」

男はきょとんとした顔で、

「なにを申さるる。わっしは手向かいなどいたさぬわい」

そして、頭を抱えるようにして、

「ううう……頭《つむり》が痛い」

当たり前である。はるか上空から落下したのだ。命があっただけでも驚きである。どうやら骨も折れているようだ。しかし、しぼった手ぬぐいで船虫が血糊を拭っているあいだも、男は唇を噛《か》んで、泣きごとを言わなかった。

「おめえはどこのだれだ」

左母二郎が言うと、

「わっしは……わっしはその……」

そう言いかけたあと、

「うう……ううう……うわあああ……わからぬ。わっしはどこのだれじゃ！」

「名前もわからねえのか」

「うう……うう……」

並四郎が、

「どうやら落ちたときに頭を強く打って、おのれのことを忘れてしもたらしいな。そのうち思い出すやろ」

左母二郎はその男をしげしげと観察した。色白の巨体、町人髷、巨木のように太い腕、盛り上がった肩や胸の筋肉、突き出た腹……。

「おめえ……相撲取りじゃねえのか」

「相撲……相撲……どこかで聞いたことがある言葉じゃが……ううう……」

狭い額、薄い眉、どんぐりのような目、への字に結んだ分厚い唇、四角い顎、左の頬に古傷がある……という顔立ちの男は、眉間に皺《しわ》を寄せてしばらく考えていたが、

「だめじゃあ。なにも思い出せぬ」

そう言うと横たわったまま両腕を左右にどたんと広げた。全身に脂汗がにじんでおり、苦しそうに熱い息を吐いている。

「こりゃあ医者に診《み》せたほうがいいねえ」

船虫が言った。左母二郎が、

「となると……馬鹿野郎だな」

馬鹿……ではなく馬加大記《ばかだいき》という妙な名の医者がいる。本当は「まくわり」と読むのだが、あまりに皆が「ばか」「ばか」としか呼ばないため、当人も「ばか」と名乗っている。もともと船虫に大の執心だったが、気のいい人物で、今ではすっかり左母二郎、並四郎とも打ち解けている。大酒飲みで無頼ものなので、左母二郎たちも素性を隠すことはない。しかし、なぜか医者としての腕は相当いいのだ。

「そうだね。あたしが呼んでくるよ」

船虫はすばやく酒を湯呑みに注いでぐいと飲み干すと立ち上がり、隠れ家を出ていった。並四郎も、

「わては二階を見てくるわ」

そう言って階段を上っていったが、しばらくするとけらけら笑いながら下りてきた。

「どうしたんでえ」

「あはははは……あかんわ。めちゃくちゃや。屋根に穴があいてる……というより屋根がない。空がよう見えるわ。瓦が二階中に積もってるし、布団ももう使えんやろ。けど、あの布団のおかげでこいつ、命があったのかもしれんな」

「おいおい、雨が降ったらどうするんでえ」

「知らんがな。そこら中洪水みたいになるやろな」

左母二郎はため息をついた。

(よくよく相撲取りに縁のある日だな……)

そのとき左母二郎は、自分が相撲をめぐる大騒動に巻き込まれようとは思ってもいなかった。

◇

「ばかを連れてきたよ、ばかを」

船虫の声がした。

「大声でばか、ばかと言うな。世間体が悪い」

男の声がした。左母二郎は二階から下りてきた。右手に金づち、左手には釘《くぎ》を持っている。坊主頭をてからせた男が、

「なにをしておるのだ」

「見りゃわかるだろ。大工仕事さ。屋根が潰れちまったんで、でけえ青い布をかけて紐でくくって、それを釘で打ちつけたんだ。多少の雨ならもつだろうよ。――馬加先生、そこに寝てるだろ。そいつが天から降ってきやがったのよ。診てくんな」

「うむ、こいつか……」

馬加は、うんうん唸っている男をちらと見たあと、畳のうえの湯呑みに目をとめ、

「わしにも酒をくれ」

「療治のまえに飲んでもいいのか」

「わしは一応医者を稼業としておるゆえ、普段はタダでは診ぬが、船虫ちゃんのたっての希望ということで来てやったのだぞ。酒ぐらい飲ませろ」

「わかったわかった。そこの一升徳利から勝手に好きなだけ飲んでくれ」

馬加大記は二杯立て続けに飲み干すと、

「ほかの医者は知らぬが、わしはこうすると診療に弾みがつくのだ。――それにしても

よく肥えた男だな」

　左母二郎が、

「落ちてきてすぐはしゃべってたんだが、だんだん苦しそうになってきたのさ」

　馬加は男の額に手を当てると、

「ひどい熱だな。船虫ちゃん、濡らした手ぬぐいを持ってきてくれ」

　そう言ったあと、大男の身体のあちこちを調べていたが、

「あばらが折れているし、脚も折れている。そのほか身体中に傷を負っている。頭蓋や首、背骨なぞが無事だったのが奇跡だわい。これだけの大怪我だと、このあと熱はますます上がるだろうて」

「助かるのか」

「五分と五分というところだろうな。体力はありそうだから、あとは運次第だが……普通は竜巻に巻き込まれるだけでも五体がばらばらになって死んでしまう。それを、あれだけの高さから墜落して、屋根を突き破ったというのに、怪我で済んだということは、この男、運も持っていそうだぞ」

「なるほどね。――で、どうするんだ」

「今から荒っぽいことをする。気の弱いものは見ぬほうがよいぞ」

「俺《おら》ぁ大丈夫だ」

「あたしも大丈夫。たぶん……」

馬加大記は木綿糸のついた太い縫い針を取り出すと、飲んでいた酒を吹きかけ、いきなり男の怪我の部分に突き刺した。

「おい、なにしやがる」

「黙って見てろ。縫い合わせると治りが早いのだ。わしは金創術《きんそうじゅつ》も学んだのだぞ、すごいだろう」

「へっ」

左母二郎は鼻で笑った。馬加はぐいぐいと慣れた手つきで傷口を縫合したあと、酒をその部分に垂らした。大男は、

「う……ぐ……があっ」

と呻いて身をよじった。

「痛いか。痛いということは生きとるという証だ。ええこっちゃええこっちゃ」

残った酒を飲んでしまうと、馬加は休むことなくつぎの傷口の治療に取り掛かった。こうしてすべての傷を縫ったり、薬をつけたり、骨の折れたところに添え板をくりつけたり……という作業が終わったのは二刻《ふたとき》(約四時間)後だった。大男は気を失っている。

「ふう……さすがのわしも疲れたわい。助手も使わずにたったひとりでこれだけの治療ができるとはたいしたもんだ、と思わぬか」

「いや、思うよ。てえしたもんだ」

「塗り薬と飲み薬を作っておくゆえ、半刻ほどしたら船虫ちゃんに取りにこさせてくれ。塗り薬は布に塗り付けて、それを傷口に貼り、一日一度取り替えるのだ。飲み薬は芍《しゃく》薬《やく》で、痛みを止める効がある」

「効くのか」

「なあに、気休めだ」

そう言うと馬加大記はにやりと笑い、また酒を飲んだ。

「馬加先生、この男、なにものだと思うね」

「わからぬが……体格から見て、おそらく相撲取りでもあろう。舟に乗っていて、竜巻に巻き込まれたのではないか」

「俺も同じ見立てだが……こいつがまだ話ができるときにたずねてみたら、おのれがどこのだれか、名前も思い出せねえ、と抜かしやがった」

「それは『健忘』というやつだ。頭を強く打ったりするとそうなる」

「治るのか？」

「空から落ちて一時狼狽《いっときろうばい》したのが因ならそのうち治るだろうが、頭のなかがどうかなっていたら一生そのままかもしれぬ」

「困ったな。こんな野郎、いつまでも置いとくわけにゃいかねえぜ。ここは一応、隠れ家なんだ」

「これも因果と思うてあきらめるんだな。——では、わしはこれで帰る。くれぐれもおまえがたではなく、船虫ちゃんに薬を取りに来させるようにな」

「ちっ……とんだ厄介者をしょい込んじまったぜ」

左母二郎は大男を見て舌打ちをした。

◇

船虫は、言われたとおり馬加大記の家に薬を取りにいった。馬加は下心を隠そうともせず、酒を飲んでいけと勧めてきたが、船虫はきっぱり断った。

「あんたと飲んでもあたしの得にならないからね」

「薬礼なしにあの男を診てやったではないか」

「あいつこそ、あたしとはなんの関わりもない。いきなり落ちてきたんだ。いい迷惑だよ。あたしゃ忙しいのさ」

「なにが忙しいのだ」

「年の瀬だからね。あたしも世間並にやりくりしないとならないのさ」

もちろんそれは嘘《うそ》である。船虫は左母二郎や並四郎同様、師走だろうが正月だろうが暇なのだ。そして、そのことを馬加大記もわかってはいるのだが、

「つまらんのう。しかたない。ひとりで飲んで寝るか」

「そうなさい、そうなさい」

船虫に嫌われたくない馬加は頭をつるりと撫《な》でて苦笑いした。

薬を持った船虫はふたたび左母二郎たちの隠れ家を目指した。今日はもう二往復もしている。いい加減脚がくたびれてきた。道頓堀沿いに歩くと、竜巻の被害が甚大であることがわかった。通り道になった付近の家はことごとくぺしゃんこに潰れ、瓦礫の山と化していた。橋は落ち、木は薙《な》ぎ倒され、屋形船や漁師の舟が陸《おか》でばらばらになっていた。怪我人も多く、亡くなったものもいるらしい。後始末には当分かかりそうだ。町奉行所の役人が出張っていて、被害状況を調べていた。

（ああ……怖いねえ。本当に竜が通ったみたいだ。左母二郎のところは遠く離れていたから、とばっちりといえばとばっちりだけど、屋根に穴が開いただけで済んでよかったよ……）

師走の忙しい最中に起きた自然災害にとまどいながらも、大坂の町の衆たちは相変わらず大晦日に向けての金の算段に追われているようだった。大通りの人出はふだんの二倍ぐらいで、ひとびとの歩む、あるいは走る速度もふだんの倍ほどのように船虫には思われた。

（左母二郎じゃないけど、どうしてこんなにあくせくするんだろうね……）

船虫がそんなことを思ったとき、だれかが船虫の腰のあたりにぶつかった。

「なにするんだよ！」

反射的に船虫がそう叫ぶと、相手は、

「ご、ごめんなさい、おばちゃん」

「おばちゃん……？」

見ると、まだ十二、三の娘である。どこかの商家の使いでもあろうか、お仕着せらしき着物を着てこちらを上目遣いで見ている。

「あんたねえ、ひとにぶつかっといて『おばちゃん』はないだろ？『きれいなおねえちゃん』と言えないかね」

「ごめんなさい……ほな、うち、これで……」

ぺこり、とおじぎをして走り去ろうとした娘の腕を船虫は摑んだ。

「それじゃダメ。きっちり謝ってもらおうかい」

「うち、節季で忙しいねん。これからあっちゃこっちゃ回らなあかんさかい、堪忍して」

船虫はかぶりを振り、

「あんたの性根を叩き直してやろうかね」

船虫は娘を近くの商家の庇《ひさし》の下に引きずっていった。そして、娘をにらみつけ、その頰をびんたした。

「これ、やめい」

凛《りん》とした声が響き渡った。船虫がそちらを見ると、頭巾をかぶった武士が立っている。身なりは立派で、着物も両刀も帯、履物にいたるまで金のかかった拵えである。羽織は金の縫い取りがしてあり、身分の高さを示していた。供侍なのか、左右にひとりずつ若い男が従っている。

「なんだい？　あたしに文句でもあるのかい？」

「いたいけな小児に暴力をふるうとは許されることではない。手を放せ」

「いたいけ？　この子が？」

「わしは先ほどから見ておった。師走の忙しさから、つい行き当たっただけではないか。おまえはそれを好機として、いくらか金でもゆすり取ろうというのであろう。まことに許しがたい」

娘は、

「おじちゃん、助けてーっ」

武士はうなずき、

「心配いたすな。すぐに救うてやるぞ」

船虫は呆《あき》れたような顔になり、

「あのさあ、どこのだれだか知らないが、この娘がなにものなのか、あんたわかってんだろうね」

「どこかの店の奉公人であろう。ふだんは子守りなどしておるのだろうが、年末で人手が足りぬと見え、丁稚に交じって掛け取りをしておる。感心な娘ではないか。貴様のような遊び人とはちがう」

「この子は掏摸《ちぼ》だよ。今、ぶつかったとき、あたしの財布に指ぃ掛けやがった。今ならまだ間に合う。説教してやろうと思ってたところさ。そんなこともわからない野郎に、とやかく言われる筋合いはないよ」

「娘……そなた、掏摸を働こうとしたのか」

「そんな恐ろしいことしてまへん。このおばちゃん、嘘言うてます。うち、ただの奉公人だす」

「やはりな。おまえのようないたいけな娘が悪事などしでかすはずはない。わしに任せておけ」

船虫はふところからなにかを取り出し、いきなり侍の顔面に叩きつけた。馬加大記にもらった粉薬だ。

「うぎゃおおっ！」

侍は両目を押さえ、身体を折り、苦しそうにもがいている。

「お頭《かしら》、大丈夫ですか！」

ふたりの供侍が駆け寄り、手ぬぐいで侍の目を拭こうとしたが、侍は涙、鼻水、よだれを大量に垂らしながら両手を振り回して暴れる。

「うがあああ……目が……目が痛い！」

「お頭……お頭……！」

「お頭と呼ぶな。大明神と呼べ！」

船虫は雪駄《せった》を脱ぎ、それで侍の頭を何発も叩いた。

「やめろ！　やめぬか！」

ようやく目に入った薬が涙で流れたらしく、真っ赤に目を腫らした侍は懐紙を取り出して何度も鼻をかんだあと、刀に手をかけた。

「あたしを斬るってのかい。ははは−、どうぞどうぞ、抜いてごらん」

「そのほう、脅しだと思うておるか。余の正義の刃《やいば》、貴様ごとき悪を裁くのにためらいはない！　貴様のようなやつは成敗してくれる。それへ直れ」

「馬鹿馬鹿しい。いくら侍だって町なかで刀抜いてひとを斬ったらお咎《とが》めを食うよ。下手すりゃ死罪だ」

「それが、わしはかまわぬのだ。なぜなら、わしは世直し大明神だからだ」

「あんた、頭がいかれてるんじゃないの？　わかった、あんたも竜巻から落っこちた口だね」

「天下御免の生き仏、ひと呼んで世直し大明神……ふはははは、恐れ入ったか！」

「いかれてるね」

「世の中には町奉行にも裁けぬ悪がある。貴様のような悪人どもがのうのうと大手を振って世渡りをしておる。わしはそういうやつらを許せぬのだ。悪を滅ぼすのにためらうべきではない」

「許せぬったって、すぐにお縄になるよ」

「わしはならぬ。その理由《わけ》を聞きたいか」

「聞きたくないんだけど」

「冥土の土産《みやげ》に教えてつかわす。わしの正体はじつは、身分ある上役人《かみ》なのだ」

「どんな身分だい？」

「貴様ごときが聞いたら目を回すほどだ」

「へー、公方《くぼう》さまかい？」

「わしは今、ある理由で江戸から忍びで参っておるところだが、上役人はひとを斬っても咎められはせぬ」

「そんなはずないよ。どんなえらいお役人でも、理由なくひとを殺したら罰せられるはずだよ。あたしがワルだとしても、召し捕られて、吟味を受けて、お裁きが下されて、それから罪になるはずだ」

「たしかにそのとおりだが、わしは裁きを下す側の役人だ。貴様がその娘に危害を及ぼそうとしたので、やむなく斬り捨てた……と言えばそれで通るのだ」

　船虫は大明神をきっとにらみつけ、

「あんた、最低だねえ。あたしも悪党だし、いろいろ最低のやつを知ってるけど、あんたはダメだわ」

「なに？」

　船虫は娘に、

「この子のほうがまし。――さ、放してやるから行っちまいな。あんたはまだやり直せる。あたしみたいになるんじゃないよ」

　娘は走り去ろうとして振り向き、

「説教垂れるおばちゃんなんか大嫌い。でも、役人はもーっと嫌い。なにが世直し大明神や。どっちも死んじまえ！」

　そして、ひと混みにまぎれてしまった。船虫は、

「そりゃあ、こうなるわさ」

　大明神は舌打ちをして、

「年端も行かぬころからあれでは、いずれ大悪人になるだろう。今、斬ってしまえばよかった」

「さようでございますな。悪の芽は早いうちに摘み取るのがよいかと……」

「つぎに見かけたらただではすまさぬ」

船虫が呆れて、

「あんた……今の今までいたいけな、感心な娘だとか言ってなかったかい?」

「だまれ、女! わが名を聞いたからには生かしてはおけぬ」

「身勝手もたいがいにしな。あんたのほうから名乗ったんだよ」

大明神は一歩退くと、

「飛車《ひしゃ》さん、歩兵《へこ》さん、やっておしまいなさい」

ふたりの供侍が左右から迫ってきたので、船虫は身を翻して逃げ出した。

「待てい!」

「待たぬか!」

「待ってたまるか」

船虫は必死に走ったが、供侍たちの脚は速い。

(ヤバい……追いつかれる……!)

日頃、酒をかっ食らってゴロゴロしている船虫にとって、「全力で駆ける」というのはなかなか拷問に近かった。すぐに息が上がる。供侍のひとりの手が肩にかかる。それを振り払ってなんとか逃げ切ろうとしたが、入り込んだ長屋の正面が行き止まりだった。

立ち尽くしている船虫にふたりの供侍が襲いかかった。船虫は「飛車さん」の鳩尾《みぞおち》に肘打ちを食らわせた。それは見事に決まり、飛車さんは胃液を吐いた。

「こやつ……味をやるぞ。気をつけろ」

「相わかった」

「歩兵さん」が刀に手を掛けたので船虫はふところの匕首《あいくち》を抜こうとして、

（しまった……隠れ家に置いてきちまったよ……！）

しかたなく歩兵さんの向こう脛《ずね》を蹴飛ばし、ひるんだところをすり抜けようとしたが、肘打ちを食らった飛車さんが立ち塞がり、通せんぼをした。股間を蹴り上げようとしたとき、いきなり背後から羽交い締めにされた。もがいたが、相手の力のほうが強かった。

「ちっ……あきらめたよ。煮るなり焼くなり好きにしな」

「ああ、そうさせてもらう。――大明神！　大明神！　取り押さえましたぞ」

さっきの侍がやってくるのが見えた。終わりだ……と船虫は思った。ああいうやつは町なかでひとを斬り殺す。町人の命など羽毛ほどの軽さにしか思っていないのだ。あの侍が本当に上役人だとしたら、まさに「斬り捨てご免」だろう。だれも役人を裁くものはいないのだから……。

「よくやった。――この塵芥《ごみ》め。今から世直し大明神が大掃除をしてつかわす。塵芥は大坂から取り除いたほうが皆のためなのだ」

「勝手な屁理屈《へりくつ》抜かしやがって……」
船虫は侍の顔に唾を吐きかけた。
「あばずれの悪党め。正義の裁きを受けよ」
侍は周囲にだれもいないことを確かめてから恰好《かっこう》をつけてゆっくり刀を抜き、
「世直し……！」
そう叫ぶと振り下ろそうとした。そのとき、
「お待ちなされ……！」
鼓膜がびりびりするほどの大喝が聞こえた。すぐ近くから怒鳴ったのだろうと思った
船虫は、声の主がかなり遠くから駆けてきたので驚いた。
「白昼に三人で女子ひとりを取り囲むとは尋常ではない。ましてや刀を用いるとは……
さては切り取り強盗の類か。弱い者いじめはこの犬田小文吾《いぬたこぶんご》が許さぬぞ」
尻からげをし、砂煙を立てて突進してくる人物は、衆に優れた体格の大男で、まるで
相撲取りのようだった。刀を二刀差しているから侍なのだろうが、髷は町人髷に結って
いる。眉は太く、目はぎょろりとして、鼻はいわゆる団子鼻である。首は猪首《いくび》というや
つで、短くてたくましかった。
「邪魔をするな。われらは切り取り強盗などではない。世直しをしておるのだ。こやつ
はすれっからしの莫連女《ばくれんおんな》で、わしらに歯向かった罪で召し捕るのだ」

「嘘じゃ！　女を三人で脅すのが世直しかのう」

船虫は隙を見て彼女を羽交い締めにしている男の指にがぶりと噛みついた。

「ぎえええっ」

男は絶叫した。

「さあ……こっちに来なされ」

犬田小文吾と名乗った男は船虫を後ろにかばうと、

「どすこい……どすこい！」

と丸太のように太い脚を上げ下ろしした。地響きがするほどの凄《すさ》まじい四股で、あたりの長屋がゆさゆさ揺れた。

「さあ、一番来い！　どこからでもかかってきなされ」

「飛車さん、歩兵さん、こらしめてやりなさい！」

世直し大明神が叫ぶと、ふたりの供侍は同時に小文吾に斬りかかった。しかし、小文吾は身体を大きく反らせると、飛車さんの襟もとを摑み、

「どすこーい！」

掛け声とともに高々と持ち上げると、地面に叩きつけた。飛車さんの身体は半ば地面に埋まり、ぺしゃんこになった。歩兵さんがひるんで逃げようとするところを追いかけて、顔面に強烈な張り手を見舞った。歩兵さんは三間《けん》も吹っ飛び、そこにあった家の塀

を越えて庭に頭から突っ込んだ。小文吾は笑いながらずしずし……と世直し大明神に近寄っていった。大明神は蒼白な顔で刀を構えている。小文吾は大明神に襲い掛かる、と思いのほか、そこにあった大きな岩に手をかけ、ゆさゆさと揺さぶった。三分の一ほどが地中に埋まっているらしく、とても動きそうにない、と思われたその大岩を小文吾はついに摑み上げると、

「うがあああっ！」

頭のうえまで持ち上げた。

「ひええっ」

その岩を投げつけられる、と思った世直し大明神は頭を抱えたが、小文吾は巨大な岩を頭上高く支持したまま、ゆっくりと世直し大明神に近づき、

「女こどもをいじめるのはおよしなされ。わっしは逃げも隠れもせぬ。江戸から来たばかりじゃが、大坂での住まいは長町裏の長屋じゃ。『犬小屋』と呼ばれとる家におる。用があったら訪ねてきなされ」

そう言うと、岩を大明神の眼前にずん！　と落とした。世直し大明神はきりきりと歯嚙みをして、

「こっこっ今度会うたときは覚えておれ！　おい、いつまで倒れておる。行くぞ！」

そして足早にその場を去った。大明神が立っていたあたりに一枚の紙が落ちていて、

小文吾はそれを拾ってから、船虫に向かって、

「では、参ろうか」

ふたりはその場を離れたが、三人の侍は追いかけてこなかった。かなり経《た》ってから振り返ったが、三人の男の姿はなかった。船虫は商家の壁にもたれかかると、ふう……とため息をもらし、

「ありがとよ。おかげで助かったよ。——あんた、もしかしたら八犬士《はちけんし》じゃあないのかい？」

小文吾はいぶかしそうな顔になり、

「大坂でわしらのことを知っておるものといえば、網乾左母二郎殿、鴎尻並四郎殿、船虫殿の三人と、大法師《ちゆだいほうし》殿より承っておる。もしや、そなたは船虫殿か」

「当たり！　やっぱり八犬士だったんだね」

「このお三方だけには心を許してよい、と法師殿は申された。われらにお味方くださり、ありがたく存ずる」

「いやー、味方なんかしてないよ。腐れ縁ってやつさ。どっちかというと、あんまり関わりたくない、と思ってるんだ。——それと、あの坊主は近頃見かけたことがないから、たぶん今、長屋にいないよ。八房も左母二郎たちが預かりっぱなしだからね」

「わかっておる。法師殿は今、江戸におられる。お忍びで大坂に参られるさる高貴なお

方を出迎えるためじゃ。おっつけ戻ってこられると思う」

当代将軍徳川綱吉《とくがわつなよし》はたいへんな動物好きであり、なかでも犬を「犬可愛《いぬかわい》がり」することではだれにもひけを取らぬ。「生類憐《しょうるいあわれ》みの令」という法を定めて犬の保護に努めているところから、世間では「犬公方《いぬくぼう》」などと呼ばれており、そのことを綱吉は誇りに思っていた。

（犬公方……なんというすばらしい呼び名ではないか。余にふさわしい！）

綱吉は、御台所《みだいどころ》（正室）である鷹司信子《たかつかさのぶこ》とのあいだには子がなく、側室とのあいだに授かった男子は五歳で早逝した。しかし、じつは綱吉が手を付けた奥女中珠《たま》が身ごもっていたのだ。珠は、子を宿したことを綱吉以外には口外しなかった。正室信子はきわめて嫉妬深い性格で、子ができたことを知ったらなにをされるかわからないからだ。側室が産んだ男子が早逝したのも、信子の差し金だという噂《うわさ》があった。

綱吉は珠に、大奥にいては危険なので、病を理由に暇をもらうよう命じ、書き付けと八つの水晶玉をつなげた数珠のようなものを渡して、折をみて公にせよ、と告げた。水晶玉にはそれぞれに、仁《じん》、義《ぎ》、礼《れい》、智《ち》、忠《ちゅう》、信《しん》、孝《こう》、悌《てい》……という文字《もんじ》が浮かんでいた。

珠は、実家でひそかに女児を産み、伏《ふせ》と名付けたが、伏が八歳のとき、珠の両親も珠も流行《はや》り病で相次いで世を去り、伏ひとりが生き残った。町名主が遺品のなかから書き付けと水晶玉を見つけたのである。書き付けには、伏は将軍綱吉の胤《たね》である、と書かれており、仰天した町名主は、町年寄を通じて江戸城にそのことを知らせた。こうして、はじめて珠が綱吉の娘を産んだとわかったのである。

綱吉は伏を引き取り、養育するつもりだった。しかし、城からの使者と迎えの駕籠《かご》が珠の住まいに到着したとき、そこに伏の姿はなかった。残されていたのは、

おおさかのじいのところにいく

という手紙と、伏が可愛がっていた八房という子犬だった。だが、だれにきいても、その「おおさかのじい」なるものがだれなのかわからぬ。大家も、珠とその両親に大坂に親類がいるとは聞いていないという。それ以上のことはいくら調べてもわからない。

綱吉は、側用人《そばようにん》柳沢保明《やなぎさわやすあき》に命じ、全国から屈強の若侍を選《え》りすぐらせた。条件はただひとつ、苗字《みようじ》に「犬」の字が入っていることだった。かくして八人の若侍が抜擢《ばつてき》された。彼らは「八犬士」と命名され、綱吉直属の手足として伏を探すために活動することになった。しかし、伏の手がかりは「おおさか」という言葉と、水晶玉の数珠がなくなっていたため、おそらく当人が所持しているはず、ということだけだが、それも憶測にすぎぬ。お犬坊主（江戸城内で綱吉の飼い犬を世話する役人）を務めていた元武士の金《かな》碗大輔《まりだいすけ》を大坂と江戸のあいだの連絡役に任じ、こうして八犬士が結成されたが、その後、

いくら大坂中を調べ回っても伏は見つからぬ。なにしろ、綱吉、柳沢保明をはじめ、八犬士の面々もだれも伏に会ったことがないのだ。手掛かりが少なすぎるのである。

また、もうひとつ問題があった。それは水戸《みと》家の存在である。なにかにつけ綱吉と対立していた徳川光圀《みつくに》は先年亡くなったが、どうやらその怨念が大坂で「なにごとか」を起こそうとしているようなのである。跡継ぎの水戸家現当主綱條《つなえだ》は、先日「水戸家を大坂に国替えさせてくれ」と言い出し、綱吉に断られている。もし、水戸家に「大坂に綱吉の実娘《じつじょう》がいる」と知られたら、政争の道具にされかねない。それを綱吉はもっとも憂いていた。それゆえ、八犬士は大坂でおおっぴらには行動できない。大坂城代はおろか、町奉行所などの手を借りてはならない、と綱吉に指示されているのだ。そこで、

「どんな権力ともつながりのない」左母二郎たちと組むことになるのだが……。

「じゃあ、あたしが長屋まで案内してあげるよ」

「それはかたじけない」

「けどさ……名前も名乗っちゃったし、長町裏にいるって言っちゃったし……あいつら、仕返しに来ないかねえ」

「心配いらん。来たら来たで、さっきのように叩きのめしてやる」

「けど……あいつ、ほんとか嘘か知らないけど、えらいお役人らしいよ。お忍びで世直しをしてるんだってさ。役人が町なかで刀を抜いてひと斬りするなんざ、頭がおかしい

よね」

「もし、まことならば世も末じゃ。公の立場にいるものは法を守らねばならぬ。おのれが正しいと思い込んで、勝手なことをするのは許されぬことじゃわい」

ふたりは連れ立って歩きだした。

「それにしても、あんた、強いねえ。八犬士ってことはお侍のはずだけど、どう見てもお相撲さんみたいだよ」

「うっははは……わっしは武士じゃが、こどものころから相撲取りにあこがれてのう、剣術の稽古をせず、相撲ばかりに夢中になっておった。気が付いたらこのようなありさまじゃ。ここ大坂は、江戸、京と並んで相撲の盛んな地じゃが、ちょうど相撲興行があると聞いておる。できれば見物に行きたいもんじゃ」

犬田小文吾はそう言うと、突き出た腹をぽん、と叩き、大声で笑った。

◇

ここで話は少しさかのぼる。その日の早朝、側用人として綱吉の覚えめでたい柳沢出羽守《でわのかみ》保明は、常盤橋《ときわばし》内の屋敷から江戸城に登城した。大手門《おおてもん》を入ろうとした町人が、柳沢保明の乗った駕籠に気づいて脚を止め、腰を折った。それがだれであるか気づいた保明は駕籠を止めさせ、引き戸を開けた。

それは、公儀御用達《ごようたし》の御納屋《おなや》（魚問屋）鯉屋の主、杉風《さんぷう》であった。杉風は風流人でもあり、書画、骨董《こっとう》、茶の湯、禅などにも造詣が深いが、なかでも俳諧は先年没した俳聖松尾芭蕉《まつおばしょう》の高弟として、宝井其角《たからいきかく》や服部嵐雪《はっとりらんせつ》とも並び称される存在だった。

「鯉屋《こいや》ではないか」

「これは柳沢さま、本日もご機嫌うるわしゅう……」

「堅い挨拶はよい。先日頼んだ件、なにか進展があったか」

「はい……水間沾徳《みずませんとく》殿の弟子で、晋子《しんし》（其角のこと）や私も親しくしております俳諧師に大高源吾《おおたかげんご》、俳名子葉《しよう》なる御仁がおられまするが、このお方、播州浅野《ばんしゅうあさの》さまの旧臣でいらっしゃいます。先日、さるところでお目にかかったとき、私が『大石内蔵助《おおいしくらのすけ》というお方は人物だ、とえらい評判ですが……』と水を向けると、酔うてしきりに『なにが人物なものか。ただの生ぬるい茶だ。こうなったら我々だけでも……』とぼやいておられました」

「ふーむ……。となると、大石抜きでも討ち入りを決行するつもりであろうか」

「さあ、そこまでは……。ですが、おそらく京、大坂にてひと知れず武器弾薬を集めることはむずかしく、それを江戸に運び込むことはもっとむずかしゅうございましょうな」

「わしとしては、上《うえ》さまのお膝もとで騒動を起こされては困る、というだけだ。火事を

起こしたり、鉄砲を撃ったりして、両家のもの以外を巻き込むのでなければ、吉良（きら）など
どうでもよい」

「なるほど……」

「だが、ようやってくれた。これからも、江戸における浅野旧臣のことでなにか耳にしたら教えてくれい」

「かしこまりました」

杉風はふたたび頭を下げた。

大手三の門のところで駕籠を降りた柳沢保明のまえを、一丁の駕籠が止まることなく通り過ぎていった。この門を下乗《げじょう》せずにくぐれるのは御三家だけである。柳沢保明はその駕籠の主がだれであるかわかった瞬間、そっとその場を離れようとした。しかし、間に合わなかった。

「出羽……逃げずともよかろう」

駕籠は柳沢保明のまえに回り込むようにして止まり、なかから声が掛かった。供侍のひとりが引き戸を少し開けた。水戸家当主徳川綱條である。異常に目つきが鋭い。その目で柳沢をひとにらみした。

「逃げてなどおりませぬ。道をお譲りしただけでございます」

ふたりのあいだの空気が一瞬張り詰めた。

「よいところで会うた。そのほうにたずねたき儀がある」

「なんなりと……」

「昨日、駿河台成満院《するがだいじょうまんいん》にまかりこし、隆光僧都《りゅうこうそうず》を訪ねたが、いなかった。番僧どもに、大僧正はいずれにおられる、ときいたが、だれひとり答えられぬ。住持の居場所を知らぬとは呆れ果てた坊主どもだ。――そのほう、隆光がどこにいるか知らぬか」

ぎくり、としながら柳沢保明は、

「隆光になんのご用でございましょう」

「なに、たいしたことではない。水戸家の将来を占ってもらおうと思いついてのう……」

「水戸家の将来……？」

「さよう。わしは上さまに水戸家の大坂への国替えを願い出たところ、なんのかんのと理屈をつけて断られた。水戸家のため、徳川家のため、日本のためを思うての真摯《しんし》な願いであったが、上さまはお取り上げにはならなかった。しかし、先代光圀公の遺志を継いだわれら水戸家の目指す理念の実現には、大坂の地に根を張ることが不可欠なのだ。そのあたりのことを隆光に占ってもらうつもりであった」

嘘だ、と柳沢保明は思った。隆光の動向を忍びに探らせていたにちがいない。ここ二、三日、姿が見えなくなったので、当てこすりを言っているのだ。

「隆光大僧正のような身分高きお方の居場所がわからぬようでは、あの寺、取り潰してしまったらいかがかな」

「寺院については寺社奉行の管轄ゆえ、ただの側用人にすぎぬそれがしがとやかく言うことではございませぬ」

「ただの側用人だと？　いま、この千代田《ちよだ》の城でもっとも権力のある御仁がなにを申す……」

「なにをおっしゃいます」

「のう、出羽。たとえ国替えは無理でも、せめて大坂城をわしにくれぬか」

「馬鹿馬鹿しい」

柳沢保明はうっかりそう口走ってしまった。

「馬鹿馬鹿しいだと？　にわか大名であるそのほうが、御三家のわしに向かってかかる雑言を吐くとは……上さまの寵愛《ちょうあい》をいいことに増長が過ぎようぞ！」

柳沢保明には返す言葉がなかった。たしかに相手は御三家の当主なのだ。

「ご無礼をつかまつり、大変申し訳ございませぬ」

綱條はにやりと笑い、

「ところで、大坂といえば、お犬坊主であった丶大法師も近頃見かけぬが、また、大坂におるのかのう」

「さあて、それがしはただの側用人。丶大法師が今どこにおるかは存じませぬ」

「隆光と同道しておるのではなかろうな」

「………」

「申せ、出羽。上さまは大坂でなにをしようとしておるのだ。いや、大坂になにがあるのだ。われら水戸家にかかわることか？　それともべつの大事か？」

「大坂がどうのこうのとおっしゃいますが、それがしはなにも聞いてはおりませぬ」

「水戸をあなどるなよ。、大法師は上さまに西の丸にて接見したあと、その足で大坂に向かい、しばらくすると戻ってくる……それを繰り返しているのは、とうに承知しておるのだ」

「犬の世話でもしておるのではありませぬか」

「ははは……なかなか尾を出さぬのう。わしも忙しい。今日はこれぐらいにしておいてやろう」

綱條は、

「駕籠を出せい」

供侍が引き戸を閉め、棒の者が駕籠を持ち上げた。しずしずと歩みはじめた駕籠を見送りながら保明はため息をつき、

「うまくいけばよいが……」

そうつぶやいた。

二

夕方近くになって隠れ家に戻ってきた船虫は、世直し大明神にひどい目にあった鬱憤《うつぷん》を左母二郎と並四郎にぶちまけた。

「ひどいやつやなあ。なにが世直しや。ただのひと殺しやないか」

並四郎は、

左母二郎は鼻で笑って、

「そういう野郎は、この世には正義と、ワルしかねえ。そして、おのれはいつも正義の側、正しい側に立っている。だから、ワルは斬り捨ててもかまわねえ、そうすることでよりよい世の中になる、と思ってる。ワルよりもおっかねえ。近づかねえこったな」

「あたしもつくづくそう思ったよ。世直し大明神なんてダサい名前つけやがって……。ほんとはえらーいお役人なんだとさ。結局はお上のご威光を笠《かさ》に着て好き放題やってるだけじゃないか」

「それがマジなら、とんでもねえこった」

船虫が吐き捨てるように、

「役人が、世直しだ、とか言ってひとを斬ってる、なんてめちゃくちゃだよ。あたしゃ、犬田小文吾さんが通りかからなかったら死んでるところさね」

「その犬田ってえやつはどうしたい？」

「『犬小屋』に寄って、荷物を置いてから顔見せるって言ってたから、おっつけ来ると思うよ」

船虫の言葉が終わらぬうちに、

「どなたもご免くだされ」

犬田小文吾が入ってきた。両手に大きな一斗樽《だる》をふた樽ずつ下げている。それを見るだけで、小文吾がよほどの膂力《りよりよく》の持ち主とわかる。

「手土産を買うてきたゆえ遅うなった。わっしが八犬士の一人《いちにん》、犬田小文吾と申すもの。以後、昵懇《じっこん》にお願い申す」

そう言うと、一斗樽四つと大きな頭陀袋《ずだぶくろ》を土間にどすん、と置いた。八房がびっくりして跳ね上がった。

「法師殿からくれぐれも金を渡してはならぬ、機嫌を損じる、と言われておったが、酒ならばよかろう。八房の世話をしてもろうとる礼じゃわい」

上がり込んだ小文吾は部屋のなかを見渡して、

「ほほう、よい家だのう」

並四郎が、

「よい家なもんか。屋根は破けてるし、一階の天井は抜けてるし、もうめちゃくちゃや」

「壊れた屋根の裂け目から月が漏れる、というのもまた風流」

「風流なんてどうでもええねん。一応、青い布を屋根にかけたけど、大雨になったら、根太《ねだ》が腐って、家ごと倒壊するで」

「それもまた風流」

左母二郎は、

「それにしてもまた相撲か。これで三人目だぜ」

船虫が、

「天から降ってきたあいつと、犬田さんでふたりじゃないのかい？」

「鎧竜てえやつがいるんだよ」

左母二郎は文亀堂という左前になっている地本問屋のことと、そこの息子が素人相撲にはまっていることを話した。小文吾はうなずいて、

「その男はわっしとおなじだ。相撲がなにより好きだが、玄人にはなれぬ。となると、素人相撲に精出すよりほかないわい。今度、この大坂でも相撲があるそうで、わっしも見物に行きたいと思うておる」

左母二郎は、

「たぶんその相撲に、今言った文亀堂のせがれも出るんじゃねえかな。大坂の玄人相撲

に交じって出場するとかなんとか言ってたぜ」

並四郎が、

「へえー、相撲、どこでやるんやろ」

小文吾が、

「わっしの聞いたところでは、堀江《ほりえ》の酒魂《さかたま》神社という神社の境内じゃとか」

「なるほど、その酒魂神社の修繕のための勧進相撲、ということやな」

勧進相撲というのは、寺社仏閣の修繕費を得るために行われる相撲興行のことである。

「ところがそうではない。どこかの商人が興行主じゃと聞いた」

並四郎が、

「けど、おかしいなあ。お寺社への奉納のためやない相撲興行は、お上の法度になっとるはずや」

一時は大名家が抱え力士を持つことが流行り、相撲興行も盛んに行われた。しかし、勝敗を巡って浪人やヤクザものが介入して揉《も》めごとが多発したため、公儀は「寺社の修繕費に当てるため」以外の相撲興行を禁止したのである。

「ところが、なぜか今度の興行だけは町奉行所の認可が下りたらしい。萩三十六万九千石の毛利公お抱えの力士たちと京にある何奴部屋の力士たちを招いての取り組みだが、賭け相撲にもなっとるそうで、わっしは楽しみでしかたがない」

並四郎はまた首をひねり、

「賭け相撲？　双六《すごろく》でもかるたでも博打と聞いたら目の色変えて取り締まるお上が、なんでそんなものまで許したんやろ。なんかおかしいな……」

船虫が小文吾に、

「あんた、そんなことしてていいのかい？　伏姫って子を探すお役目はどうなってんのさ」

「それがその……」

小文吾は頭を掻き、

「今のところ、新しい手がかりはないのでのう、わっしも困っておる。明日から大坂の町を歩き回り、手がかりを探すとしよう」

並四郎が、

「それは明日からやろ？　今日のところは飲もやないか。わて、さいぜんからあの一斗樽見て喉がぐびぐび鳴っとるねん」

船虫が、

「そんなに焦んなくてもいいよ。一斗樽が四つもあるんだからさ、当分お酒には不自由しないよ」

小文吾がにやりと笑って、

「そうかのう。わしならひと晩で空けてしまうわい」

並四郎が、

「あんたやったらほんまに飲みそうやな。わてらの分、置いといてや」

船虫が湯呑みを出してきたが左母二郎が、

「酔っぱらっちまうまえに頼みてえことがある。おめえ、相撲に詳しいなら、顔を見てもらいてえ野郎がいるんだ」

その大男は隅に敷いた布団に寝かされていた。小文吾は男をのぞき込み、

「ほほう、わっしと同じぐらいの巨漢じゃのう。肉の付き方から見て、ただの肥満ではない。相撲取りにまちがいない。それも、かなり上位の番付であろうかい。だが、この怪我では、当分相撲どころではなさそうじゃのう。——眠っておるのか」

「医者が荒っぽい治療をしたら、気絶しちまってそれっきりだ。ときどきうなされてるみてえに声を出すから生きてるにはちげえねえんだが……」

「わっしは江戸の玄人力士ならばたいがい観《み》たことはあるが、知らぬ顔ゆえ、江戸の力士ではないようじゃ。大坂や京にも相撲部屋がある。今は全国の相撲好きの大名が贔屓《ひいき》力士を抱えておるゆえ、地方のものかもしれぬ。堀江の酒魂神社での相撲のために萩から出てきた力士とも考えられる。なにゆえここにおる？」

「天から降ってきたのさ」

左母二郎は、竜巻のあと、空から屋根と二階の天井を突き破ってこの男が落ちてきた経緯《いきさつ》について話した。

「相撲取りは頑強とはいえ、よう命があったものじゃわ」

「俺ぁどうしてもこいつの身もとをつきとめてえんだ」

「いつまでも面倒をみておるわけにもいかぬからのう」

「それもあるが、こいつの身もと引受人がだれであれ、そいつから屋根と天井の修繕費をいただきてえのよ」

「はははは……おまえさんがたの家の勧進相撲というわけじゃな」

「けどよ、ここは隠れ家だ。あんまりおおっぴらに見にきてもらうわけにはいかねえし、大工を入れるわけにもいかねえ。とにかく銭が欲しいんだ」

「だとしたら、勧進元の酒魂神社に尻を持ち込むのが早道じゃろう。これこれこういう顔立ちの相撲取りを預かっていてたいへん迷惑しているが、心当たりはないか、と言っていけばよい。左頬の古傷がよい目印だ」

「わかった。明日にでもその酒魂神社に行ってみらあ」

並四郎が、

「ほな、そろそろ飲もか」

小文吾は、

「待った。ちと、飯を炊かせてもらいたい」

船虫が、

「お飯《まんま》？　今から腰をすえて飲もうってのに、お飯なんかどうするんだい」

「わっしは、酒の締めに飯を食わねばおさまらんのだ」

並四郎が、

「米か……。わてら、日頃、あんまり食わんさかいな、一合ぐらいは米櫃《こめびつ》に残ってたかもしれんけど……」

「それではまるで足りぬ。わっしは一升五合は食う」

「まさか……」

「まことだ。あとでその目で確かめるがいい」

「せやけど、そんなに米がないがな。うちはどこの米屋も掛けでは売ってくれんのや」

「大丈夫。そこにある頭陀袋の中身は米だ。わっしはこういうこともあろうかと、どこに行くにも米を担いでおる」

そう言うと、小文吾は土間に下りて、米研ぎ桶に米と水を入れ、手際よく研ぎ始めた。

左母二郎が呆れたように、

「まったく八犬士てえのは、ひとりのこらず変人揃《ぞろ》いだぜ」

小文吾は気にすることもなく、研いだ米を米揚げ笊《いかき》に移すと、へっついに火をつけ、釜にその米を入れた。

「これでよい。――お待たせした。さ、飲もう」

小文吾はどっかと座り込むと、

「この湯吞みでは小さいのう。丼を貸してもらいたい」

たしかに小文吾が持つと、大振りの湯吞みが小さな猪口《ちょこ》に見える。

「おまえさんがたも丼で飲んでみい。とんとはかいきがするぞ」

「面白《おもしれ》え、俺もやってみるか」

「わても……」

しかし、船虫は、

「あたしゃ、これでいいよ。あたしのおちょぼ口には丼じゃあ大きすぎる」

左母二郎が、

「へっ、上品ぶるねえ」

丼には二合ほど入った。小文吾は左母二郎と並四郎に、

「よし、今日は酒の飲み比べといこうではないか。だれが一番飲めるか、を競うのじゃ」

「おう、承知の助だ。絶対負けねえ」

「わてもやる。酒やったらなんぼでも飲むでえ」

「では、酒合戦のはじまりじゃ。わっしから行くぞ。法螺貝《ほらがい》吹けい、狼煙《のろし》上げい、馬の首揃えよ！」

そう叫んで小文吾は丼酒をひと息で飲み干すと、すぐにお代わりを注いだ。左母二郎が笑って、

「こいつぁすげえ。俺も負けてられねえや」

そう言うと、丼に口をつける。喉がぐびぐびぐび……と鳴ったが、途中で、丼を離し、

「いけねえ。息が続かねえや」

並四郎も、

「ひと息では無理やな。あんた、たいしたもんや」

それからたいへんな酒盛りがはじまった。日頃、「酒飲み」と自負している三人だったが、とても小文吾にはかなわない。はじめのうち、必死で食らいついていた左母二郎と並四郎だったが、並四郎は二升ほど飲んだ時点でべろべろになって白旗を揚げた。丼を持ったままドタッと倒れると、いびきをかきはじめたのだ。

「まだまだ……俺ぁ……あきらめねえ……」

と左母二郎はがんばったが、三升を飲み切ったあたりで大の字にばたんと倒れ、

「退却だ……降参だ……」

小文吾はにやりと笑い、

「はてさて、酒の弱いひとたちじゃわい」

最初と変わらぬ飲みっぷりを崩すことなく丼を傾けている。飲むのが速いだけではない。その勢いというか迫力は凄まじかった。船虫が、

「呆れたねえ。まるで水飲んでるみたいじゃないか。お酒がもったいないよ」

小文吾はへっついのほうを見て、

「飯が炊けたようだのう」

酒を飲みながらも、ときどき、火加減を見たりしていたが、ようやく蒸らしが終わったらしい。のっそり立ち上がると、炊きあがった飯を飯櫃に移し、皆のところに持っていった。

「さあ、炊き立ての温《ぬく》い飯に勝るものはない。食おう」

左母二郎が半身を起こし、

「俺ぁ……いらねえよ……」

「遠慮するな。食え食え」

「遠慮じゃねえ。マジでいらねえんだ」

並四郎も、

「わてもいらん……。食いたかったらおまえひとりで食うてくれ」

「なに？　わっしひとりで食うてよいのか。それはすまん。船虫殿はどうじゃ？」

「あたしもいらない。もう、胸がいっぱいなんだ。――けど、なんにもおかずがないよ。大根の古漬けぐらいしか……」

「漬けものがあれば御の字じゃ。なければ塩だけでもよい」

そう言うと小文吾は、今までそれで酒を飲んでいた丼に飯をよそい、糠漬けの大根をおかずにしてかっこみはじめた。しかし、漬けものはほとんど食べず、ただただ「飯」だけを食らう、食らう、食らう……。てんこ盛りにした飯は一瞬で胃袋に消え、すぐに新しい飯をよそう。あれだけあった飯櫃のなかの飯がみるみるうちに減っていくのを船虫は目を丸くして見つめていた。

「うーん、うまいうまい」

船虫は、

「知らなかったよ。ご飯って飲みものだったんだね……」

「ははは。そうじゃ、飯は飲みものじゃ。その証拠に、わっしは嚙まずに飲み込んでいる」

「あたしゃ、なんだか怖くなってきたよ……」

「そりゃあすまんのう。だが、途中でやめるわけにはいかぬ」

「やめてもいいってば。あたしゃ、あんたの身体が心配だよ」

「これぐらいの大食はいつものことじゃ」

「あんた、よほど食費がかかってるんだろうね」

「はっはっはっはっ……」

小文吾は腹を平手で叩いた。力士が張り手をしたときのような、ぱーん！　という大きな音が響いた。そのときである。布団で寝ていたはずの相撲取りがむくり、と起き上がった。そして、

「ここは……どこじゃ」

と口走った。船虫が、

「ひゃーっ！　左母さん、かもさん！　たいへんだよっ」

「なんやねん、うるさいな。頭に響くやろ」

「あの相撲取りが起きたんだよ」

「なんやて……」

真っ赤な顔で並四郎は相撲取りを見た。男はきょとんとした顔で家のなかを見回している。

「ほ、ほんまや。馬加先生の薬が効いたんやろか。——左母やん、左母やん」

並四郎は左母二郎を揺り動かした。

「やかましい！　俺に触るな！　ぶった斬るぞ！」

「左母やん、相撲取りが目ぇ覚ましよったで」

当の相撲取りは両眼《りょうめ》をぱちぱちして、

「小汚いところじゃな。天井も抜けておるし、屋根にも穴が開いておる……」

左母二郎がカッとして、

「てめえがやったんだよ！」

「痛たたたた……どういうわけか身体中が痛む。火が付いたようじゃ。いったいなにがあった……」

「知るかっ！　おめえのせいで俺たちゃどえらい迷惑してるんだ。おめえはどこの何兵衛でえ」

「わしは見ればわかるとおり、つまり、その、ひとことで言うと、ようするに……」

「早《はよ》う言えや！」

さすがの並四郎もキレて怒鳴った。

「ううむ……わからぬ」

「なんやて？」

「思い出せぬ……ううう……」

船虫が、

「あんたがわかんないのに、あたしたちがわかるかよっ」

「うーむ……痛たたた、頭《つむり》が痛いわい！」

左母二郎が腕組みをして、

「こいつぁ、馬加先生が言ってたみてえに、高みから落ちて頭を打った拍子に健忘てえやつになっちまったんだな……」

「どうする、左母二郎？」

船虫の言葉に左母二郎も、

「わかんねえ。とにかく眠いんだ。寝かせてくれよ」

それまで黙っていた小文吾がその男に、

「なにか欲しいものはないか？」

「ま……」

「え？」

「まんま……」

「飯、ということか？」

男はうなずいた。船虫が、

「お飯《まんま》ならいっぱいあるよ。ほら、ここに……」

と飯櫃をのぞき込んで、

「あんまり残ってないねえ。一升五合は炊いたはずなのに……」

小文吾が大笑して、

「わっしがみな、食うてしもうたからのう」

大男は布団のうえに座り、残りの飯を食いはじめたが、さすがに食欲はあまりなさそうで、箸もほとんど動かさない。船虫が、

「ものを食べられるようになったら、この塩梅《あんばい》なら治りも早そうだよ」

小文吾が、

「おまえさんは空から落っこちてきて、この家の屋根と天井を突き破ったそうじゃが、そのときのこと、覚えておるかのう」

「むむ……うむむ……わしはたしか……」

大男は遠いところを見つめるようにしばらく押し黙っていたが、

「船じゃ……。たしか船に乗っておった」

小文吾と船虫は顔を見合わせた。

「そうじゃ。あたりが突然真っ暗になった。海のほうから黒い馬鹿でかい紐みたいなもんが立ち上がって……それがこちらに向かってきた。船頭どもが『竜巻だ、竜巻だ』と騒いでおった。そのうちに竜巻が船にぶつかって……あとのことはなにも覚えておらぬ」

「わっしはただの素人だが、おまえさんは本職の相撲取りじゃろう。どこの部屋の力士かね」

「わしか？　わしは……」

そこまで言いかけた相撲取りは、急に顔をしかめ、丼と箸を落とした。

「わしは……わしは……」

狭い額に脂汗がにじんできた。

「ううう……わからぬ。頭のなかに靄《もや》がかかったようじゃ。なにも見えぬ……。こめかみが痛い……」

小文吾はあわてて、

「いやいや、急いで無理に思い出すことはない。今は療治に専念なされ」

船虫も、

「空から落ちてきたっていうのに生きてるだけでもめっけものさ。どうせ当分相撲は取れないだろうから、しばらくは寝てることだね。薬はたっぷりあるからさ」

左母二郎が薄目を開け、

「勝手に決めるんじゃねえ。うちは大迷惑なんだよ」

そのとき、頭を抱えていた大男が、

「おふせ……おふせのところに……」

そうつぶやいた。小文吾が、

「おいっ、今なんと言うた」

「おふせに挨拶を……」

「おふせと申したな。伏姫さまのことか！」

「たま……たま……」

「たま？　八つの水晶玉のことじゃな！」

「ううう……ううう……」

大男はそのままその場に倒れるようにふたたび気絶してしまった。

◇
「なんだと？　鮫ケ海が着いておらぬ？」

その翌日、万書堂の離れにある一室で世直し大明神は目を剥《む》いた。万書堂の主、卯左《うざ》衛門《えもん》がへこへこと頭を下げ、

「へえ……姫路《ひめじ》から船で大坂に参りまして、鮫ケ海と供侍ふたりの三人だけを木津川口で屋形船に乗り換えさせて道頓堀に向かわせましたのやが、そこへあの竜巻が……」

卯左衛門は痩せた、頬のこけた男で、眠たそうな目をしている。

「たわけ！　なにゆえ船になど乗せたのだ！」

「鮫ケ海は此度《こたび》の興行の目玉だすさかい、派手に船乗り込みをして前評判を盛り上げるつもりだしたのや。わてが申し上げたら、中山《なかやま》さまも、よき思案だとおっしゃってお い

でおましたがな……」

卯左衛門は、大明神のことを「中山」と呼んだ。

「うるさい！　どうしてくれるのだ。わしの目論見《もくろみ》がご破算になる。大儲けどころか大損してしまう」

「萩の力士連中の大坂での宿泊先は順慶町《じゅんけいまち》の藤沢《ふじさわ》部屋だす。部屋の連中が巡業に出とるさかい空き家になってるところを借りましたのや。ほかの力士はとうに着いてるのに、鮫ケ海関とその付き人ふたりの三人だけが来てない、ゆうて騒ぎになっとるそうだす。これはどう考えてもあの竜巻に巻き込まれたとしか……」

「町奉行所の口の堅いものに、あの竜巻で死んだものの書き出しをひそかに見せてもらうとしよう。だが、大怪我をして宿所に向かえぬ、ということもありえよう」

「駕籠もおますし、宿所にはたどりつけますやろ。付き人がふたりもおるし、動けんかて手紙を書くとか、なにがしか知らせる手立てはあるはずだす。それにもし、大怪我をしてるのやったら、そもそも相撲を取るのは無理とちがいますか」

大明神は舌打ちをして、

「困ったのう。なんとかせぬと、わしの悲願……将来の大世直しに障りが出るではないか。江戸のわしの屋敷におまえがやってきて、大坂で相撲興行を催したいが町奉行所の許しが下りぬ、もしやれば、かならず儲かるのでなんとかしてくれ、と申したゆえに乗った話だぞ」

「かならず、とは申しておりません。それに、まさか竜巻などが来るとは思うてもおらず……」

「興行を中止にはできぬか」

「アホなことを……。茶屋や贔屓筋を通じて先売りの木戸札も売り尽くしとりますし、大口の賭け金も山のように集まっとります。いまさら中止にしたら……わての店が潰れてしまいます」

「そのほうの店などどうでもよい。わしのふところが心配だ」

「そもそも今度の興行の人気の理由《わけ》は、萩の力士と大坂の何奴部屋の対決やのうて、鮫ケ海と地元の素人鎧竜のどっちが勝つか、だっせ。賭け相撲にすることで、大坂中の相撲好きがもっと盛り上がっとります。その片方の鮫ケ海がおらんようになったら途端に不人気になって、賭け金返せ、という客が大勢出てくるはずだすがな。それだけでも損がいくのに、中止やなんてとてもとても……」

大明神は苦虫を嚙み潰したような顔つきになり、

「とにかく鮫ケ海の行方を探すのだ。わしは今、表に立つわけにはいかぬ。この興行のために忍びで大坂に来ておるのだからな」

「そのわりにはこっちに来て早々、けっこう派手に世直しをしてはりますがな。お忍びなんやさかい、ちょっとは自重しはったほうがよろしいのやおまへんか。江戸を離れてることが露見したらえらいことになりまっせ」

「そのつもりだが、市中を回っている折に不正や悪人が目に付くと、つい正義の刃を抜いてしまうのだ」

「ほんまはなんの落ち度もない本を禁書にしたり、ほんまは禁止されてる相撲興行と賭け相撲を許可したり、とお上のご威光を振り回すのは不正やおまへんのか」

「皮肉を申すな。わしの目指す世直しのためにはささいなことには目をつむるしかない。とにかくわしは金が欲しい。金さえあれば、老中や若年寄、側用人にそれをばら撒《ま》いて出世することができる。ようやく最初の望みがかなったのだ。つぎは江戸町奉行、勘定奉行、大目付、寺社奉行と順次上がっていき、いずれは若年寄、そして老中筆頭まで上り詰めたい。全部でどれほど金がかかるか、気が遠くなるほどだが、天下のためだ。やらねばならぬ」

「賭け相撲で儲けた金でもええんだすか」

「わしは悪がはびこるのが許せぬのだ。老中筆頭になれば、この国の悪を根こそぎにして清浄な世のなかにすることができる。そのための金だ。賭け相撲で儲けた金だろうが盗んだ金だろうが金は金だ。よりよい国作りのためならば、どんな金でもよい」

「ははははは……まあ、殿さまとわてはその一点で結びついとりますのやさかいな。文亀堂の本を禁書にしてもろて、うちでよう似た本を出す……あの手でずいぶん儲けさせてもらいました」

「この相撲興行が最後のひと押しになって、おそらく文亀堂は潰れるだろう。商売敵《がたき》とはいえ、おまえもひどいことをするものだわい」

「商いというのはそういうもんだす。わては文亀堂をどこまでも追い詰めて、あそこの持ってる版木を全部わてのもんにするつもりだすのや。そのために相撲興行を思いついたんだす。あいつのせがれが相撲好きやさかい、かならず引っかかると思うてたら案の定や」

「ふん……真っ先に世直しせねばならぬのはおまえかもしれぬな」

「けど、中山さまにもかなり袖の下をお渡ししてきたつもりだっせ」

「袖の下とはひと聞きが悪い。まるでわしが悪事をしているようではないか。便宜を図った見返り、と申せ」

「この興行がコケたら困るのはわても同じだすわ。すんまへんけど、町奉行所に手ぇ回して、竜巻で死んだもんの名前を調べとくなはれ。わては人数かき集めて、鮫ケ海を探させますわ。よろしゅうお願いします」

「もうひとつ気がかりなことがあるのだ」

「なんでおます?」

「昨日、市中で世直しをしておる際、少女に乱暴する悪女を見かけたゆえ成敗しようとしたのだが、そのとき、上役人《かみ》であることをつい口にしてしまったのだ。わしが江戸におらぬことが露見すると困る」

「なんでまたそんなうかつなことを……」

「斬るつもりだったゆえ、冥土の土産に教えてやろうとしたのだ。とんだ邪魔が入って、逃げられてしまった」

「それやったらまずバレることおまへんやろ。そういう悪党は役人と関わり合いになることを一番嫌いますさかいな。それに、殿さまがうちの離れにいてはることを知ってるもんはわてと上《かみ》の女子衆何人かだけだす」

「ならばよいが……。わしは今、公儀に病欠届を出しておるのだ。大坂にいると知れたらたいへんなことになる。あの女、今度町なかで見かけたら、口を塞がねばならぬ」

　大明神は拳を握りしめた。

◇

　猛烈な吐き気と頭痛で左母二郎は目を覚ました。

「ううう……」

　よろよろと立ち上がり、裸足《はだし》で土間に下りる。水瓶《みずがめ》から柄杓《ひしやく》で水を汲《く》み、立て続けに

三杯飲み干したとき、

「うっぷ……」

口を押さえて隠れ家から走り出た。草むらに飛び込んで激しく嘔吐《おうと》した。

「ああ、左母やんか。お先……」

横を見ると、うずくまっているのは並四郎だった。顔色が青い。目のまえには明らかに並四郎が吐いたとおぼしきものがあった。

「ちっ……男ふたりで朝っぱらから並んでゲロしてるたあ洒落にならねえぜ」

「朝っぱらやのうて、もうとっくに昼っぱらやで」

「俺にゃあ起きたときが朝なんだよ。——それにしても、ちっとばかし飲みすぎたぜ。あの馬鹿のせいだ」

「ほんまや。丼で酒なんか飲むんやなかった。吐くぐらいやったら、置いといたらまた飲めたのにもったいない……」

「たしかあいつ、飯もたらふく食ってたな。化けもんだぜ」

「飯のこと言わんとって。また気分悪うなる」

「船虫はどうした」

「さあ……帰ったんとちゃうか。あんな屋根も天井もない家より、じぶん家《ち》のほうが寝やすいやろ」

ふたりは連れ立って隠れ家に戻った。土間には残りの酒が置いてあったが、飯櫃は空になっていた。左母二郎は顔を背けた。犬田小文吾は太い両腕を広げ、大いびきをかきながら眠っている。その横で八房が寝そべっている。

「なにが八犬士だ。大酒飲みの大食らい野郎め！」

左母二郎は柄杓を取り、また数杯水を飲むと、やっとむかつきが治まってきた。頭痛はまだ治らない。

「左母やん、柄杓、わてにも貸してんか」

左母二郎は柄杓を差し出しながら、なにかがおかしい、と感じはじめていた。だが、それがなんであるかわからない。

（昨日とどこか違う。俺……かもめ……小文吾……八房……）

ハッと気づいてあたりを見回す。あの天から落ちてきた相撲取りの姿が見当たらないではないか。

「あいつ、どこ行きやがった！」

天井がないのだから二階にいるはずがない。並四郎が、

「散歩にでも行ったんやろか」

「大怪我してるのにそんなはずがねえ」

そう言ってふと見ると、飯櫃の蓋のうえに小銭と一枚の紙が置いてあり、

「おのれがだれなのかさがしにいく。ぜにはめしのおれい」

と書かれていた。

「ええやないか。これで厄介払いができたがな」

「よくねえよ。興行主の野郎からこの家の修繕費をふんだくらねえといけねえのに、肝心の相撲取りがいねえんじゃ、そいつが家を壊したって証拠がなくなっちまったわけだ」

「そやなあ。どないする……?」

「まあ、とにかく酒魂神社に行くとしよう。もしかしたらあいつがいるかもしれねえ」

左母二郎はそう言ってこめかみをさすった。そのころになってやっと目を覚ました小文吾は、

「ああ……腹が減ったわい」

左母二郎は舌打ちをして、

「飯が食いたきゃじぶん家で食いな」

小文吾は大あくびをして、

「そうするか。――あの相撲取りはどこに行った?」

「わからねえ。起きたらいなかったんだ」

「ふむ……ここに血がついておるぞ。ここにも……ここにも……」

見ると土間に点々と血痕がついている。

「怪我を押して、出ていったんだな。馬鹿な野郎だぜ」

血の跡は、表に出たところで消えていた。左母二郎は、

「じゃあ、行っつくらあ」

「待て待て。わっしもあとで行く」

小文吾が言った。

「あの男、『おふせ』とか『たま』とか申しておったではないか。もしかしたら、伏姫さまと水晶玉のことかもしれぬからのう。八房を犬小屋に連れていき、餌をやったあと、わっしも朝飯を食うてから参るゆえ、酒魂神社で待っていてくれ」

呑気な話である。

「勝手にしろい」

左母二郎はまっすぐ歩いているつもりだが、右にふらふら、左にふらふら……といわゆる千鳥足になっているようだ。隠れ家から堀江の酒魂神社までは普段なら半刻もかからぬほどの距離だが、まるで道がはかどらぬ。途中で、「しじみ汁と酒・貝っちょ」という店があった。

（しじみ汁は二日酔いに効く、てえが……）

客は皆、しじみ汁をアテに酒をちびちび飲んでいるようだ。

（迎え酒といくか）

左母二郎は店に入り、

「汁と酒」

「へーい」

ゴマ塩頭の店主が舌が焼けるほど熱々のしじみ汁と冷や酒を目のまえに置いた。左母二郎はたっぷりと唐辛子をかけてからしじみ汁を啜《すす》り、小さな貝肉をほじくり出してアテにしながら、酒を二合ほど飲んだ。少し頭痛が治まったような気がする。

「いくらだ」

「十八文だす」

「安いな」

「皆さん、そないおっしゃいます」

「ツケといてくれ」

「アホなことを。たかだか十八文だっせ。どなたにかぎらず掛け売りはお断りだす」

「そりゃそうだろうな」

左母二郎はさっきの相撲取りが置いていった小銭のなかから十八文を払った。この男にしては珍しいことだ。

「酒魂神社ってえ寺はどこにある？」

「そこの角を左に曲がってまっすぐ行ったら突き当たりだす。お参りだすか？」

「そんな柄じゃねえよ」

「へへへ……そうだすやろな。今度、そこの境内で大きな相撲がありまんのや」

「へえ、そうなのか」

左母二郎がとぼけると、

「賭け相撲になっとりましてな、それぞれ贔屓力士の札を買いますのやが、なかでも一番人気が、文亀堂ゆう本屋の息子だす。鎧竜ゆう四股名だすけど、これがまあ強いの強ないの……」

「どっちでえ」

「強いんだす。もう、めちゃくちゃ強いらしい。噂では、虎でも狼《おおかみ》でもぴりぴりぴり……と引き裂いてしまうぐらいの力やそうで、しかも、親思いの孝行もの。店が傾いてるさかい、相撲に勝って、その賞金で店を立て直したい、と思うとるそうだっせ。泣かせるやおまへんか。言うたら悪いけど、鮫ケ海とかいう大関は萩の殿さんからぎょうさん扶持《ふち》をもろて相撲を取ってる、いわば気楽な身の上だすやろ。大坂もんやったら、鎧竜を後押ししたらな嘘だっせ」

「やけに力が入《へえ》ってるな」

「じつはわても一枚だけ賭け札買うとりますのや。もちろん鎧竜に賭けました。せやから、どうしても勝ってもらわんと……」

「なんでえ、欲得ずくけえ」

「そうでもおまへん。ほんまに鎧竜の孝行ぶりにはほだされとりますねん」

「親爺《おやじ》、おめえ、なかなか相撲に詳しいな」

「じつは……これに書いてましたんや」

店主は一枚の紙を示した。それは読売（瓦版）のようなもので、今度の相撲興行のことが絵入りでざっと書かれていたが、中心になっているのは文亀堂を立て直そうという鎧竜の孝行話であった。

鎧竜は素人相撲也《なり》。浪花《なにわ》の孝行息子が萩からやってくる本職力士をねじり伏せ投げ飛ばしたならば浪花っ子たちはいかばかり胸がすくことであらう。皆で鎧竜関を支へやうではないか。

瓦版はそう結ばれていた。左母二郎は表裏を見たが、発行者の名などはなかった。親爺が、

「あちこちでタダで配られてるみたいだっせ。よほど鎧竜に肩入れしとる仁がおりますのやろなあ」

「ふーん……」

　左母二郎は釈然としないものを感じながら貝っちょをあとにした。

◇

　世直し大明神は万書堂の離れで山海の珍味をまえにしてため息をついた。卯左衛門は、

「弱ったわい……」

「なんぞおましたか」

「信用できる同心のひとりにひそかに頼み、町奉行所の手控えを見せてもろうたが、竜巻の死者は今のところ二十三名。そのなかに、萩から参った鮫ケ海の付き人ふたりが含まれておることがわかった。鮫ケ海に当たるようなものの記載はないが、船が竜巻に巻き込まれたのはまちがいない」

「やっぱりそうだしたか。死んだもんやと思うたほうがよろしいな」

「賭け相撲の賭け金はどんな塩梅だ」

「地元贔屓で今のところ鎧竜のほうが人気がずっとうえだす。例のものを大坂中にバラ撒いとりますさかい、もっともっと人気は上がりますやろ。相撲通のなかには、鎧竜はいくら草相撲の大関とはいえ、ただの素人。寒中ひび、あかぎれこしらえて修業する玄人相撲の大関にかなうもんやないやろ、という考えのものもおるようだすけど、賭け金

のほとんどは鎧竜に集まっとります」

「おまえはどう思う」

「わても今度の興行が決まったあと、物見かたがた鎧竜の草相撲を見にいきましたのやが……敵ながらすごいもんだすわ。雑喉場《ざこば》や駕籠かき、米搗《こめつ》きなんかの力自慢を相手にちぎっては投げ、ちぎっては投げ、あっというまに十五人抜きで一番になってしまいよった。あいつに勝てるのは、萩の相撲取りのなかでも鮫ケ海だけだすやろな」

「それは困る。鎧竜に人気を集めるだけ集めておいたうえで、鮫ケ海が鎧竜に勝つ、というからわしは鮫ケ海に莫大《ばくだい》な金を賭けたのだ。わしのひとり勝ちになれば、大儲けできる。だが、鮫ケ海が死んだならば、二番手に賭け直すしかないが、そやつが負けたら全部没収ということになってしまう。ひと財産ほどの額だぞ」

「心配いりまへん。二番目に強いのは、これも萩の力士で鮒ケ池《ふながいけ》ゆう関脇《せきわけ》だすさかい、そいつに賭け直したらよろし」

「二番目では心もとない。十五人抜きの鎧竜にはかなうまい」

「へっへっへっ……ええ手がおますのや」

万書堂卯左衛門は大明神になにごとか耳打ちした。

「なるほど……そういうことか」

「もともと最初《はな》からそうするつもりだした。商売というものは駆け引きが大事でおます」

「文亀堂が承知するだろうか」

「そら、承知しますとも。賭け相撲に出るのはそもそも店を立て直すためだすさかい、かならず『うん』と言うはずだす。鎧竜も親孝行ものやから、嫌とは言いまへんやろ」

「それを聞いて安堵《あんど》いたした。もう少し賭け金を増やそうか……」

「そうしなはれ、そうしなはれ。――それにしても、今度の相撲のほんまの主催がこのわてで、素人の鎧竜が何奴部屋に招かれたのも、わての差し金。あの孝行話の瓦版を撒いたのもこのわてやと知ったら、文亀堂は驚きますやろな」

「しかし、よいのか？　おまえは文亀堂を潰したいのだろう。そんなことをしたら、かえって助けることになるぞ」

「かめしまへん。助け舟を出したように見せて、真綿で首を絞めるようにじわじわ痛めつけていきますさかい」

ふたりは顔を寄せて笑い合った。

◇

酒魂神社の鳥居のまえには「大晦日相撲興行有之候《これありそうろう》。前売木戸札取扱候。賭札取扱候」という立て札が立っていた。境内はかなり広い。すでに土俵が作られており、今は大工たちが客席の造作にかかっていた。左母二郎は宮司《ぐうじ》に面会を申し入れた。

「俺ぁ、さもしい浪人網乾左母二郎てんだ。ここの大将はいるかい？」

玄関番らしい禰宜《ねぎ》は左母二郎の風体をじろじろと見たうえで、

「宮司はただいま他出……」

と言いかけたがそのうしろから、

「よい、よい。みずからさもしい浪人と名乗るお方も珍しい。面白いではないか」

現れた眉毛の白い宮司はニタニタ笑いながら、

「あんた……酒臭いのう」

「すまねえな。二日酔いなんだ」

宮司は顔をしかめ、

「そういう臭いをぷんぷんさせて神域内に入られるのはまことに迷惑。――飲みたくなるではないか」

「おめえも酒好きみてえだな」

「ふひひひ……なにしろ名前が『酒魂神社』じゃ。呑兵衛《のんべえ》でなければ宮司はつとまらぬ」

「今度の相撲だが、ありゃあおめえんとこの神社の勧進のためにやるんじゃねえそうだな」

「さよう。うちは場所を貸しただけじゃ。中身についても詳しゅうは知らぬ」

「興行主はどこかの商人だと聞いたが……」

「縄田屋という船場の大きな生糸問屋の主が相撲好きでな、一度、相撲興行を催してみたい、という宿願があり、何度もお上に願い出て、ようよう叶《かな》えられた……」

「ふーん」

「ということになっておる。表向きはな」

「表向き？　じゃあ、裏があるのけえ」

「裏というか、縄田屋は名前を貸しただけで、その実、まことの主催は万書堂という大きな書肆《しょし》だそうな。縄田屋の主がうちに挨拶に来たときにぽろりとこぼしよった」

「万書堂だと？」

「そこの主が、萩の毛利公からお抱え力士を借りることになり、その相手として大坂の何奴部屋に話をつけたから、相撲興行を行いたいのだが、名前を貸してほしい、と縄田屋に言うてきたらしい」

「どうして万書堂は自分の名前で興行を打たねえんだ」

「さあ……そこまではわからぬが、縄田屋といえば船場でも一、二という大店《おおだな》で、主はうちの氏子総代。かねてから懇意にしておるゆえ、話が早いと思うたのかもしれぬ。縄田屋の主に、ここの境内を使わせてほしい、と言われれば、承知せざるをえんからのう。わしは縄田屋に、勧進相撲以外は公儀の法度ゆえ、町奉行所の許しが下りぬだろう、と言うと、それもすでに取り付けてある、と許可状を見せよった。堀江の繁栄のために相撲興行を認可する、賭け相撲についても特別に差し許す、大坂町奉行……と書いてあったわい。きちんと押印もされていた」

「………」

「許可状は本ものらしいし、縄田屋主人の口利きゆえ、十日間、境内を貸すことにした。お上のお墨付きのある興行だ。うちも労せずして貸し賃がふところに入る。前売り木戸札と賭け札も売っておるが、それもいくばくかの利が入る。良いことずくめだわい」

「てえことは、あんたは萩の相撲取りの顔を見たことはねえんだな」

「無論じゃ。相撲のことなどなにもわからぬ。しかし酒の銘柄には詳しいぞ」

もし、あの大男が消えなかったとしても、この宮司に見せてもしかたがなかったわけである。

「客は入りそうなのか?」

「前評判は上々のようじゃな。なんでも、文亀堂という書肆の孝行息子で素人相撲の大関、鎧竜というのが、左前になった父親の店を立て直すために萩の大関鮫ケ海と雌雄を決する……というのが浪花っ子の人気を呼んでいて、前売り木戸札は残らず売れて満員札止め、賭けの人気も今のところ鎧竜が断然抜けているらしいぞ。わしもその鎧竜にいくらか賭けて、小遣いにしようかと思うておるところじゃ」

「ふーん……」

左母二郎は、

（あの瓦版が効いてるようだな。けど、万書堂が主催の相撲に文亀堂のせがれが出場する……どうも引っかかるぜ……）

そう思ったが口には出さなかった。宮司はまだ鮫ケ海が失踪した、とかいった話は聞いていないようである。

「萩の相撲取りたちはどこにいるんだ？」

「たしか、順慶町の藤沢部屋というところに間借りするとか言うておったな」

「ありがとよ。そっちに回ってみる。また来らあ」

「あんた、いける口なら、今度わしと飲み比べをせぬか」

「ちぃと理由《わけ》があって、飲み比べにゃあ懲りてるんだ。普通に飲むだけなら相手するぜ」

そう言うと左母二郎は酒魂神社の鳥居をくぐり、表に出た。

（小文吾の野郎、来なかったたな。なにもたもたしてやがるんだろう。まあ、ここに来りゃ俺が順慶町に行ったことぐれえはわかるだろうから、おっつけ来やがるだろう……）

相変わらず大坂の町は取り立てに走り回る丁稚や商人であふれている。そんななか、左母二郎はゆっくりと順慶町を目指した。

◇

「ほたらなんだすかいな、万書堂さん、あんた、うちのせがれにわざと負けろ、と……」

文亀堂の奥の小さな座敷で、金兵衛は万書堂卯左衛門と相対していた。金兵衛の後ろには大作――鎧竜が座っている。

「そういうことや。そのかわりに、あんたとこが抱えてる借金、みんな肩代わりしたるわ。どや、悪い話やないはずやで」

金兵衛は目を閉じて考え込んでいる。

「なにも考えることないやないか。もし、鎧竜が優勝したとしても、賞金は三百両。あんたが鎧竜に賭けた分も、鎧竜の人気が高いさかいさほどの払い戻しはない。全部で百両ぐらいのもんやろ。それも、本屋にとっていちばん大事な版木を担保にして高利貸しから金借りたらしいな。無茶なことを……」

「あんた、なんでうちのせがれに負けさせたいのや」

卯左衛門はしばらく考えていたが、

「じつはここだけの話やけどな、今度の相撲の興行主は縄田屋さんということになっとるが、ほんまはこの万書堂卯左衛門や」

「な、なんやと!」

「賭け相撲で、あるお方にお金をぎょうさん儲けてもらおうと思てな。せやさかい、鮫ケ海にどうしても勝ってもらわな困るのや」

「あるお方……？」

「名前は言えんが、身分の高い上役人や。いずれは老中とまで出世するお方や。そのお方に偉《えろ》なってもろたら、うちの店も江戸へ進出できるし、向こうの同業のなかでも幅がきく」

「………」

「あんたとこの店の借金、調べさせてもろたけど千五百両は超えとるなあ。今度の大節季には払わなあかん金や。それをわては耳をそろえて払うたる、と言うとるのやで。しかも、鎧竜がかならず勝つとはかぎらん。鮫ケ海が勝つかもしれん。それを、わざと負けるだけで、千五百両がまちがいなく手に入るのや。こんなええ話はないはずやがな。もし、鎧竜が負けて、借金のかたに版木を取り上げられたら、この店はかならず潰れる。わてはあんたの店を助けてやろうと思て仏心を出しとるのや。『うん』と言わんかい」

金兵衛は目を開け、

「うん……とは言えん」

「なんやと？　店潰してもええちゅうんか」

「店は潰しとうないけどな……こいつは小さいころから相撲が好きで好きで、そのうえ強い。本職になりたい、きちんと修業したい……と何べんも言うてくるのを、跡取りやから、と蹴飛ばしてきた。そのたびにこいつはわての言うことを聞いて、あきらめてくれた。そりゃ、あれだけ強かったらさぞかし本職の相撲取りになりたかったやろ。けど、わてのために涙を呑んでくれたのや。それが今度、お大名のお抱え力士と取り組めることになった。しかも、店を続けるためにひと肌脱いでやろうというのや。ありがたいやないか。この望みだけは叶えてやりたいのや」

「しょうもない望みや……」

「それに、たとえ四百両でも手に入ったら、なんとか店は潰れずにすむはずや。大口には半分だけ支払いをして、あとはなんとか待ってもらえると思う。それに、出る一方やない。大晦日には、うちの掛けも取り立てるさかい、なんぼか金は入ってくる」

「甘い見通しや」

「万書堂さん、あんた、ようらちの暖簾《のれん》をくぐれたもんやな。あんたがだれか上のほうの役人と結託して、うちの本を禁書にしたうえで、自分のところでおんなじような本を出してることは承知しとる。あんなもん、ほとんど偽版やないか」

「あれはあくまで商いのうえの競い合いや。あの手この手でいくのが当たり前やろ」

「どうせ今度の相撲が許可されたのも、その役人にあんたが取り入ってのことやろ。ちがうのか。わてはまんまとその手に乗ってしもた。けど、大作が鮫ケ海に勝てばなにもかもひっくり返せる」

　卯左衛門は鎧竜に向き直った。

「大作、おまえの父親《てておや》はわけのわからんことを言うとる。頭に虫が湧いたのや。相撲のことしかわからんおまえにもわてが言うた理屈はわかるやろ。おまえが負けたら千五百両が手に入る。おまえが勝っても四百両にしかならん。この取り引きをご破算にして、もしおまえが負けたら、一文ももらえんのやで。どっちが得やと思う？　おまえは孝行もんや。親の店を守りたい、ゆう気持ちは泣かせるやないか。もともと店を守るために相撲に出ることにしたのやろ。それやったら、わての言うとおりにしたほうが得に決まっとる」

　鎧竜は卯左衛門を見据えると、

「相撲は損得やない。それに……わしは負けけん」

「勝負は時の運や。相手は鮫ケ海やで。勝つとはかぎらん」

「負けけん。わしは鮫ケ海なんぞには負けけん。正々堂々と勝負して、勝って、賞金と賭け金をぶんどりたい。わざと負けるやなんて嫌や」

「おまえら親子はそろって頭が固いのやな。勝つとか負けるとかどうでもええはずや。借金が返せたらそれでええやないか」

「ええことない。わしはおのれの力で鮫ケ海に勝って、それで金をもぎとって店を救いたい」

金兵衛は鎧竜に向かってうなずき、

「わてもそう思う。もし、おまえが負けたら、そのときは店は手放す。本職の大関相手におまえの力がどこまで通じるか試す機会や。存分にぶつかってみぃ」

「おとう、おおきに。やれるだけやってみるわ」

卯左衛門は、口から出かかった「その鮫ケ海が死んでしもたんや」という言葉を無理矢理飲み込むと、金兵衛を憎悪の目で見つめ、

「わては、穏便に話を進めるつもりやったのに……このあとなにがあっても知らんで」

「どういうことや」

「あんたの大事な跡取り息子がとんだ怪我をせんともかぎらん、ゆうことや」

「脅しかいな」

「脅しやと思うならそれでええ」

「うちの息子は少々怪我したぐらいなら這《ほ》うてでも出る。大坂中の皆さんの後押しを裏切るようなことはせん」

「ふん、邪魔したな。ほな、さいなら」

卯左衛門は立ち上がり、廊下に出た。鎧竜が、

「おとう、今のうちにこいつの首引き抜いたろか」

「物騒なことを言うな」

廊下を歩く卯左衛門の足取りがなにげに速くなった。

三

大きな身体の男が大坂の裏通りをよたよたと歩いている。あちこちに怪我をしているようで、身体に巻きつけた布に血がにじんでいる。顔色も悪い。

（わしは……いったいどこのだれじゃ。あの連中が言うていたように相撲取りなのか。しかし、この町にまるでなじみがない。ここに住んでいたわけではないのか。だとしたら、わしはどこから……うう……頭《つむり》が痛む……）

男は脚を引きずるようにして通りから通りをさまよった。もともと行くあてもないのだ。自分がだれだかわからぬまま、あの家でじっと寝ているのが耐えられなくなり、なにも考えずに出てきてしまった。

（もう一度あそこに戻ろうか……。いや、それではおのれの素性がわからぬままじゃ。どうすればよいのかのう……。考えてみれば、こうして歩いているだけでなにかがわかろうはずもないのう……。そ、そうじゃ、通りを歩いておる連中にわしがだれかたずねてみればよい。もしかしたら、知っておるものがおるかもしれぬ）

大男は、

「皆の衆、皆の衆、わしはどこのだれかのう。知っていたら教えておくれ。お願いじゃあっ」

大声でそう叫びながら歩きだした。

「わしの……わしのおふせはどこじゃ」

「おい、そこの男」

そちらを向くと、町奉行所の役人らしい侍が立っていた。ごわごわした揉み上げを長く伸ばし、腕にも手の甲にも剛毛が生えている。大坂西町奉行所盗賊吟味役与力《よりき》、滝沢《たきざわ》鬼右衛門《おにえもん》である。かもめ小僧の召し捕りに異常な執念を燃やしている人物だ。

「わしですかい」

「そうだ。怪しいやつ。見たところ相撲取りのようだが、どこの部屋のものだ。名はなんと申す」

大男は頭を抱え、

「うおおおーっ！」

と吠えた。滝沢鬼右衛門は仰天して二、三歩後ずさったが、そこで踏みとどまった。

大男は、

「それがわからぬゆえ困《こう》じはてておるのじゃ。教えてくれ、わしはどこのだれじゃ」

そう言うと鬼右衛門に近づいていった。それが怒濤《どとう》の寄り身に見えた鬼右衛門は十手を左右に振りながら、

「く、来るな。あっちへ行け」

「教えてくれ、教えてくれ！」

男は鬼右衛門のうえにのしかかり、ふたりは抱き合うようにして倒れた。大男と鬼右衛門、ふたりの悲鳴が絡み合うようにして大坂の町に響き渡った。

◇

世直し大明神はむっつりした顔で卯左衛門の報《しら》せを聞いていた。

「つまり……やつらはわざと負けることを拒んだのだな」

「へえ、馬鹿な連中で……」

大明神は飲んでいた盃《さかずき》を叩きつけると、

「馬鹿はおまえだ！　かならず『うん』と言う、と請け合ったではないか。おまえの言葉を信用して、あのあとわしはすぐに、鮫ケ海に賭けていた金をすべて鮒ケ池に賭けなおし、さらに増額してしもうたのだ。どうしてくれる！」

「中山さま、まだ鮒ケ池が負けるとは決まっておりませぬ。もしかしたら勝つかも……」

「どういう具合に勝つというのだ」

「鎧竜が土俵のうえで足をすべらせるかもしれまへんし、まえの晩に食べたもんにあたって腹下しをするかもしれまへん。風邪《かぜ》をひいてえらい熱を出すかもしれまへんし、来る途中で野良犬に嚙まれるかも……」

「もう、よい！」

大明神は立ち上がった。

「中山さま、どちらへ……？　世直しだすか？」

「鎧竜を……斬る」

「へ……？」

「殺してしまえばいちばんあと腐れがないが、せめて大怪我をさせることができれば、鮒ケ池でも勝てるだろう」

「大怪我はあきまへんわ。鎧竜が出場せんことになったらどうしますのや。瓦版を撒いて鎧竜の人気を高めて賭け金を集められるだけ集めといて……それを鮫ケ海がやっつけるさかい儲かりますのや。鎧竜が出んかったらなんにもなりまへん」

「ならば、利き腕か脚に怪我をさせるだけにすればよいのだな」

「そういえば、文亀堂も『うちの息子は少々怪我したぐらいなら這うてでも出る。大坂中の皆さんの後押しを裏切るようなことはせん』と言うとりましたな。ただし、バレんようにやらんと、殿さまが町奉行所に召し捕られてしまいまっせ」

「ははは……わしが町奉行所に召し捕られることはない」

「そらそうですわな」

そう言って卯左衛門はにやりと笑った。

◇

ずどん、ずどん、ずどん、ずどん……という大砲を撃つような轟音が響き渡る。そのたびに地面も上下する。大ない（地震）と勘違いするものもいるが、そうではない。店の近くにある原っぱで大作——鎧竜が四股《しこ》を踏んでいるのだ。以前の店では、敷地内に立派な土俵をこしらえてもらっていたのだが、今の小さな店にかわってからはそういう場所がなく、毎日、ここで稽古をしている。今度加わることになっている何奴部屋は、店からかなり遠いのである。

「どすこーい！　どすこーい！」

四股はすべての基本である。下半身を鍛えまくることでさまざまな技も破壊力を増す。小手先では勝てぬ世界なのである。寒風が吹きすさぶなか、まわしひとつという姿での四股だが、鎧竜の全身からは汗が滝のように流れ落ちている。

「どすこーい！　どすこーい！」

四股を踏み終えた鎧竜は、今度は鉄砲をはじめた。鉄砲柱代わりのクヌギの巨木に向かって腰を落とし、突っ張りを繰り返すのだ。手のひらが幹にぶち当たるたびにクヌギの木は梢《こずえ》までゆらぎ、悲鳴を上げる。

そんな鎧竜のうしろからそっと近づく三つの影があった。三人とも覆面で顔を隠し、音を立てぬよう雪駄の裏に綿を貼り、刀の鞘《さや》にも布を巻いている。

「よいか。やつは油断をしている。わしがまず背中に斬りかかる。外すことはまずあるまいと思うが、万一、左右いずれかにかわされたら、おまえたちが仕留めよ。わかったな」

「ははっ」

三人はそろそろと抜刀した。鎧竜は一心に鉄砲を続けている。

「やるぞ……」

大明神がそう言った瞬間、クヌギの巨木が凄まじい音を立てて折れた。鎧竜の突っ張りに耐えられなくなったのだ。これには三人の侍も立ちすくんだが、中央の侍……世直し大明神が、

「枯れ木がたまたま折れただけだ。気にするな！」

左右にそう声をかけると、

「死ねい！」

大明神が大上段に振りかざした刀を思い切り斬り下げた。その刃《やいば》が背中の皮を切り裂

いた……かと見えた瞬間鎧竜はいきなり前屈した。刀はぎりぎり届かず、大明神はよろけてその場に尻餅を搗いた。供侍たちは顔を見合わせた。左右いずれかにかわされたときのことは指図されていたが、前屈して避《よ》けるとは思っていなかったからだ。鎧竜はすばやく振り返り、

「だれじゃ、稽古の邪魔するやつは」

「なにをしておる！　斬れ、斬れっ」

大明神の叫びに気を取り直し、供侍たちは鎧竜に向かっていった。

「なんじゃ、たった三人か」

鼻で笑った鎧竜は折れたクヌギの巨木を掴むと、それを両手で抱えるようにして振り回しはじめた。ぶんぶん、という音とともに、空気が焼けるような臭いがした。供侍ふたりはおののいて後ろに下がった。大明神は地面に座ったまま、

「われらは刀を持っておる。ひるむな！」

飛車さんが、

「きえええっ！」

掛け声は勇ましいが、へっぴり腰で鎧竜に斬りかかっていった。しかし、風車のように回転する巨木に側頭を強打され、白目を剝いて倒れた。鎧竜はクヌギを捨てると腰を落とし、

「さあ、一丁来い！」

歩兵《へこ》さんはそれを見て、

「だから、相撲取りは相手にしたくなかったんだ！」

と泣き声を上げたが、ようやく立ち上がった大明神が、

「早う斬れ！　当家をクビになりたいのか！」

「ええい、もうどうにでもなれ！」

歩兵さんは刀を槍《やり》のように構えて鎧竜に突っ込んだ。鎧竜が身体を開いて歩兵さんを呼び込み、腕を叩くと、歩兵さんは刀を落とした。刀は地面を転がり、近くにあったドブのなかに落ちてしまった。

「ああ……先祖伝来の武士の魂が……」

「なーにが武士の魂じゃ。刀がなければなにもできぬのか。相撲取りはいつも素手じゃ」

鎧竜はそう言うと、歩兵さんの帯を摑んで手前に引き、斜めに放り投げた。歩兵さんは吹っ飛び、そこにあった松の木の幹に衝突して、これまた白目を剝いて失神した。

「最後はおまえさんじゃな。――どこのどなたか、名前をきいておこうか」

大明神は震えながら、

「な、な、名乗るほどのものではない」

「なにゆえわしを殺そうとしなすった」

「殺そうとはしておらぬ。評判を聞いて、どれほど強いか試したかっただけだ。ほれ、このとおり……」

大明神は刀を放り出し、両手を突いて、

「悪かった。許してくれい」

「謝るのなら、今度だけは許してやろうかい」

鎧竜がそう言ったとき、大明神は脇差《わきざし》を抜いて、

「だあっ！」

鎧竜に飛びかかった。下から喉を狙ったようだが、鎧竜は動じることなく、右手で大明神の胸を突いた。

「ぐへっ」

大明神の身体はとんぼを切ったように裏向きに一回転し、またまた白目を剝いて地面に倒れた。

「ようも白目を剝きたがるひとたちじゃ。さてさて、今日は稽古にならぬな」

鎧竜は両手を叩き合わせて土をはたくと、悠然と原っぱから去った。

◇

左母二郎は順慶町の藤沢部屋という相撲部屋を訪れていた。そこには萩の力士たちが

間借りしていて、今度の相撲興行に向けて稽古を重ねていた。左母二郎は稽古場の外からしばらく様子を見ていたが、どの力士も今ひとつ気合いが入っていないように思われた。左母二郎がなかに入っていくと、皆はぎょっとしたようだった。いきなり黒羽二重の浪人ものが現れたのだから無理もないが、左母二郎は全員をにらみすえてから、

「鮫ケ海って野郎はいるか？　隠すとためにならねえぜ」

ひとりの力士が不機嫌そうに、

「鮫関は亡くなられた」

「なに……？」

「死んだ、と言うたのじゃ。鮫関になんの用かは知らぬが、死んだものと対面《たいめ》はできぬ。帰ってくだされ」

「どうして死んだとわかるんでえ」

「鮫関は竜巻のせいで亡くなった、と町奉行所から聞かされたのじゃ。乗っていた船が空中高く巻き上げられ、船はばらばらになって、付き人ふたりの死骸が見つかったとか……。鮫関の死骸は見つかってはおらぬが、あのありさまではとてもではないが生きてはおるまい、とお役人が言うておられた。今になってもここへお越しにならぬし、亡くなられたにちがいないわい」

「その鮫ケ海てえのは、どんな野郎なんだ？」

「どんな野郎と言われても……色白で、搗き立ての餅のような肉《しし》おきじゃ。腕は大木のように太く、肩や胸も膨れ上がっておる。額が狭く、眉は薄い。目はどんぐり眼《まなこ》で、唇は上下ともに分厚く、左の頬には土俵で受けた古傷がある」

「そいつだ！　間違えねえ！　鮫ケ海は生きてるぜ」

「えっ？　そりゃあまことでござんすか？」

「たぶんな……おめえは？」

「鮫関の弟弟子で鮒ケ池と申すもの。わっしら、てっきり亡くなったとばかり……」

「じつぁな、俺ん家の屋根を突き破って落ちてきた相撲取りがいたんだ。そいつが鮫ケ海じゃねえか、と思うんだが……大怪我はしてたが生きてたよ。医者にも診せたし、薬も盛った」

「おおおお！　では、鮫関は……鮫関は生きとられるのか！」

力士たちは手を握りあい、身体を叩き合って喜びを表している。

「俺《おり》ゃあそれを確かめにきたのさ。その相撲取りは頭をぶつけたかなんかして、健忘ってやつになったみてえで、自分がどこのだれだか思い出せねえってんだ。そうこうしてるうちにいなくなっちまってな。そいつが鮫ケ海だとしたら、健忘が治ってここにいるんじゃねえか、と思って来てみたのさ。けどよ、今、おめえから鮫ケ海の風貌を聞いたら、うちに落ちてきた野郎とおんなじだ。やっぱりあいつが鮫ケ海だな」

鮒ケ池は左母二郎に深々と頭を下げ、

「なにからなにまで鮫関がお世話になり、お礼のしようもござんせんわい。ありがとうござんす」

ほかの力士たちもあわてて頭を下げた。

「なーに、そんなんじゃねえ。屋根と天井の修繕費をもらいてえと思っただけさ。――その鮫ケ海っていうのは強えのか？」

「強いなんてもんではござんせん。わっしらが総出で束になってかかってもかないませんわい」

「てえことは、鮫ケ海がいねえと……」

鮒ケ池は急に暗い顔になり、

「そうじゃ。わっしらだけでは相撲にならぬ。何奴部屋の力士とはなんとか五分で戦えると思うが、なにより避けたいのは大坂の素人相撲、鎧竜というやつに負けること。本職としてそんな恥なことはない。鮫関さえおられれば、不細工な真似《まね》は見せずにすむのじゃが……」

「あの大怪我じゃあ、鮫ケ海が見つかっても、相撲は取れねえぜ」

「それでもかまいませぬ。わっしらは鮫関が生きておられるというだけでも、うれしゅうござんす」

「ふーん……鮫ケ海てえのはよほどいいやつだったみてえだな」

「へえ……相撲を手取り足取り教えてくださるだけでのうて、わっしらをじつの弟のようにかわいがってくれとりました」

鮒ケ池はそう言って涙ぐんだ。左母二郎は、

「邪魔したな。帰《けえ》らあ」

鮒ケ池は皆を振り返り、

「おい、皆の衆、鮫関はご存命じゃ。こうなったら下手は打てんぞ。萩の相撲の名誉のためにも、皆、死ぬ気で稽古に精を出すのじゃ」

「おおうっ！」

左母二郎が稽古場を出ると、さっきとは打って変わったきびきびとした稽古の音が聞こえてきた。

（それにしても、あの野郎……どこにいやがるんだ？）

左母二郎はふところ手をして歩き出した。小文吾はここへも来なかった。

◇

「強い……強すぎる！」

世直し大明神は嘆息した。

「なんどおっしゃいましても同じことだっせ」

万書堂卯左衛門が言った。

「ふたりの供侍はともかく、この世直し大明神の必殺の剣をかわすとは……」

「どうなさいます」

「鮫ケ海ならともかく、鮒ケ池ではとてもかなわぬ。このままでは鎧竜が優勝してしまう。どんな手を使《つこ》うてもそれだけは阻まねばならぬ」

「けど、どないして……」

大明神はしばらく沈思黙考していたが、やがて顔を上げ、

「よいことを思いついたぞ。おそらくは鎧竜にも勝てるであろう相撲の巧者を知っておるのだ」

大明神は、世直しをしているときに出会った犬田小文吾と称する侍のことを卯左衛門に語った。

「そんな強いやつがおりますのか」

「うむ……相撲の技でわが供侍ふたりを軽々吹き飛ばした。しかも、四股を踏めばあたりが揺れ、大きな岩を頭のうえまで持ち上げる怪力の持ち主でもある。あの男ならば鎧竜もものかずではあるまい」

「そんな強いお方だすか。けど、賭け相撲に出場することを承知してくれますやろか」

「うむ……相撲取りではなく侍ゆえ、慎重にことを運ばねばならぬが、わしはその男に、賭け相撲に出て鎧竜を負かしてくれ、とだけ頼むつもりはない」

「とおっしゃいますと……？」

「此度の相撲は、鮫ケ海と鎧竜との対決に人気が集まっておるのだから、急にどこの馬の骨ともわからぬ男が現れてもだれも賭けまい。客の人数も減るかもしれぬ」

「それは困ります」

「わしも困る。だから、な……」

大明神はなにごとかを卯左衛門に告げた。卯左衛門はあっという顔をして、

「そんなことができますやろか。もし、バレたら……」

「その気遣いはない。大坂のものは萩の相撲取りの顔など知らぬゆえ、な」

「そらまあそうだすけど……なんと大胆な」

「まあ、わしに任せておけ。あの犬田という男がなにものかは知らぬが、なんとかなるだろう。天下国家のためだ」

世直し大明神は胸を叩いた。

◇

犬田小文吾は、長屋のいちばん奥の一室、通称「犬小屋」で昼飯を食べていた。左母

二郎には「すぐ行く」ようなことを言った小文吾だが、炊き上げた熱々の飯を見ていると、全部平らげてからでないと飯に申し訳ないような気になってしまったのだ。

「腹が減っては戦《いくさ》は負けじゃ。勝負に勝つにはとにかく食うべし、食うべし、食うべし」

相変わらずの大食である。一升炊いた飯はすでに残りわずかになっていた。菜《さい》は大根の漬けものと味噌汁のみ。小文吾は八房が、味噌汁をかけた飯に鰹節《かつおぶし》を散らしたものをぱくぱくと食べている。小文吾は八房の頭を撫でると、

「おまえの飼い主はどこにおるんじゃろなあ。あの力士が口にした『おふせ』やら『たま』というのが伏姫さまにつながる手がかりであればよいのだが……」

そのとき、

「こちらに犬田小文吾殿がおいでか」

という声が外から聞こえた。

「犬田小文吾はわっしじゃ。どなたじゃな」

「昨日、お目にかかったものだ」

「昨日……？　はて、覚えがないが、お名前はなんと申される」

「世直し大明神……」

「ああ、思い出した。なんじゃ、仕返しにきたのか」

「とんでもない！　入ってもよいか」

「おう、ずっと奥へ……と言うてもこの狭さじゃがのう」

入ってきたのは覆面をした三人の侍で、先頭が世直し大明神であった。世直し大明神は、老朽化してぼろぼろの狭い長屋のなかを薄気味悪そうに見渡していたが、

「座ってもよいか」

「座布団もなにもないぞ」

畳もなく、板敷きのうえにカビの生えた薄縁《うすべり》が敷いてある。大明神はそのうえにそっと座った。飛車さんと歩兵さんは土間に立ったままである。

「なんの用じゃ。わしは忙しい。今から出かけねばならぬのじゃ」

「手間は取らせぬ。大事の用件だ」

「ならば、飯を食い終わるまで待っておれ」

小文吾は飯櫃に残っていた飯に直《じか》に茶をかけると、飯櫃を持ち上げ、がさがさと掻き込んだ。その様子はまるで鯨のようで、大明神たちはあっけにとられて見つめていた。

飯を食い終わると、

「さて……話というのを聞こうか」

「じつは犬田殿にたってのお願いがある」

「ほう……」

「昨日の様子では、犬田殿はたいそう相撲が強いと思われるが……」

「まあ、生まれてこのかた、相撲でひとに負けたことはないのう」

「そこを見込んでの頼みだ。じつは今度の大晦日に大坂で相撲興行がある」

「知っとる。萩の毛利公お抱えの力士と大坂の何奴部屋の取り組みじゃ。大坂の素人相撲で鎧竜というのがえろう人気があるらしいのう。孝行もので、親の家業を助けるために賭け相撲に出る、とか聞いた。よい話ではないか。わっしもぜひ見物に行きたいとは思うておった」

「ところがだ……その鎧竜なる男は孝行ものどころかとんだ極悪人なのだ。これまでも怪力を頼んで、さんざん飲み食いしたあげく、代金を求められると大暴れして店を壊したり、ひとを殴ったり、投げ飛ばしたり……。近頃ではどの店も、関わり合いになって怪我をしたり、店を潰されたりするのが怖いゆえ、顔を見ると金を出して帰ってもらう……という鼻つまみものなのだ」

「聞いておった話とまるで違うのう……」

「おのれのことを美談に仕立て上げて父親の工房で瓦版に摺《す》り、タダで撒いているから知らぬものには人気があるが、皆だまされておるのだ。当人を知っているものにとっては噴飯ものだ」

「ひどいやつじゃのう」

小文吾の顔面が怒りに赤く染まった。

「しかも、土俵のうえでは怪我をさせても罪に問われぬのをよいことに、何人もの取組み相手に大怪我をさせ、二度と相撲が取れぬようにしている。それも、相手がすでに手を突いたり、土俵を割ったりして勝負がついているのに、さらに思い切り突き飛ばしたり、のしかかったり……。なかには死んだものもおる」

「それは、ダメ押しというて、一番やってはいかんことじゃ。うーむ、聞けば聞くほど相撲道に反したやつじゃわい」

興奮した小文吾は、両手で床を叩いた。どうん、と家が揺れ、大明神は跳び上がった。

「地震や！　逃げっ！」

隣に住む男が家から飛び出したらしい。

「わしは世直し大明神だ。悪を許すことはできぬ。何度かこらしめようとしたが、情けないことに向こうのほうが力がうえで果たせなかった。そこに今度の相撲だ。やつはおのれに大金を賭け、優勝して大儲けするつもりのようだ。だが、萩の鮫ケ海はかなり強いという。わしは鮫ケ海が鎧竜を土俵に叩きつけてくれるのを期待しておった。ところが……その頼みの綱の鮫ケ海が、竜巻に巻き込まれて行き方知れずになってしまったのだ。船に同乗していた付き人ふたりの死骸は見つかった。鮫ケ海の死骸はいまだに見つからぬが、おそらくは死んだものと思われる」

「ははあん……やはりあいつは……」

「なにか申したか」

「いや、なんでもない」

小文吾は、左母二郎たちの隠れ家に落ちてきた力士がその鮫ケ海だと確信を持ったが、もしそうだとしても、あの大怪我では相撲は当分取れまい。証拠もないので「生きている」とは言わなかった。

「で、わっしになにをしてほしいのじゃ」

「相撲に出てほしい。それも、犬田小文吾としてではなく、鮫ケ海として出場してほしいのだ」

「鮫ケ海として? なにゆえそんなことをせねばならぬ。わっしが犬田小文吾としてその鎧竜に勝てばよいのではないか?」

「大坂のものたちが待ち遠しく思っているのは、なんと申しても鮫ケ海と鎧竜の一戦だ。それがなくなった、となると皆落胆するだろう。賭け金の返金が相次ぐかもしれず、興行元も困る。此度の相撲興行は、大坂の庶民のささやかな娯楽になれば、と船場の生糸問屋縄田屋と心斎橋の書肆万書堂が企てたものだ。表向きは大店の縄田屋が興行主、ということになっておるが、じつは細かいことは万書堂の主が決めており、縄田屋はいわば名前を貸した恰好だ。万書堂は、大坂町奉行所に幾度となく掛け合い、とうとう許しを得た。一文も儲けるつもりはなく、ただただ堀江を、大坂を盛り上げようという気持ちでしたこと。鎧竜と鮫ケ海の勝負を楽しみにしている浪花のものたちの夢を壊しとうない。また、興行元に損をさせるのもかわいそうではないか」

「しかし、替え玉がバレるのではないかのう」

「心配いらぬ。おまえは江戸から来たところだ、と言うていたな。鮫ケ海は遠く萩からやってきたのだ。大坂で両名の顔を見知っているものはいないと思われる。萩の力士たちさえ黙っておれば、バレる気遣いはない」

「むむ……それはそうかもしれぬが……」

「頼む。鮫ケ海として相撲に出てもらいたい。犬田殿ならば、きっと鎧竜に勝てると思う。これは世直しなのだ」

「世直しだと？」

「さよう。わしは町奉行所が裁けぬ悪の芽を摘み、正義の刃でご政道の歪みを正し、下々のものが明るく暮らせる世の中の到来を望むもの。そのためにも鎧竜などという邪悪の輩《やから》を除かねばならぬ。ぜひとも犬田殿のお力を貸してもらいたいのだ」

世直し大明神はその場に伏した。

「いやいや、お手をお上げなされ。おまえさまの言うたことはわっしの考えと同じじゃ。わっしも曲がったことは大嫌い。暴力をふるって弱いものいじめをするようなやつは許さぬ。よし……この犬田小文吾、おまえさまの世直しの思いに力を貸したい。鮫ケ海の身代わり、たしかに引き受けた！」

小文吾は胸を叩いた。あの相撲取りが鮫ケ海ならその後輩たちに会えば、「おふせ」「たま」のこともわかるだろう、という気持ちもあったが、ほとんどは純粋な義憤から引き受けたのである。

「おおっ、引き受けてもらえるか！　これで勝ちはもらった」

「勝てるかどうかは、やってみねばわからぬ。とにかく正々堂々とぶつかって、勝っても負けても大坂の皆に恥ずかしゅうない相撲を取ることを約束しよう」

「いや、勝ってもらわねば困る。負けてはなにもならぬ」

「全力は尽くすが、勝負は時の運じゃ。それでいかんならこの話は断るほかない」

「あ、いや……断られては困る。だが、かならず勝つ、ぐらいの気持ちでやってくれ、ということだ」

「それはもちろんじゃ。負けようと思うて相撲を取る馬鹿はおらぬ」

「とにかく鎧竜というのは没義道《もぎどう》な、この世にいると大勢がこれからも迷惑することになる男。土俵のうえならば殺しても罪にはならぬのだぞ」

「はっはっはっ、冗談もほどほどにせい」

「冗談ではない。叩き殺してくれてかまわぬゆえ、存分にやってくれ」

小文吾は座り直し、

「しかし、おまえさまはいったいどこのどなたじゃな。世直し大明神などと名乗っておいでじゃが、今度の相撲にどういう関わりがあるのかのう」

「さっきも申したが、わしは世の中の不正を見逃すことができぬ男。だが、それだけではない。わしはかねてから万書堂の主と懇意にしておるのだが、その息子が草相撲で鎧竜に殺されたのだ」

「なに……？」

「その男はある娘と恋仲になったが、その娘に横恋慕した鎧竜は、邪魔な男に相撲の勝負を挑み、地面に叩きつけたうえ、その背中に飛び乗って何度も脚で背骨を踏みつけた。男はとうとう息が絶えてしまった。鎧竜は文亀堂という書肆の息子ゆえ、万書堂はいわば商売敵《がたき》。それでよけいに憎しみがかかったものだろう。わしは万書堂の息子の仇を討ってやりたいのだ」

小文吾は涙をこぼし、

「そうじゃったか。可哀《かわい》そうにのう……」

「此度の相撲興行を万書堂が主催したというのは、せめて萩の大関鮫ケ海が、息子を殺した鎧竜を負かすのを見たい……そんな一心からだ。その鮫ケ海が不在とあっては、逆に鎧竜に優勝をさらわれてしまう。そこで犬田殿にお願いする次第……」

「鎧竜というのは、なんというむごいことをするやつじゃ！」

怒り心頭に発した小文吾は、拳をかためて壁をどすどすと殴りつけた。ぐらり……と家がゆらぎ、

「また地震や！　みんな逃げっ」

隣に住む男がふたたび家から飛び出したようだ。

「うむ……とにかく精いっぱいのことはやってみよう。萩の力士たちはどこにおる」

「順慶町の藤沢部屋というところを宿舎にして稽古をしておるそうだ」

「わっしもちいとばかり寄るところがあるが、そのあとすぐに藤沢部屋に参るとしようかい」

「よろしくお願いいたす」

大明神は頭を下げると、飛車さん、歩兵さんとともに長屋を出た。飛車さんが大明神に、

「拙者は感動いたしました」

「なにがだ」

「よくもまああれだけでたらめが口からすらすら出るものだと……」

「ふっふっふっふっ……嘘いつわりは大の得意なのだ」

大明神はからからと笑った。

◇

酒魂神社に赴いた小文吾は、左母二郎は訪ねてきたが、すぐに藤沢部屋に向かった、と知った。宮司は、

「おまえさんもその体格からして相撲取りかね」

「わっしは……萩から来た鮫ケ海というものじゃ。少し遅れたが、今日から部屋の皆と合流して稽古することになりました。当日はこちらで世話になりますゆえ、よろしゅうお頼み申す」

「おお、あんたが鮫ケ海か。たいそうお強いそうじゃな。わしも見物させてもらうのを楽しみにしとる」

「わっしも大坂の衆に相撲を見ていただくのが楽しみでなりませんわい」

「鎧竜とあんた、どっちが勝つかわからんが、わしは鎧竜に賭けてしもうた。悪う思わんでくれ」

「それはかまいませぬが……その鎧竜という仁についてなんぞ存じよりがあったら教えてくださらぬか」

「会うたことはないが、なんでもたいへんな孝行ものだとか」

「悪い噂は……？」

「聞いたことがない」

藤沢部屋の場所を聞いたあと、小文吾は礼を述べて酒魂神社を辞し、藤沢部屋に脚を向けた。皆は稽古の真っ最中だった。小文吾は稽古の様子を眺め、一段落するまで待ってから声をかけた。

「稽古中にすまぬが、ここに黒羽二重の浪人が来なかったかね」

「ああ、ついさっき来ましたわい。鮫ケ海関がいないか、って言うてきたが、もう帰ってしまった」

力士のひとりが汗を拭きながら言った。

「また入れ違いか」

「わしらは皆、鮫関が竜巻で死んだものと思うて嘆いていたが、その浪人が言うには、鮫関は生きておいでだとか。今、大喜びしておるところじゃ。——ところであんたは？」

「わっしか。わっしがその鮫ケ海じゃ」

ぽかんと口をあける一同を尻目に小文吾は鉄砲柱のところに行き、

「さて、わっしも稽古しようかのう」

そして、猛烈な勢いで鉄砲をはじめた。柱から煙が出そうなほどのその凄まじさに、萩から来た力士たちは呆然《ぼうぜん》として見つめていた。

◇

「犬田という方が身代わりを引き受けてくださった？　そら、よろしゅおましたなあ」

万書屋卯左衛門は安堵した様子で言った。

「うむ、うまくだませたわい。ひとの申すことになんの疑いも抱かぬ阿呆《あほ》で助かった。これでひと安心、と言いたいところだが……」

世直し大明神の表情は晴れなかった。

「まだ、なんぞおますのか」

「犬田小文吾はさっき、勝てるかどうかは、やってみねばわからぬ、とか、全力は尽くすが、勝負は時の運、とか申しておった。言われてみれば確かにそのとおりだ。おそらく負ける気遣いはない……とは思うが、犬田、いや、鮫ケ海に間違いなく勝たせるためのよき思案はないか？」

「いわばダメ押しだすな。ふーむ……」

卯左衛門はしばらく考えていたが、

「わてもよう知りまへんけど、道修町《どしょうまち》に毒薬を専門に扱うとる薬屋があるそうだす。そこで、しびれ薬を買うてきて、鎧竜に飲ましたらどないだすやろ。相撲が取れんほどの強い毒はあきまへんけど、身体がしびれるぐらいの毒やったらちょうどよろしいやろ」

「それはよい。まさにダメ押しだわい。だが、薬種問屋は素人には売ってくれまい。各地から仕入れた薬種は、まず仲買いに売り、それを買った医者がいろいろ調合してはじめて薬になるのだからな」

「道修町には脇店というて、大店から分家、別家した店がおます。そういうところは構えは小さいけどなんでもやりよる。自分のところで調合して、売薬にして売ってるところもおますのや。せやけど、なんぼ脇店でも、毒ともなるとお上の認可状を持っていかんと売りよりまへんやろ……」

「ならば、わしの出番だのう」

「よろしゅう頼んます」

ふたりは見つめ合って笑みを浮かべた。

◇

「ずいぶんと遅れてしもうた。大井川《おおいがわ》で川止めに遭《お》うたゆえやむをえぬことだが……」

大坂へと向かう夜船のなかで、船中でも笠をかぶったその人物はかたわらの丶大《ちゅだい》法師に話しかけた。丶大法師と同じく僧形だが、恰幅《かっぷく》がいい。

「遠路はるばるお越しいただきかたじけない。大坂に着きましたら長旅の疲れをお取りくだされ。と申しても庶民の住まう手狭な長屋ゆえ、おくつろぎいただけぬかもしれませぬが……」

「なんの……わしも修行時代はいろいろと苦労したものだ。野に寝たり山に寝たりすることも度々であった。屋根があるだけで十分だ」

「そうおっしゃっていただけると助かりまする。なにしろ大坂では隠密にことを運べ、と出羽さまから再三のお指図がござって……」

「上さまは、伏姫さまのことを水戸さまに知られるのを恐れておいでなのだ。もし、あちらが伏姫さまの存在に気づき、先に見つけてしまうようなことがあっては人質を取られたも同然だからな」

　ふたりで五人前の船賃を支払い、広く場所を占有しているので、他人に話を聞かれる心配はない。

「はい。我々も急いでおりまするが、ほとんどなんの手がかりもなく……。先ほど八犬士の一人《いちにん》犬田小文吾から大坂での相撲興行のいざこざについて、『おふせ』と『たま』なる言葉を耳にし、今、調べにかかっておると京の船宿に手紙が参りました。此度こそはまことの手がかりであることを祈っておりまするが、もしまたしてもあらぬ噂であったときは、隆光さまのご祈禱《きとう》にすがるほかございませぬ」

「うむ、大船に乗ったつもりでおれ……と言いたいところだが、わしにも自信はないのだ」


「いつもの大僧正らしゅうない弱気な物言いでございまするな。それは困ります」

「じつはこの三十石船が大坂に近づくにつれて、行く手に暗雲が重く垂れ込めているように見えるのだ。わしの法力であの黒い大岩のような雲を払えるかどうか……」

「なんとかよろしくお願いいたしまする」

丶大法師は隆光に頭を下げた。

◇

万書堂卯左衛門は、用心棒として雇っている浪人の駿河三郎太《するがさぶろうた》とともに道修町の薬種問屋からの帰途についていた。なぜ本屋に用心棒が必要かというと、実名を出してあることないことを書いた際物《きわもの》の本を多く出版しているため、名前を使われた相手が怒って怒鳴り込んでくるからなのだ。駿河は斬り合いで傷を負い、右目に眼帯をしている。

「たいそう渋っておったが、最後には売りよったのう」

「ははは……うちの薬はお上の許しがないかぎりたとえ相手がだれであろうとお分けでけまへん、とかえらそうに抜かしとったが、あの書き付けを見せたらいっぺんに態度が変わりよった。ええ気味だすわ」

卯左衛門は鮫ケ海の勝利を確信していた。

「団子か羊羹《ようかん》に仕込んで、贔屓筋からの差し入れやさかい、ぜひ鎧竜関に……て持っていったら食いよるにちがいない。いろいろあったけど、これであとは万事上手《うま》く運びますやろ……」

「そうあってもらいたいな。拙者も鮫ケ海の札をたんと買うておるのだ」

長堀《ながほり》を目指して南に向かって歩いていると、途中で「甘々屋《あまあまや》」という菓子屋があった。

「丁稚に買いにいかせるより、ここでわてが買うてかえったほうが早いな。ちょっと買うてくるさかい、ここで待っといてくれ」

駿河にそう言って、足を菓子屋に向けた途端であった。なにかが脇腹のところにずしんとぶつかった。菓子屋に気を取られていた卯左衛門は思わずよろけ、その拍子にふところから薬包が地面に散らばった。拾い集めようとしたとき、小さな手が伸びてきてそのひとつを引っ摑んだ。卯左衛門がそちらを見ると、十二、三歳ぐらいの娘が卯左衛門をにらみつけたかと思うと、身を翻して駆け出した。

「ま、待てっ……！」

卯左衛門はそう叫んだが、待つはずもなく、娘の姿はひと混みのなかに埋没した。卯左衛門は残りの薬包をあわてて拾い、

「まあ、ひとつだけでよかった……」

そうつぶやいたが、

「ない……！　ないないないっ」

財布がないのだ。

「しもた。あのなかには書き付けが……」

蒼白になった卯左衛門は駿河に、

「先生、なんとかしとくなはれ」

「わかった……！」

駿河は菓子屋の塀に立てかけてあった梯子《はしご》に上ると、娘が走り去った方角を見渡した。

「いた……！」

ひと混みを掻き分けて逃げていく娘の姿を見つけた。駿河は棒状の手裏剣を抜き、娘に投げつけた。狙いはたがわず、手裏剣は娘の左腕に刺さった。娘は転倒したが必死に起き上がろうともがいている。そのあいだに駿河三郎太は走って娘との距離を詰め、刀を抜いた。

「ひっ……！」

娘の顔が恐怖で歪んだ。

「もうせえへん。出来心やねん。財布返すさかい許して……」

「そうはいかん。二度とひとのものに手を出せぬよう、右手を斬り落としてやろう」

娘はべそをかいている。その手首をだれかが横合いから摑んで引っ張った。顔を上げると、船虫だ。

「あっ、おばちゃん」

「早くこっちに来るんだよ！」

駿河は刀を振り上げ、

「女！　その娘は掏摸《ちぼ》だ。いらぬことをせぬほうがよいぞ」

「知ってるよ、そんなこと」

「ならば、貴様もろとも斬り捨て……うわあっ！」

船虫が道に落ちていた石を駿河の顔面に投げつけたのだ。駿河の額が割れて血が噴き出した。その隙に船虫は娘の手を引いて走り出した。

「死ぬ気で駆けな！」

「あいっ」

ふたりは走りに走り、とうとう駿河を撒くことができた。

「ああ、よかった。たまたま通りかかったんだけど……往来で本気でひとを斬るようなやつ、あたしゃ大っ嫌いなんだ」

「おばちゃん、おおきに」

「その『おばちゃん』てのやめてくれないかねえ。——ま、あんたから見たらおばちゃんかもしれないけど、あたしゃ案外若いんだよ。おっと……そんな軽口叩いてるときじゃなかった。あんた、怪我してるんだろ。ここで手裏剣を引っこ抜くといっぱい血が出るから、あたしの知ってるお医者のところに行って抜いてもらおうか」

娘はこっくりとうなずいた。娘の手を握って歩き出した船虫は、娘が小刻みに震えているのがわかった。

「怖かったろうね」

娘はうなずいた。

「あんた、ひとりかえ？」

娘はうなずいた。

「天涯孤独ってやつか。あたしもそうなんだよ。おたがいつらいよねえ」

娘はうなずいた。

「どこに住んでるんだい？　もしかしたら宿無しかね？」

娘はうなずき、

「お寺とか神社の縁の下で寝泊まりしてる。ときどき掏摸の親方のところに泊めてもらうけど……」

船虫はため息をつき、

「あたしは船虫ってんだ。妙な名前だろ？　あんたは？」

船虫は、娘が名を名乗らないかもしれないと思ったが、

「うち、実乃《みの》。けど、今日からは実乃虫にしよかな」

「どうしてさ」

「うち、おばちゃんの弟子になる」

「ダメだよ。あんたはあたしみたいになっちゃ。まだ、やり直せる。さっきみたいに怖い思い、これからもしたいかい？」

娘はかぶりを振った。

「だったら、掏摸はやめて、悪事から足を洗うんだね。まっとうな仕事なら、おばちゃんが……じゃなかったお姐《ねえ》さんが世話してあげるからさ」

「どうしておばちゃんは悪いことから足を洗わへんの？」

「うーん……あたしゃねえ、もう手遅れさね。悪いことってのは面白くてわくわくするし、おんなじような仲間もできたりしてさ、孤独を忘れるから、ついつい深みにはまっちまうのさ。あたしゃ今さら抜けられない。でも、あんたは違う。まだぎりぎりなんとかなるよ。あたしもあのとき、もし……」

船虫はなにかを思い出したような顔つきになったが、

「とにかく実乃ちゃん、あんたを助けてやりたいのさ。おせっかいだとかお説教だとか思うかもしれないけど……」

ふたりが着いたのは馬加大記《まくわり》のところだった。馬加大記は酒を飲んでいたが、

「なんだ、船虫ちゃんのほうからご来宅とは、どういう風の吹き回しかのう。まあ、上がって一杯いけ」

「それどころじゃないのさ。この子を診てやっとくれ」

船虫はそう言って実乃をまえに出した。馬加大記は眉根を寄せ、

「な、なんじゃ、腕に手裏剣が刺さっておるではないか。こんなこどもに……ひどいことをするやつがおるのう」

「治るかい？」

「ああ、わしに任しておけ」

馬加大記は血止めを施したうえで手裏剣を抜き、薬を塗ると、傷口を布で覆った。

「筋は切れておらぬゆえ心配いらぬ。膿《う》まぬように化膿《かのう》止めを出しておくゆえ、朝と晩に塗るようにな。ただし、しばらくは腕をあまり動かさぬことだ。熱が一時的に出るかもしれぬが、そのときは水をたくさん飲みなさい」

「はい……」

実乃は素直に応えた。

「船虫、おまえの連れてくる患者はこんな連中ばかりだな。どうせこの子も金はないのだろう。そのかわりにおまえが酒の相手をしろ」

「ふん、あたしゃ忙しいんだ。真っ平ごめんだよ」

「嘘をつけ。どうせ左母二郎のところでスルメをアテにごろごろしとるんだろう。わしも交ぜてくれ」

そのとき実乃が、

「先生、うち、お金持ってるさかい薬礼払うで」

そう言って財布を取り出した。

「なんだと？　なんでおまえがそんなものを持っておる」

「お菓子屋に入ろうとしとったおっさんから掏《す》ったんや。なんぼか入ってるやろ」

実乃は財布をひっくり返した。豆板銀を紙に包んだものや銭緡《ぜにさし》がばらばらと落ちた。

船虫も馬加大記も、

「こどもが金を盗むなんて……」

とは言わない。これはこういうものなのだ。たとえこどもであっても、いや、こどもなればこそおためごかしやきれいごとでは渡っていけない世の中なのだ。

「けっこうな大金が入っとるのう。菓子を買うには多すぎる所持金だ」

実乃はなおも財布のなかを引っ掻きまわしていたが、

「あれ？　これ、なんや……？」

実乃は一枚の紙をつまみ出した。

「うち、字ぃ読まれへん。読んで」

馬加大記はそれを受け取り、

「なになに？ 大坂町奉行所において毒薬研究のために薬種を購入するものなり。本状携えたる書肆心斎橋万書堂主卯左衛門に薬を販売すべし。大坂町奉行中山出雲守《いずものかみ》時春《ときはる》、か。町奉行の押印もある。本もののようだな」

船虫が、

「今のお奉行さまって、中山なんて名前だっけ？」

「さあ……町奉行はころころ代わるゆえ、わしはいちいち覚えとらん」

「でも、町奉行がどうして薬の小売りを許可したんだろう？ それも本屋のおっさんに……」

「さあ……わしは医者だが、道修町のまともな薬種問屋は仲買い以外には薬種を売らぬ。脇店ですら、仲買いからしか薬を買えぬのが決まりだ。本屋の主になど売るはずがない。こうなるとどのような薬を買ったのか知りたいものだな」

実乃が、

「先生……その薬、うち持ってる」

「なに？」

「さっきのおっさんがぎょうさん道にばら撒いたさかい、なんやろ、と思て一個だけ、しゅっと拾たんや」

そう言って薬包を馬加大記に渡した。

「ふふふ、お手柄、お手柄」

馬加大記は紙を開き、なかの粉末を指につけてぺろりとなめた。途端に激しく噎《む》せ、酒を口に含んでから吐き出した。

「これは……いかん」

船虫が、

「なんなんだい？」

「こいつは、しびれ毒だ。飲んだら身体が動かぬようになる怖い薬だ」

「どうしてそんなもの売り買いするんだろうね。危なっかしいじゃないか」

「毒も少量使えば薬になる。薬も飲み方を誤ると毒になる。この薬も、痛みがこらえられぬ病人が服用すれば痛み止めとしての効能があるのだ。だが、そのものが大量に持っていたというのは解せぬな」

「悪だくみの臭いがぷんぷんするねえ。――お実乃ちゃん、どうしたんだい？」

実乃は目に涙を浮かべ、震えている。

「うち……もう、嫌や。ひとのもん掏ったりするの、怖なってきた……」

馬加大記が、

「無理もない。こんなこどもの身で侍に手裏剣を投げつけられ、刀で斬られかけたのだからな。あとあとまで心の傷として残るだろうて」

実乃は鼻水を垂らしながらぐすんぐすん泣いている。気丈にふるまっていたのが緊張が緩んだので、止まらなくなったのだろう。船虫が、

「さっきの連中、まだお実乃ちゃんを探してるだろうねえ。どうしよう」

「金はともかく、しびれ薬とこの書き付けは取り戻したいだろうからな。本屋の主が用心棒を連れ歩くというのも、その用心棒が掏られた財布を取り戻すためとはいえ、白昼に手裏剣を投げたり、刀を抜いたりするというのもただごととは思えぬ。――よし、お実乃、ほとぼりが冷めるまで当分わしのところにおれ」

「え？　ええの？」

「ああ、わしは極道医者で患者が来ぬときは日がな一日酒を飲んでごろごろしておるが、それでもよければな」

実乃は真剣な顔で座り直し、

「おっちゃん、おおきに。うち、なんでもして働くさかい、よろしゅうお願いします」

そう言って頭を下げた。船虫が笑って、

「働くったって、ここのうちにはめったに患者なんて来ないよ。安心おし」

「まあ、そのとおりだな。たまーに間違って入ってくるやつがいるが、この様子を見て

あわてて出ていくわい。船虫、一杯いくか」

「そうだねえ、お実乃ちゃんを診てもらった恩があるからしかたない。お酌させてもらうよ」

そんなやりとりを聞きながら、実乃は心底ほっとしたような顔つきになった。

「ところで、船虫、あの空から落ちてきた相撲取りはどうなった？」

「知らないよ。あんな屋根のない家じゃ落ち着かないから、あれから行ってない」

「今度、酒魂神社というところで賭け相撲があるらしい。わしもいくらか賭けようと思うてな。あの男、それに出る力士ではないかのう」

「ああ、そう言えば犬田小文吾さんと左母二郎もそんなこと言ってたねえ。文亀堂という本屋の息子さんが大坂の玄人相撲に交じって出場するとか……」

それを聞くと馬加大記は湯呑みを置いて腕組みをした。

「どうしたんだい？」

「いや……また本屋か、と思うてな」

「たまたまだろ。この書き付けに書いてあることが本当なら、薬を買ったのは文亀堂じゃなくて、万書堂の卯左衛門ってひとだよ」

「本屋というのは大坂では心斎橋に集まっておるが、互いにしのぎを削り合い、ときには偽版というて他店が出した本の中身を丸ごと剽窃《ひょうせつ》したり、版木を盗んだりするなど、競い合いが激しい商いだと聞く」

「ふーん……」

「気になっておることがひとつある。お実乃、この薬と書き付けの持ち主は、菓子屋に入ろうとしていた、と申したな」

実乃はうなずき、

「それがどないかしたん？」

「いや……菓子か……」

それきり口をつぐむと、ふたたび酒を飲み出した。船虫が、

「気になるじゃないか。お菓子がどうしたのさ」

「ただの憶測にすぎぬが、しびれ薬というものは、他人に飲ませるときには菓子に仕込むのが定法なのだ。味が苦いゆえ、それをごまかすためにな」

「じゃあ、万書堂の主ってのは、だれかにしびれ薬を飲ませる気だってのかい」

「杞憂《きゆう》であればよいがのう……」

船虫は立ち上がると、

「こうしちゃいられない。あたしゃ、左母二郎たちにこのこと教えてくるよ」

馬加大記は止めなかった。

「気を付けていけよ。用心棒はおまえの顔も見ているのだからな」

「わかったよ。――お実乃ちゃん、この書き付けは念のためあたしが預かっとくよ。あたしゃこれで帰るけど、なにかあったらこのおっさんに言いなさい。名前は馬鹿っぽいけど、こう見えて、頼りになるところも探せば少しはあるから」

「わかりました」

実乃は神妙に頭を下げた。

◇

左母二郎が藤沢部屋から戻ってくると、並四郎が隠れ家の屋根に上がって板を打ちつけていた。

「見て見て、左母やん！　もうあらかた塞いだで。すごいやろ！」

「天井はどうなったい？」

「そっちはまだや」

「下りてきてくれ。ちいと話がある」

並四郎が下りてきたのと船虫が現れたのがほぼ同時だった。

「船虫、ちょうどいいや。相撲のことで話してえことがあるんだ」

「あたしのほうもさ」

三人は隠れ家に入った。まずは、船虫が口火を切った。実乃という娘が商人風の男から財布を掏り取り、用心棒らしき侍に手裏剣を打たれ、斬り殺されそうになったこと、その男は万書堂の卯左衛門という本屋の主らしいこと、なぜか町奉行の発行した毒薬売買の許可状を持っていて、しびれ薬も懐中していたこと……などを話しているうちに、左母二郎の顔つきが次第に変わってきた。

「これがその書き付けさね」

船虫は実乃から預かった許可状をふたりに見せた。

「大坂町奉行中山出雲守時春、か。押印もしてあるし、どう見ても本ものだな。けど……しびれ薬を買うたあ、なにを企《たくら》んでやがるんだろう」

「馬加先生は、お菓子屋に入ろうとしてたのが怪しいって言ってたよ。しびれ薬を他人に飲ませるにはお菓子に仕込むものなんだってさ」

「その実乃って子はどうなったんだ」

「今は馬加先生のとこにいる。しばらく預かるっていうから安心だよ」

続いて左母二郎が、落ちてきたあの相撲取りがいなくなったこと、彼は萩から来た鮫ケ海という大関にまちがいないこと、今度の興行主はじつは万書堂卯左衛門であること、鮫ケ海は萩の力士が寄宿している藤沢部屋にも姿を見せていないこと、文亀堂の息子鎧竜が、贔屓がタダで配っているらしい瓦版のせいもあって賭けでは断然の人気を集めていること……などを話した。船虫が目を丸くして、

「じゃあ相撲興行そのものが、万書堂が文亀堂を潰すために仕組まれてるってことかい？　ひどい話だねえ」

「それと、賭けだな。大金が動く。たぶんその金は万書堂のふところに入るんだろう」

並四郎が、

「ほたら、鎧竜の人気をわざと上げといて、そこに賭け金を集めるだけ集めたうえで、鮫ケ海が優勝する、ていう筋書きかいな」

「そういうこったろうな。だから、鮫ケ海に大金を賭けてるやつが怪しいってことさ。瓦版を配ってるのもどうせそいつだろうよ」

船虫が、

「そいつを探れば黒幕がだれかわかるね」

左母二郎が、

「ところが、そこに突然の竜巻だ。鮫ケ海は吹っ飛ばされて大怪我をして、そいつらの企ても吹っ飛んじまったってわけだ。そいつらは今ごろ、大慌てで鮫ケ海の代役を探してるんじゃねえのか」

船虫が、

「いい気味だねえ。あたしゃ、ひとが儲けてるのを見るとムカムカするんだよ」

並四郎が、

「それにしても変やなあ。こういうことはなんでもお上の許しがいるはずやろ？　勧進相撲以外の相撲興行や賭け相撲も、薬種問屋が毒薬を本屋に小売りするのも、町奉行が許可したわけや。まさかと思うけど、万書堂と町奉行が結託しとる……そんなめちゃくちゃなことあるやろか」

船虫が、

「あたしも、いくらなんでも町奉行がそこまで腐ってるとは思えないよ。それにさ、今のお奉行さん、西町も東町もたしか中山出雲守なんて名前じゃないよね？　やっぱり偽ものじゃないのかい？」

左母二郎と並四郎は顔を見合わせた。

「そうけえ……そういうことけえ」

「なーるほど、やっとわかってきたわ」

船虫が、

「どうしたのさ。中山っていう町奉行がいるのかい？」

並四郎が、

「知らんのか。今、大坂町奉行は三人おるんやで」

「ああ……そっか！」

五年ほどまえ、公儀は全国の遠国《おんごく》奉行の体制を見直した。そのとき、堺奉行が廃止され、大坂町奉行はひとり増員されて三人となり、堺奉行も兼務することになった。三人になったとはいえ、東町と西町のほかに北町とか南町ができたわけではなく、ひとりは江戸で待機しているだけなので、見かけはそれまでと変わらない。だから、船虫のように、「町奉行が三人いる」と言われてもピンと来ない大坂人がほとんどだった。

町人が幅をきかせている大坂には「侍、なにするものぞ」という気風があり、「お上」というだけで逆らいたくなるものも多かった。小西来山《こにしらいざん》という俳諧師は、

大坂も大坂まん中に住みて
お奉行の名さへおぼえずとし暮れぬ

という発句を残している。年の瀬のあわただしい時期、新任の町奉行の名など覚えている暇もない、という大坂庶民のお上への無関心ぶりを表した句である。

つまり、お上と付き合いのある大商人や家主、町役などを除けば、大坂の町人たちにとって町奉行の名前などどうでもよかったのである。ましてや三人体制になると、ひとりは江戸にいるわけだから、まだ赴任していない町奉行のことなど知らなくても一向困ることはないのだ。

「どうやら三人目の町奉行が黒幕らしいな。俺ぁだんだん腹が立ってきたぜ」

「わてもや。お上のご威光ゆうたかてなにをしてもええんとちがうで」

「ほんとに町奉行だったとはねえ……。どうしてそんなにお金を欲しがるんだろ。まあ、あたしも欲しいけどさ」

「俺も欲しい」

「わても欲しい」

三人は嘆息した。船虫が、

「そう言えば、犬田小文吾さんはどこにいるんだね」

「ああ、あいつもいなくなっちまったのさ。鮫ケ海がうわ言みてえに『ふせ』とか『たま』とか抜かしやがったから、あとで酒魂神社に行くから待っててくれ、と言ってたのに、神社にも藤沢部屋にも来やがらねえ。家にいるのかと思っていま犬小屋に寄ってみたがだれもいねえ。どこかに消えちまった。もしかしたら別の手がかりを見つけて、そっちに回ったのかもしれねえが……」

「ふーん……みんな勝手だねえ。で、これからどうするのさ」

「とにかくこの一件を金にしなくちゃならねえ。万書堂卯左衛門って野郎は叩けばいくらでも埃が出そうだな」

並四郎がうれしそうに、

「わての出番やな」

そう言うと化粧道具を取り出し、早速顔を整えはじめた。

四

「では、おまえさまが鮫関の身代わりをしてくださると……」

鮒ケ池が言った。小文吾は、

「そうじゃ。鮫ケ海は生きておるが屋根に落ちて大怪我を負い、姿をくらましてしもうたのじゃ。はるか高みから落ちたゆえ、命があったのが僥倖《ぎょうこう》じゃ」

「おい、話の腰を折ってすまぬが、『落ちる』というのは『番付が落ちる』につながるゆえ験《げん》が悪い。わしら萩の相撲取りのあいだでは忌み言葉じゃ」

「では、なんと言えばよい」

「下に向けて上がる、と言うのじゃ」

「鮫ケ海は、屋根に下に向けて上がったゆえ、大怪我をしておる。もし、見つかっても、相撲は取れぬ。それゆえ、わっしがその代役を務めてやろうというのじゃ。大坂のものは鮫ケ海の顔を知らぬゆえ、うまくごまかせると思う」

「いや……おまえさまは失礼ながら素人。鮫関の身代わりはむずかしいのではないかのう」

「わっしがその役にふさわしいかどうか、試してみられよ。――さあ、一番来い！」

小文吾は着物を脱いでまわしひとつの姿になった。鮒ケ池は、

「よし……鰻川《うなぎかわ》、一丁揉んでもらえ」

鰻川と呼ばれたひょろ長い力士が小文吾と組んだが、手もなくひねり倒された。

「なにをしとる！」

鮒ケ池の叱責に鰻川は頭を掻き、

「ちょっと息が合わず……」

「つぎ、蛙ケ沼《かわずがぬま》、行けっ」

蛙ケ沼という目がまん丸で大きな力士が小文吾のまわしに手をかけたが、小文吾は相手のまわしを触ろうともせず、突き出た腹をぐい、とひねった。蛙ケ沼は吹っ飛んだ。

鮒ケ池が、

「情けない。萩の相撲はこんなに弱いのか、と笑われるぞ。鮫関に習《なろ》うた技を使わぬか。――つぎ、泥鰌湖《どじょううみ》！」

ドジョウ髭を生やした力士は、奇襲のつもりか、いきなり激しい張り手を繰り出した。数十発の張り手にも小文吾はまったく後退せず、根が生えたようにその場に立っていた。息が上がった泥鰌湖の手が緩慢になったとき、小文吾は右手で軽く泥鰌湖の胸を叩いた。泥鰌湖は稽古場の羽目板まで飛び、泡を吹いて気絶した。その胸には小文吾の手の形が

赤くついていた。

「ええい、もういい。わしが出る」

鮒ケ池は小文吾に突進し、もろ差しにした。

「このまわしは死んでも放さぬぞ」

萩の力士の名誉を一身に背負い、鬼のような形相で鮒ケ池はまえに出ようとした。小文吾は鮒ケ池の両手首を掴み、そのまま左右に引っ張った。鮒ケ池は指をまわしに食い込ませて必死に抗《あらが》ったが、

「やめておけ。それ以上がんばると骨が折れるぞ」

小文吾に言われた途端、指があっさりほどけ、鮒ケ池は案山子《かかし》のように両腕を開いてしまった。呆然とする鮒ケ池の右腕を掴んで、小文吾はぐいと下に引いた。つぎの瞬間、鮒ケ池は土俵に寝そべっていた。寝そべったままの姿勢で鮒ケ池は叫んだ。

「強い……！　化けものじゃ！　おまえさまなら鮫関の身代わりが十分務まろうわい。鎧竜にも勝てるじゃろう。わしからもお願いする。わしら萩の力士を助けてやってくだされ」

「もとよりそのつもりじゃ」

小文吾は鮒ケ池を立たせてやった。鮒ケ池はほかの力士たちに、

「おまえたちからもお願いせい」

全員が声を揃えて、

「よろしゅうお願い申します」

鮒ケ池は、

「ところでおまえさまはどこのどなたさまじゃ？　なんでわしらに手を貸してくださるのじゃ？」

「ははは……わっしは犬田小文吾と申すもの。侍じゃが相撲が好きでのう、鎧竜という男が力士の風上にも置けぬ、相撲道を汚《けが》す輩だと聞いて、見過ごすことができなかったのじゃ」

「だれに言われてここに来なすった？」

「世直し大明神とかいう男じゃ。その仁によると、今度の相撲、縄田屋という生糸問屋が興行主ということになっておるが、縄田屋は頼まれて名を貸しただけ。まことは万書堂という本屋の主が興行主なのじゃ」

「ほう、それははじめて聞いた」

「相撲は土俵のうえの争いじゃが、じつは万書堂と文亀堂という本屋の争いでもあるらしい。万書堂の息子がある娘と恋仲になったが、その娘に横恋慕した鎧竜は草相撲にかこつけて万書堂の息子を殺してしもうた。万書堂の主は、萩の大関鮫ケ海が鎧竜に勝つのを見たい、という気持ちで興行を打つことにしたのじゃ。その鮫ケ海が不在では、鎧竜が優勝し、万書堂の主は泣きをみる。それで、わっしは身代わりを引き受けることにした……というわけじゃ」

「なるほど、これで万事飲み込めた。じゃが、その世直し大明神というおひとはなにものじゃ？」

「よくは知らぬが身分の高い侍らしい。世直しが仕事、という変わった男じゃ。——今度はわっしのほうからおまえさま方にたずねたいことがある。よいかのう」

「なんなりと」

「鮫ケ海関がいなくなるまえに、うわ言のように『おふせ』と『たま』……という言葉を口にしたのじゃが、なにか心当たりはないか？　わっしにとって、大事なことかもしれぬのじゃ」

皆は顔を見合わせた。

「たとえば、お伏という名の娘っ子がこの部屋にいる、とか、水晶の玉をつないだ数珠がある、とか……」

力士たちはふたたび顔を見合わせた。鮒ケ池が皆を代表して、

「あのう……それもわしら萩の相撲取りの隠し言葉じゃなかろうか」

「隠し言葉……？」

「お布施というは、坊主に渡すあのお布施のことじゃ。お布施とは、ひとへの施しのこ

とじゃが、もともとは天竺《てんじく》の言葉で、梵語《ぼんご》では『檀那《だーな》』と言う、と物知りから聞いておる。つまりは……相撲を主催する旦那衆のことを、わしらは『お布施』と呼んでおった」

「なんと……」

「おそらく鮫関は、わしらを招いてくれた旦那衆、縄田屋のご主人のところに大関として礼に行かねばならぬ、と思われたのではないかのう……」

「で、では、『たま』はどうじゃ」

「相撲が取り行われる『酒魂神社』のことではないかと思う。そこの宮司に挨拶せねば、と思うたのじゃろう」

　小文吾はがっくりと肩を落とした。

「うーむ……また空振りか……」

「どうなすった。『ふせ』と『たま』はおまえさまが思うていたものとは違《ちご》うたか」

「そういうことじゃ。目先が真っ暗になったわい」

「では、わしらに力を貸すのはやめか？」

「はは……心配するな。それとこれとは話がべつじゃ。引き受けた以上、おまえさま方のためにも、相撲を楽しみにしておられる大坂の衆のためにも、万書堂の主のためにも全力でぶつかる覚悟じゃ」

「それはたのもしい。犬田さん……と呼べばよろしいか」

「いや、当日、うっかりボロが出ぬように、今から稽古場でも鮫関と呼んでくれい。わっしもおまえさまを鮒と呼ぶがよいか？」

「わかり申した、鮫関」

鮒ケ池は頭を下げた。

「ならば鮒よ、この近くに相撲の稽古のできる場所はないか」

「ここではいけませぬか」

「この稽古場はひと目がある。昼間は近所のものや相撲好きなどが見物にも来よう。夜も新町《しんまち》通いの連中のひと通りが多い。わっしは鎧竜を倒すために、だれにも見られず稽古をしたいのじゃ」

「それなら、ここの差配をしておられる仁に聞いたのじゃが、近くに無住になっている寺があり、藤沢部屋の衆は夜中になるとそこに行き、心置きなく稽古していたそうじゃ」

「よし。今からみなでその寺に移ろう。あと二日、ひたすら稽古するのじゃ」

小文吾はそう言った。

◇

並四郎は、万書堂の天井裏に潜んでいた。すぐ下の部屋では主の卯左衛門が身なりの立派な侍と膝を突き合わせて話をしている。

「あと、二日だすなあ、中山さま」

「待ち遠しいのう。もう金は手にしたも同様じゃ」

並四郎は、

（こいつが中山出雲守か。やっぱり万書堂と共謀《ぐる》やったんやなあ……）

そう思いながら耳を傾けている。

「偽の鮫ケ海の仕上がりも上々やそうだっせ。鮒ケ池にきいたら、本ものの鮫ケ海よりも強い、て太鼓判を押しよりました」

「やはり、わしの目は僻目《ひがめ》ではなかったのう。あとは……ダメ押しか」

卯左衛門は一枚の紙を中山に渡し、

「この新しい瓦版も今、配っとります。今度は、鮫ケ海のことをボロカスに書いとりますのや。これを読んだら、ますます鎧竜の人気は上がるはずだす」

「『かかる悪逆非道の乱暴者に浪花の地で好き放題させてよいのか。それを阻めるものはおらぬのか。否、たったひとりいる。鎧竜のみが鮫ケ海の横暴に歯止めをかけられるのだ。大坂人ならばこぞって鎧竜を支援しようではないか』……か。なかなか上手いことを書くものだな」

「うちから本を出しとる戯作者《げさくしゃ》に書かせました。それと……今から文亀堂に行って菓子折りを渡してきまっさ。食うたら三日間ぐらい身体がしびれるらしい」

「おまえが直に行くのか？」

「目のまえで食うてもらうためだす」

「しかし、それでは受け取るまい」

「ええ思案がおますのや。じつは文亀堂が抱えとる借金の証文をあちこち手ぇ回してこっそり買い取りました。これで、うちの息のかかったもんが掛け取りに行けます。これまでのような生易しい取り立てやおまへんで。鎧竜に、身体がしびれてても相撲に出なあかん、と思わせるためだす」

「なるほど」

「藪蚊《やぶか》の留五郎《とめごろう》というヤクザもんと知り合いでな、わてが文亀堂に行ったときにちょうど取り立てにくるように言うてあります。そこでわてが……」

卯左衛門の企てを聞いて中山出雲守は、

「よくよく悪知恵の働く男だのう」

「これも世直し大明神……中山出雲守さまのご出世のためだすがな」

それを聞いて、並四郎は驚いた。

（こいつが船虫の言うとった世直し大明神やったんか……）

大明神は腕組みをして真剣な眼差《まなざ》しになり、

「わしは私利私欲のために出世したいのではない。すべては世直しのためだ。今の公儀のやりかたは生ぬるすぎる。もっと厳しい態度で臨み、悪人という塵芥《ごみ》を抹殺するべきなのだ。わしが老中になったら、日本中の塵芥という塵芥をすべて掃き捨てて、隅々まで清らかな国にするつもりだ。それこそがまことの改革だ。清らかになった国の民はさぞかしわしをほめたたえることだろうな。そのための金だ。入手に手段は問わぬ」

「はいはい、何度も聞きました、そのお話は……。では、行ってまいります」

卯左衛門が部屋を出たのと同時に、並四郎も天井を移動した。廊下に下りて中庭を抜け、塀を乗り越すとそこに左母二郎が待っていた。

「首尾は？」

「上々」

並四郎は天井裏で見聞きしたことを早口で左母二郎に話した。

「なんだと？　中山出雲守が世直し大明神たあ気づかなかったぜ」

「三人目の大坂町奉行は江戸におらなあかんはずや。内緒で来とるな」

「じゃあ、あとは俺が引き継があ」

「頼んだでー」

ふところ手をした左母二郎は、ぞろりと歩き出した。

◇

「また来たんかいな。なんぼ金積まれても、わざと負けたりはせんで」

そう言って文亀堂金兵衛は顔をしかめた。玄関に立った万書堂卯左衛門は両手を顔のまえで振って、

「そやない。今日はな、謝りに来たのや」

「なんやと？」

「わては間違うてた。相撲というものは神事や。神さんのまえでズルはいかん。それに、大坂の皆をだますことにもなる。鮫ケ海と鎧竜が正々堂々とぶつかり合って、どっちが勝つにせよ、ええ相撲が観られたらそれでええやないか、と思うようになったのや。先だっては悪かったなあ。今はもう、おまはんとこに他意はない。鎧竜には存分に暴れて、見物の衆に喝采を浴びてもらいたい。これからは商いのうえでもおたがい正々堂々とやろやないか。もう二度と、あこぎな真似はせん」

「ほ、ほんまかいな、万書堂さん……」

「ほんまも嘘も……これは詫びの印、甘々屋の餅饅頭《もちまんじゆう》や。鎧竜に食べてもろてくれ。――富吉《とみきち》」

卯左衛門は、連れてきた丁稚の手から風呂敷包みを受け取ると、金兵衛に渡した。

「おおきに。あんたがそういう気持ちになってくれたんやったらわてのほうからは言うことはなにもない。あとは一緒に相撲を楽しみまひょ。これは、あとでせがれに食わすわ」

「いやいや、せっかく持ってきたのや。鎧竜を呼んできてくれ。わての目のまえで一個でもええから食べてもらわんと手打ちにならん。わては、相撲までにわだかまりをなくしたいのや」

そのとき、細い帯に長脇差をぶっ込み、股立《ももだ》ち高く尻からげして、分の厚い畳目の雪駄を履いた男が入ってきた。顔色は悪く、目の下に隈《くま》があり、瘦せこけている。

「主はどこや」

ドスの利いた声で男が言うと、金兵衛は落ち着いた声で、

「この店の主はわてやが、なんのご用だす」

「言わずとしれた掛け取りや。わしは墨屋の『黒星園《くろぼしえん》』に雇われたもんやが、滞っとる掛けを払うてもらいまひょか」

「黒星園はんとこは、大晦日まで待ってくれる約束やったと思うが……」

「大晦日に賭け相撲の賞金で払うやなんて、そんな甘いことが通ると思とるのか。ほれ、このとおり証文にも、今年の盆の節季にはかならず払う、払えんときは版木を渡す、と書いてあるやろ」

「それはわかってます。けど、こないだの取り決めで……」

「そんなもん知らん。とりあえずそこらへんにある版木、もろていこか」

男は積み上げてある版木を適当に鷲摑《わしづか》みにして持っていこうとした。

「ま、待ってくれ。それ持って去《い》なれたら商売できん」

「そんなもんわしの知ったことやない」

「頼む……あと二日、大晦日まで待ってくれ」

「やかましいわ！」

男は金兵衛の顎を殴りつけた。

「む、無茶をなさる……。あんた、いつもの黒星園の掛け取りのおひととちがうけど……あそこはお公家《くげ》衆ともお付き合いのある上品な墨屋さんや。あんた、ほんまに黒星園の店の方だすか」

男はにやりと笑い、上っ張りを脱いだ。背中に柳の木とそのまえを飛ぶ数匹の藪蚊の入れ墨がある。

「わしは『青幽霊《あおゆうれん》の政《まさ》』ちゅう半端もんや。黒星園から、おまえのとこの証文を買い取った。書いたもんがもの言うのや。この証文がわしの手もとにあるかぎり、おまえにとやかくは言わせんで！」

金兵衛の顔から血の気が引いた。

「うちの証文がヤクザに流れとるとは……もうあかん……」

そうつぶやいたとき、店の奥から鎧竜こと息子の大作が走り出てきて、

「おとう、殴られたんか？　こんなやつ、わしがすぐに身体中の骨、粉々にしたるさかい心配すな」

青幽霊の政と名乗った男の顔に動揺が走ったが、

「そ、そんなこと言うてもええのか。鎧竜、おまえがわしに指一本でも触れたら、お恐れながらとお上に訴え出て、今度の相撲に出れんようにしたるで」

岩のような大きな拳を固めた鎧竜も、さすがにひるんだ。

「へへへ……殴れるもんなら殴ってみぃ！」

「ううう……ううう……」

拳を握ったまま、鎧竜は固まった。

「待ちなはれ」

そう言ったのは卯左衛門だった。

「そのお金、わてが出しまひょ」

「なんやと？」

「なんぼだす？　証文見せなはれ」

卯左衛門は証文に書かれた金額をちらと見て、

「今日はたまたま持ち合わせがある。さあ、持っていきなはれ」

　財布から金を出した。ヤクザは、

「わしはだれからもらおうと金さえもらえればかまへんのや」

「さあ、証文こっちにもらおか」

　金兵衛が、

「よろしいのか、万書堂さん」

「苦しいときは相身互いや。また、わても助けてもらうときが来るかもしれんさかいな」

　鎧竜が、

「おとう、どういうことや」

「大作、わては万書堂さんと仲直りしたのや。今度の相撲も正々堂々勝負しよう、とおっしゃる。ありがたいことやないか」

　鎧竜はいぶかしそうに卯左衛門を見つめ、

「ほんまかのう。信用してええんかのう」

「わては懲りたのや。まえのことは水に流してもらいたい。これ、このとおりや」

　卯左衛門は頭を下げた。まだ半信半疑の様子の鎧竜に、

「仲直りの印として、わてが持ってきたこの饅頭、ここでひとつでも食べてくれ。でないと、わては帰るに帰れん」

金兵衛も、

「せっかくやからひとつ食べなはれ。それで手打ちや」

父親に言われて鎧竜もその気になったのか、菓子折りの蓋を取った。白い饅頭がずらりと並んでいる。鎧竜は顔をほころばせて、

「美味《うま》そうじゃ。みな食うてしもうてもええか」

金兵衛が、

「かまやせん。おまえがもろうたものや」

鎧竜が饅頭をひとつつまんだとき、

「ありがたい。買うてきた甲斐《かい》があった、というもんや。なあ、留五郎」

ヤクザが、

「そうだんなあ、旦那」

場の空気が凍り付いた。卯左衛門は自分が言い間違えたことに気づき、あわてて、

「と、富吉、て言うつもりやったんや。なんで留五郎なんて言うたんやろ。あははは……もう歳《とし》やなあ」

金兵衛が怒りに震えながら、

「留五郎と言われて、そこの男が返事しましたで。これはどういうことか教えてもらおか」

「このヤクザは青幽霊の政や、てさっき名乗ったさかい、そういうおひとやなあ、と思とった。留五郎て言われて返事したのは、その、なんちゅうか……たまたま本名が留五郎やったから返事しただけやろ」

「ほな、なんでその男はあんたのことを『旦那』て言うたんや」

「知らん」

「知らねえなら、教えてやろう」

のっそりと店に入ってきたのは網乾左母二郎だった。

「さもしい浪人網乾左母二郎。――おい、卯左衛門、その饅頭、おめえひとつ食ってみろ」

「…………」

「食えるか？　食えねえだろ。それにゃあおめえが道修町の薬種問屋から買ったしびれ薬が仕込んであるからな」

金兵衛は立ち上がり、

「なんやと！　なんちゅう卑怯《ひきょう》なお方や。そうまでして鮫ケ海に勝たせたいんか！」

「嘘や、嘘や。この浪人の言うとることはでたらめや！」

左母二郎は刀を抜いた。斬られると思った卯左衛門は、ひえっ、と叫んで頭を抱えた。

左母二郎は刀の切っ先を餅饅頭のひとつに刺すと、卯左衛門の鼻先に突き付け、

「俺の言ってるのがでたらめなら食えよ、さあ……食いやがれ」

卯左衛門は顔をそむけてその饅頭を刀の先から抜き取って地面に叩きつけた。

「ひっひっひっ……笑っちまうぜ」

左母二郎はその刀を留五郎の喉にひたと押し当て、

「ずいぶんと無精髭が伸びてるな。俺が剃《そ》ってやろうか。顎ごと剃り落としちまったら勘弁してくれよ」

「ややややめてくれ！」

「じゃあ話せ」

「なにを……」

「おめえがなにをしたのかを、だ」

左母二郎は刀を上向きに滑らせた。無精髭がぱらぱらと地面に落ちた。

「いけねえ、ちょっと血が出ちまった。唾でもつけとくか」

「ひいいっ、わかった。話す話す。わしは青幽霊の政やない。藪蚊の留五郎ゆうヤクザや。万書堂の旦那に呼ばれて、ここの借金の証文をあっちゃこっちゃから買い取ったさかい、旦那とここの主が話してる最中に取り立てにきてくれ、名前も変えてくれ、できるだけ強面《こわもて》できつうに脅しをかけてくれ、て言われたのや。そのあと旦那がその借金を立て替えるから証文を渡す……そういうだんどりやった。わしは、青幽霊の政、と適当に名乗って取り立てにきた」

「ほかには？」

「なんもない。わしは小遣いもろて手伝《てつど》うただけや。堪忍してくれ」

「そうけえ……。じゃあどこにでも飛んでいけ。だが、言っておく。藪蚊一匹叩き潰すぐれえいつでもできるんだぜ」

「すんまへーん！」

留五郎は店から駆け出していった。

「さあ、どうするかな」

左母二郎は卯左衛門に向き直った。卯左衛門は恐怖に顔を歪めながら、

「どこから聞きつけてきたのかしらんが、金が欲しいのやろ。金ならやるさかい手ぇ引け。それが身のためや」

「金は欲しい」

「ははは……そういうもんや」

「けど、いらねえ」

「なんでや」

「金にきれいも汚《きたね》えもねえ。俺ぁ厠《かわや》に落ちてる銭でも拾うが……おめえの金は汚すぎるんだよ！」

そう言うと左母二郎は刀を一閃《いっせん》させた。卯左衛門の着物が帯ごと切断され、まえがはだけた。ふところに入れてあったらしい紙の束がばさりと落ちた。卯左衛門は身をよじって、

「先生！　先生っ」

その声に応え、右目に眼帯をした用心棒風の侍が入ってきた。駿河三郎太である。左母二郎は、

「ちいと強そうなやつが来やあがったな。——やるか」

駿河は刀を抜いて、びゅうん、とひと振りくれると、左母二郎に向かって正眼《せいがん》の構えを取った。それまでとは違った緊張感があたりに走った。

「ほほう、小野《おの》派一刀流か。よほど修業したようだな」

駿河は凶悪な顔つきで笑い、

「ふふ……血を吐くような稽古をしたが、なんの役にも立たなかった。おのしとおなじ、尾羽《おは》打ち枯らした浪人だ。今の世の中、剣術の腕などで仕官はできぬ。金がないとどの大名家も雇うてはくれぬ。用心棒の真似事をして、商人からはした金をもろうて命をつないでおるが、斬る相手は町人や女こどもばかり。手応えのある相手と出会うのを待っていた」

「俺ぁだれに仕える気もねえが、たしかに今は、剣術の腕なんぞ屁でしかねえやな」

左母二郎は刀を一旦鞘に収めると、腰を落とした。

「居合いか。おのしも相当やるな。面白い……これは面白い」

左母二郎は、文亀堂の店内に駿河とおのれ、ふたりしかいないように感じていた。まわりのものは皆、ぴくりとも動けず、人形のように固まっている。息することもはばかられるようなひりついた状態が長く続いた。荷物を持ったままの丁稚も、筆を手にしたままの番頭も、だれもが毛筋一本も動かさぬ。

「こんちはー、荷物お届けに……」

表からだれかが入ってきた瞬間、永遠に凍り付いたような時間が解けた。左母二郎が、

「ええいっ」

と刀を抜きざま、駿河の腰のあたりに斬りつけた。駿河はそれをわかっていながらあえて避けようとせず、同時に刀を振り下ろしてきた。刃《やいば》と刃がぶつかり合い、火花が散った瞬間、駿河は柄をぐいとひねった。刀身の厚みを利用して、左母二郎の攻撃を逸《そ》らしたのだ。

「味をやるじゃあねえか」

「おのしもな。――拙者は駿河三郎太。おのしは？」

「さもしい浪人網乾左母二郎」

左母二郎は相手が強敵だと覚《さと》っていた。よほど用心してかからないと反対に斬られて

しまう。左母二郎は居合いをあきらめ、刀の先端を震わせながらゆっくりと駿河の周囲を回って隙を探した。卯左衛門は着物が落ちないように手で押さえながら、

「なにしてますのや、先生。早いこと片づけとくなはれ！」

「うるさい。こやつは強いのだ」

「強うてもやっつけるのが用心棒の仕事だすやろ」

「強いやつを倒すには時間がかかる」

「そんな呑気なこと……こっちは金払とりますのやで」

カッとした駿河が卯左衛門に向き直ったとき、

「加勢いたしますぞ！　うがあああっ」

鐚竜が飛び出し、駿河の刀の腹を手で発止《はっし》と叩いた。刀は根もとからぽっきりと折れた。鐚竜は、

「やった、やった！　刀を折ってやったわい！」

左母二郎が顔をしかめ、

「いらねえ真似をしやがって……この頓馬な大馬鹿野郎！」

褒められると思っていたらしい鐚竜はしゅんとした。左母二郎は駿河三郎太に、

「おい、今日はこれでチャンバラはやめだ。また今度にしようぜ」

「わかった。では、近々また会おう。楽しみにしておるぞ」

駿河は折れた刀を一顧だにせず、そのまま店を出ていった。卯左衛門と丁稚があとを追った。残った左母二郎は刀を鞘に収めると、額の汗を拳で拭った。思っていたより大汗をかいており、胸もとまでびしゃびしゃだった。

「へへへ……久々にぴりっとしたぜ」

鎧竜は、

「せっかくわしが刀を折ってやったのに、なにゆえやっつけんのじゃ」

「それじゃ面白くねえだろ」

「斬り合いに面白いも面白くないもあるまい」

「おめえ、怪我してる相撲取り相手に勝ってもうれしいか？」

「おお、そういうことか。すまんことをしたわい」

鎧竜は頭を下げた。左母二郎は卯左衛門が落とした紙の束を見やり、その一枚を拾った。

「そんなことより、これを見ろ」

左母二郎はその紙を皆に示した。瓦版である。そこには、萩における鮫ケ海の悪行の数々が書かれていた。金兵衛は、

「このまえの瓦版といい、うちのせがれを応援してくれとるようだが、どうもようわからん」

左母二郎は、

「それをあの野郎が持っていた、それも束で持ってやがったてえことは、こいつを配ってたのがあいつだったたってこった」

鎧竜はきょとんとして、

「わしをけなすのが普通じゃろ。なんで鮫ケ海をけなすのじゃ」

「おめえの評判を上げて、みんなに大金を賭けさせてる。だが、おめえは鮫ケ海に負ける。そうなりゃ、一番人気のおめえに賭けられてた金は、鮫ケ海に賭けてたやつがごっそり総取り、ボロ儲けてえわけだ。そういう台本が出来上がってるんだろうよ」

「そうじゃったか。汚いやつめ。それで、わしに金を出すからわざと負けるように言うてきたり、毒饅頭を食わせようとしたりしたのじゃな。許さん。わしはかならず鮫ケ海に勝ってみせる」

「そのことなんだが……」

左母二郎は、自分の家に空から落ちてきた相撲取りがいて、健忘になっており、おのれがだれなのか思い出せない状態だが、状況や風貌から鮫ケ海に間違いないこと、大怪我をしていて相撲は取れないこと、今は失踪してしまったこと……などを話した。

「では、鮫ケ海関は相撲に出ぬのか。わしはいったいだれと相撲を取るのじゃ」

「二番手の鮒ケ池てえやつになるんじゃねえかな」

金兵衛は、

「けど、おかしいやおまへんか。鮫ケ海が欠場するやなんて、だれも聞いてまへんで。この瓦版にもそんなことはひとことも書いてないし……」

「そうだな。相撲は明後日だ。そろそろ公にしねえと大騒ぎになるぜ」

「まさか、鮫ケ海への賭け金を返したくないさかい、黙ってるんやないやろな」

「そんなことをしても、当日、鮫ケ海が出てこなかったらバレちまうぜ。——明日にでも酒魂神社と藤沢部屋にもういっぺん顔出してみるか……」

左母二郎もそう言って首をかしげた。

五

「網乾左母二郎だと？　なにものだ」

世直し大明神が万書堂卯左衛門に言った。

「わかりまへん……。素浪人みたいやったけど、剣術の腕はうちの駿河と互角でおました」

「うーむ……金になりそうなことに首を突っ込んでくる小悪党だ、とは思うが、気を付けたほうがよいな」

「賭け相撲の裏側を嗅ぎまわってるとすれば、大坂町奉行所の同心、ゆうことはおまへんやろか」

「それならば、わしの耳に入っておるはずだが……」

「中山さまは今は江戸におられることになっとりますさかい、まだご存じないだけかもしれまへん……」

「わしが大坂町奉行として、勝手におまえに便宜を図っていることが知れたら、わしの出世の道が閉ざされてしまう。いや、出世どころか解任されて蟄居《ちっきょ》、閉門ということもありうる」

「えらいことですがな」

「そうならぬためにも老中、大目付、若年寄、目付……あたりに金をばらまかねばならぬ。明後日の相撲はどうあっても犬田、いや、鮫ケ海に勝ってもらわねば……」

「そのことだすけどな、またひとつ、ええ思案が浮かびました」

「なんだ。早う申せ」

「鎧竜は大の孝行もの。せやさかい、父親になにかあったら、相撲どころやおまへんやろなあ」

「なるほど。その手があったか」

ふたりはうなずき合った。

◇

隠れ家に戻ってきた左母二郎は、ちら、と犬小屋を見たが灯《あか》りがついていない。

（小文吾の野郎、まだ帰《けえ》ってねえのか……）

そう思ってなかに入ると、八房が所在なげに座っている。八房は左母二郎を見ると、くーんくーんと鳴いて、身体をすり寄せてきた。しかたなく左母二郎は八房を抱き上げ、隠れ家に連れて帰った。すでに並四郎は戻っており、遊びに来ていた船虫と酒を飲んでいた。

「左母やん、お帰り。今、船虫に万書堂で盗み聞きしたことを話してたとこや」

並四郎が言うと、船虫が、

「世直し大明神が町奉行だったなんて……ひどい話だねえ。まっ昼間に町なかで刀を振り回しても咎められないわけだ。これじゃあやりたい放題じゃないか。あたしゃ、もうなにもかも嫌になってきたよ」

「まだまだ嫌になる話を持ってきてやったぜ」

左母二郎は酒を数杯立て続けに飲んでから、文亀堂でのできごとを話した。並四郎が、

「やっぱりしびれ薬入りの饅頭を差し入れよったか。相撲という神事を金儲けの道具にしよう、というやつは考えることがちがうで。わて、借金したおして、その金を鎧竜に

賭けよかと思とったけどやめや。今度の相撲で儲けるのは恥や！」

「ちょ、ちょっと待ってよ。その駿河って用心棒、右目に眼帯してたんだろ？ そいつ、お実乃ちゃんに手裏剣投げつけて怪我させたやつだよ。あたしも斬られかけたんだ。駿河だけは許せないよ！ ——駿河は強いのかい」

「——強え」

左母二郎はぼそりと言うと、肘を枕に寝そべった。そのうち、昼間の疲れが襲ってきて、飯も食べずに寝てしまった。

翌日、大晦日を明日に控えた大坂の町は、掛け取りでごった返していた。ここさえ乗り切れれば春までは安泰だ、という取る側、取られる側の思惑が交錯するなかを、丁稚や手代、番頭が目の色変えて駆けまわっている。そういう狂騒とは縁のない左母二郎が、昼過ぎ、酒魂神社を訪れると、宮司は社務所のまえの床几《しょうぎ》に腰かけて、ブリの刺身で燗酒を飲んでいた。

「いいのかよ、昼間っから」

「祝杯じゃ。ふぉっふぉっふぉっ……笑いがとまらぬのじゃ」

「どういうこった」

「前売りの木戸札はみな売り切れた。満員札止めじゃ。賭け札もどんどん売れておる。賭け札を買うにはうちの神社の護符も一緒に買わねばならぬ、と言うてみたら、それでも飛ぶように売れる。皆、博打が好きじゃのう」

「御籤《みくじ》というのも博打みてえなもんだからな」

「あれは、当たろうが外れようがなにももらえぬ。つまらぬもんじゃ。おかげでふところが温かくなった。祝杯をあげずにはおれぬわい。あんたも飲め」

左母二郎はありがたくその一杯をもらいうけながら、

「ところで、萩の相撲取りの大関、鮫ケ海のこと、なにか聞いてねえか」

「さあ……なにかあったのか」

「いや……そういうわけじゃねえが……」

「昨日、その鮫ケ海がひとりで挨拶に来よったぞ」

「なにい！」

左母二郎は大声を出したが、宮司はへらへらと笑って、

「藤沢部屋の場所を教えてやったゆえ、そこに行ったはずじゃ」

「どんな男だった？　左頰に傷があったか？」

「さあてなあ……わずかな時間しかおらなんだゆえ、そこまでは覚えておらぬ」

「ちっ、役に立たねえ宮司だぜ」

「なにか言ったか？」

「いや、なにも……」

「さっき、縄田屋から明日の番付を届けてきた。それにもほれ……」

宮司は番付表を左母二郎に見せた。

「東の大関、鮫ケ海となっとるじゃろう」

左母二郎はしげしげとその番付を眺めた。

（どういうこった。鮫ケ海は相撲は取れねえはずだが……）

宮司はそんな左母二郎の様子にも気づかず、機嫌よく盃を重ねている。

「邪魔したな」

「もう行くのか」

「気になることがあってな。明日は見物に来らあ」

「酒を支度して待っておるぞ」

宮司は赤い顔でそう言った。左母二郎はまっすぐ藤沢部屋を目指した。自然に早足になっていた。だが、なかはもぬけの殻だった。荷物もきれいさっぱりなくなっていた。

「どういうこった、こいつぁ……」

さすがの左母二郎にもわけがわからなかった。

◇

夕方、鎧竜が稽古を終えて家に戻ると、ちょうど左母二郎が来ていて、金兵衛となにごとか話している最中だった。

「なんぞご用かのう」

鎧竜がきくと左母二郎は、

「明日が本番だから、様子を見にきたのさ。様子を見にきたのさ。——俺ぁこれから金兵衛と内緒の話があるから、ちっと親父さんを借りるぜ」

「内緒ごとなら奥でやればよいのに……」

「いや、すぐに済むから、上がり込むほどでもねえんだ」

ふたりは店から出ていった。四半刻《しはんとき》ほどののちに金兵衛がひとりで戻ってきた。鎧竜が、

「内緒ごとというのはなんじゃった？」

「ははは……おまえに言うてしもうたら内緒ごとにならんがな」

「そりゃそうじゃ」

鎧竜も屈託なく笑った。金兵衛が、

「今日はささやかながら尾頭付きを支度してある。たんと食うて精をつけ、明日に備えてくれ」

「わかった。おとう、ありがとう」

「明日は優勝祝いの膳が出せるように、気張ってくれよ」

「うむ、わしもおとうに恩返しできるようにがんばるわい。勝つか負けるかわからぬが、一世一代の相撲を取りたいと思うとる」

「その覚悟や。——さ、飯にしよか」

ふたりは奥に入ると、夕食を取り始めた。大根の漬けものと豆腐の味噌汁のほかに、小さな鯛がついている。

「おとうの鯛はどうしたのじゃ」

「明日の主役はおまえや。おまえのところに付いとりゃええのや」

「それはいかん。ならば半分こしよう」

「あははは……そんな小さい鯛、半分こしたらのうなってしまう。ええから全部食べなさい」

「そうか……。まあ、優勝したら金も入る。そうなったら鯛ぐらいなんぼうでも買える。ああ、優勝したいのう」

「欲をかくと負ける。無心でいけ」

「わかった。無心じゃな」

ふたりはしばらく無言で食事をしていたが、金兵衛が急に、

「あのな、大作よ。話がある」

「なんじゃい、改まって……」

「万書堂のことや。明日はなにが起きるかわからぬ。けど、なにごとがあろうとそれは全部些事《さじ》やと思て、相撲にだけ専念しなされ。わかったか」

「わかっとるわい」

「たとえわての身になにかがあっても、やぞ」

「おとう、縁起でもない。なにも起こらぬわい。起こるとしたらわしの身じゃ。あの駿河という用心棒やヤクザものが襲ってくるかもしれぬが、そんな連中はかたっぱしからほいほい片づけて、わしは鮫ケ海関との勝負のことだけを考える」

「いや、ヤクザや用心棒との喧嘩で怪我でもしたらつまらん。そういうときは逃げるが勝ちや。なにが一番大事かを考えなはれ。一時の血気にはやったらあかんぞ」

「そうじゃな。あいつらを相手するのは鮫ケ海関との相撲が終わってからにしようかい」

「それでええ」

金兵衛はうなずいた。

「明日は早起きやで。飯を食うたら寝てしまえ」

「そうじゃな。まだまだ食いたらぬが腹八分目じゃ」

そう言って鎧竜は箸を置いたが、そのときすでに一升も平らげていたのである。

◇

大晦日……つまり、相撲の当日になった。からりと晴れた相撲日和《びより》、早朝から一番太鼓が「天下泰平、五穀豊穣、国家安穏、ドドンガドガドガ、ドドンガドガドガ」と打ち出され、いやがうえにも雰囲気を盛り上げている。三度の飯より相撲が好き、という連中は、取る側も取られる側も掛け取りをひととき休んで酒魂神社に詰めかけている。また、観戦はしていなくても、賭け札を買ったものたちも、勝敗の行方に興味津々である。いつもの大晦日とまるで異なり、浪花っ子全員が相撲熱に浮かされているかのような熱気が大坂中に渦巻いていた。そんななか、左母二郎はふらりとひとりで神社を訪れた。やはり、鳥居のところに鮫ケ海休場を知らせる張り紙などはなかった。

（どうなってやがるんでえ……）

宮司はにこにこ顔で左母二郎を迎えた。

「うれしそうだな」

「これだけ客が入ると、なんとのううれしゅうなってくるもんじゃ。うちの祭礼の日もこれぐらいひとが集まらんものかのう」

「ところで、鮫ケ海のことでなにか聞いてねえか？」

「きのうもそんなこと言うておったのう。鮫ケ海になにかあるのか」

「なんにもねえよ」

「あんたは鮫ケ海贔屓かもしれんが、今日の相撲は鎧竜の優勝じゃ」

「そうなりゃあいいけどな。――じゃあな」

「おいおい、相撲は観ていかんのか」

「観たいけど、満員御礼なんだろ」

「わしの顔で、青田《あおた》（入場無料）で入れてやるぞ」

「そいつぁありがてえ」

相撲場といっても、中央に土俵があり、そのまわりを囲むように客席がしつらえられているだけで、屋根はない。雨が降ったら中止なのだ。そして、その外側全体を葭簀《よしず》で囲っていて、そこに力士の名前を書いた色とりどりの幟《のぼり》が立っている。場内は立錐《りっすい》の余地もなく、ひといきれでむんむんしており、真冬だというのに火鉢などいらぬ暑さであった。

左母二郎は宮司のはからいで、向こう正面に席を取り、並んで腰を下ろした。土俵のうえには、すでに大坂の何奴部屋の力士たちが上がっていて、ふたりひと組で軽くぶつかり合ったり、ひとりで身体をほぐしたりしている。そのなかには鎧竜の姿もあった。鎧竜は左母二郎の姿を見つけると、

「おおい、網乾の旦那さん、わしじゃ、わしじゃ。わしの晴れ舞台、見届けてくださ

れ！」

大声でそう言いながら手を振ったので左母二郎は赤面して顔を隠した。客たちは本番まえだというのに目をぎらぎらさせて力士たちを見つめている。それは、賭け相撲でもあるからだろう。一攫千金《いっかくせんきん》を狙っているものたちにとっては、これは相撲ではなく博打なのである。

「あんた、なにをさっきからじっと見てまんねん」

「わては、相撲取りのケツを見てますのや」

「気持ち悪いなあ。なんでそんなことしますねん」

「知りまへんか？　力士の強さ、弱さはケツで見分けられますのや」

「ほんまかいな」

「ほんまだす。この道十年のわてが言うのやさかい間違いおまへん」

「強い力士、ゆうのはどんなケツだす？」

「大きゅうて、きゅっ、と引き締まっとります」

「弱い力士は？」

「だらっとしとります」

「ほな、あそこにおる相撲取りのなかではだれが一番強いんだす？」

「そらもう鎧竜に決まってますがな。わて、鎧竜の賭け札、五枚も買うてますのや」

「知らんがな、そんなこと」

「ほな、あんたはだれに賭けたんや」

「わてだすか？　聞いて驚きなはんな。何奴部屋のへろ登《のぼり》だっしぇえ」

「そんな弱そうな四股名の相撲、あきまへんやろ」

「たしかに人気はさほどおまへん。けど、こいつが勝ったら、えげつないぐらいの大儲けができまっせ。言うたら悪いけど、鎧竜は人気がありすぎる。勝ったかて、たいして儲かりまへんやろ」

「そらそやけど、賭けというのはとりあえず勝たななんにもならん。へろ登なんか絶対負けまっしゃろがな。はじめっから負けるのがわかってる力士に賭けて、なんの意味がおますのや」

「いや……この世に絶対はおまへん。ひょっとしたらひょっとするかも……」

「あんた勝負師やなあ。尊敬するわ。たぶんあかんけど」

わあわあと見物人が騒いでいるなか、金《きん》刺繍《ししゅう》の覆面をつけて顔を隠した世直し大明神こと中山出雲守と万書堂卯左衛門が一番高い場所にある席に着いた。ほかの客席とは離れたところにあり、簾内《すだれうち》なので顔を見られる心配はない。かたわらには五段の重箱があり、贅《ぜい》を尽くした料理が詰まっている。もちろん酒もある。

「中山さま、ご安堵なされませ。今、報せが来ましたが、うまいこと行きましたで」

「そうか……ならばよい。ゆるりと相撲を見物しようか」

「そうなさいまし。鮫ケ海が優勝することは、これで本決まりになりましたさかいな……」

卯左衛門はそう言った。

「首尾よくいったのか」

「へえ……すべては筋書き通りに……」

「ふっふっふっ……ならばよい。酒をもらおうか」

新町の美妓《びぎ》を左右にはべらせ、ふたりはちびりちびりと飲み出した。

一方、左母二郎は高齢の宮司と並んで、酒を飲んでいた。こちらは質より量である。肴は、煎った豆だ。

「取り組みはどんな具合にやるんだ?」

左母二郎がきくと、

「まず、最初に籤引きをするらしい」

宮司によると、一回戦は萩の力士と大坂の力士に分かれて籤を引き、対戦相手を決めるのだという。そして勝った力士で二回戦、三回戦を行い、最後に勝ち残った力士が優勝となる。

「じゃあ、二回戦以降は萩の力士同士とか大坂の力士同士の取り組みがあるわけだな」

「そういうことじゃ。とはいえ、優勝した相撲取りが萩か大坂か、というのは大事じゃろうて。たがいに意地があろうからな」

「けどよ、てえことは、はじめにいきなり鎧竜と鮫ケ海がぶつかるってこともあるわけか」

「ところがそうはならぬようになっておる。鮫ケ海が籤を引くときは鎧竜の名を書いたものは外してある。でないと、賭けが盛り上がらぬからのう」

そのうえ力士の数は五人ずつ、あわせて十人だから、二回戦と三回戦ではかならず不戦勝がひとり出る。それは東の大関鮫ケ海ということに決められているのだそうだ。つまり、一回戦で鮫ケ海が順調に勝てば、そして、鎧竜がもし最後まで勝ち上がれば、かならず最後にふたりの取り組みが行われることになるわけだ。

「ふーん、なるほど。うめえ具合に考えてあるもんだな」

「鮫ケ海が初戦で負ける、ということはまずあるまいて。ただ、鎧竜はなんというても素人。何番も取っているうちになにかの拍子に負けぬとはかぎらぬ。それに、鎧竜が最後まで上がってくるには三番をこなさねばならぬ。鮫ケ海は最初の一番だけじゃ。疲れを考えると、鎧竜が不利じゃのう」

左母二郎が考えていたのは別のことだった。

（あいつら……鮫ケ海がいねえってことをいつまで隠し通すつもりなんだ……）

◇

「それでは、おまえは萩から来た相撲取り鮫ケ海だ、と言うのか！」

天満《てんま》の牢《ろう》の吟味場で、滝沢鬼右衛門は、先日召し捕った挙動不審な男を怒鳴りつけた。

「へ、へえ……今、それを思い出しましたわい」

「今思い出しただと？　どういうことだ」

「あの……わしはどこか高いところから落ちて頭を打ち、まえのことをなにもかも忘れてしもうていたようでございます。おのれの名前も、どこから来て、どこに行かねばならぬのかも……。だれか医者らしいお方に療治してもろうていたような気もいたしますが……」

「おまえは大坂の町をうろうろさまようておったゆえ、わしが召し捕ったのだ」

「そうでございましたか……。いや、こうしてはおれぬ。早うお布施の縄田屋の旦那さまにご挨拶をして、相撲興行のために仲間と稽古をせにゃあならぬ」

「稽古だと？　今日がその興行の日だぞ」

「えっ……！」

鮫ケ海は仰天した顔つきで、

「それはえらいことじゃ。堀江の神社に行かねばならぬ。すまぬが、お役人さま、わしをここから出してくだされ」

「それはよいが……その怪我ではとても相撲は取れんぞ」

「わかっております。じゃが、わしがおらぬと興行が成り立たぬ。旦那衆やお客さまにも迷惑がかかる。せめて、土俵入りの真似事だけでも相務め、できうればたとえ負けるのがわかっていても一番ぐらいは相撲を取らせてもらいたいのじゃ」

「うーむ……じつはわしも相撲好きでな、今度の相撲には鎧竜の賭け札をかなり買ってある。まことは観にいきたかったのだが、お勤めがあるゆえあきらめておった。だが、おまえの気持ちもわかるし……。そうだ、こういたそう。わしが堀江の酒魂神社まで連れていってやろう。いやいや、礼を言うには及ばぬぞ。では、早速行こう」

鬼右衛門は仕事にかこつけて相撲を見物するつもりなのである。

「お役人さまにそのようなことをさせては申し訳ない。場所さえ教えてもらえればひとりで参ります」

「いやいや、病み上がりのものを大坂の町にひとりで放り出すわけにはいかぬ。参ろう参ろう。奉行所の駕籠を使え。もちろんわしも乗る」

そう言うと鬼右衛門は、ふところにある賭け札を着物のうえからそっと押さえた。

◇

ついに相撲興行がはじまった。審判役が東西にひとりずつ座り、土俵を見つめている。

行司が土俵の中央に進み出ると、

「それではただ今より土俵入りを行います。西方大坂相撲、何奴部屋の力士、土俵に上がりましょう。まずは、へろ錦《にしき》」

痩せた力士が土俵に上がった。

「つづいて、錦《にしき》ノ明《あきら》、錦ノ袈裟《けさ》、へろ登、最後は鎧竜……」

大坂方の五人の力士が土俵に上がり、柝《き》の音にあわせて柏手《かしわで》を打ち、両手を上げて四股を踏む。

「ええぞええぞ、鎧竜っ！」

「日本一！」

「天下一！」

大坂の力士が土俵を下りたあと行司が、

「つぎは東方、萩は毛利公お抱え力士、土俵に上がりましょう。まずは、鰻川……」

左母二郎は、

（どうなるんだ、こりゃ……）

柄にもなくはらはらしながら、酒を舐《な》めなめじっと土俵を見つめていた。

「つづいて、蛙ケ沼、泥鰌湖、鮒ケ池……鮫ケ海！」

鮫ケ海と名を呼ばれて土俵に上がった力士の顔を見て、左母二郎は飲んでいた酒を噴き出した。

「あ、あの野郎……」

それが犬田小文吾だとわかったとき、左母二郎は思わず立ち上がっていた。宮司が、

「どうしたんじゃ？」

「い、いや……なんでもねえよ。そうか……そういうからくりか……」

左母二郎はふたたび座り直した。行司が、

「それでは先ほど、行司役立ち会いのもとにて行われたる厳正な籤引きによる組み合わせを発表いたす。第一番の取り組み、蛙ケ沼にへろ登、第二番の取り組み、鮫ケ海にはへろ錦、第三番の取り組み、鮒ケ池には鎧竜、第四番の取り組み、鰻川には錦ノ明、第五番の取り組み、泥鰌湖には錦ノ袈裟……。以上の勝者でふたたび籤引きを行い、二回戦の組み合わせを決め申す」

うわっ、という歓声が上がった。

「聞いたか、鮫ケ海とへろ錦が当たるんやと。へろ錦は、言うたかて何奴部屋の二番手で関脇格やで。いきなり鮫ケ海が負ける、ゆうこともあるんとちゃうか」

「それを言うなら、鮒ケ池は萩の関脇や。なんぼ鎧竜が強い、いうたかて、玄人の関脇には通じるかどうか……。こらあ、いきなり大番狂わせがあるかもしれんでえ」

「なに言うとんねん。おまえは萩の回しもんか！」

「回しもん、て……だれを応援しようと勝手やろ」

「大坂の人間なら鎧竜を応援せんかい」

「やかましいわ。わいは鮒ケ池に賭けとんねん。ほっといてくれ」

「なんやと、裏切もんが！」

「言うたな、このガキ！」

「痛い痛い……おまえがそう来るならわいもこういう具合に……」

「ほたら、わしも帯をこう取って……」

「ほな、わしは行司するわ。残った残った。残った残った」

客席で、土俵上より先に相撲が始まったりしている。とにかくそれぐらいの熱気なのである。だれも、鮫ケ海が本ものでないことには気づいていないようだ。

「おかしいのう……」

鎧竜は首を傾げた。

「おとうの姿が見えぬ。砂被《すなかぶ》りで声援してくれるものと思うていたが……どうしたのじゃ」

鎧竜の頭に、昨夜、父親が言った「自分になにかあっても気にせず、相撲にだけ専念せよ」という言葉が浮かんだ。

「そうじゃ、わしはとにかく目のまえの相撲に勝たねばならぬのじゃ」

鎧竜は悪い想像を追い払った。

第一番、蛙ケ沼にへろ登は蛙ケ沼が押し出して勝ち。第二番、鮫ケ海にへろ錦は鮫ケ海が上手《うわて》投げで勝ち。へろ錦は土俵に思い切り叩きつけられ砂だらけになったが、鮫ケ海は持っている力の十分の一も出していないようだ。第三番、鮒ケ池に鎧竜は突き出しで鎧竜の勝ち。萩の二番手である鮒ケ池の指が鎧竜に届くまえに、ずどん！と両手で突くと、鮒ケ池は吹っ飛び、土俵の外に転がり出た。

「ええぞっええぞっ鎧竜！」

「くそーっ、鮒ケ池、負けたかーっ」

紙屑《かみくず》になった賭け札があちらこちらで撒かれている。第四番、鰻川に錦ノ明は鰻川の勝ち、第五番、泥鰌湖に錦ノ袈裟は泥鰌湖の勝ち。一回戦が終わった段階で、大坂力士で残っているのは素人の鎧竜だけ、という体たらくになってしまった。

「情けないわい……」

へろ錦は涙をこぼし、

「鎧竜関、勝ち上がってわしらの悔しさを晴らしてくだされ」

「もちろんそのつもりじゃ」

鎧竜は強く胸を叩いた。ふたたび籤引きがあり、二回戦は蛙ケ沼には鎧竜、鰻川には泥鰌湖の二番が行われ、鮫ケ海は不戦勝ということになった。鎧竜は蛙ケ沼の突進をしっかり受け止め、そのまま一気にまえに出て、寄り切りの勝ち。圧勝である。鰻川と泥鰌湖の戦いは、ぬるぬるとなかなか決着がつかなかったが、最後はうっちゃりで鰻川が勝利した。

三回戦は、鎧竜と鰻川の対戦になり、鮫ケ海は不戦勝である。鎧竜が葭簀の外で四股を踏み、気合いを入れているところへひとりのこどもが近づいてきた。文亀堂の丁稚である。丁稚が鎧竜になにごとかささやくと、鎧竜は真っ青になった。そして、ぼんやりした状態で土俵に上がった。行司が、

「ちゃんと仕切りなされ」

「す、すまぬ……」

軍配が返ったが、鎧竜はそのまま立ち尽くしている。鰻川がぶつかってきたが、心ここにあらずという顔つきで動こうとしない。

「はっけよーい！」

行司はしきりに気合いをかけようとする。

（しめた……！）

鰻川は強引に首投げにいった。しかし、鎧竜はぼんやりしたまま鰻川のまわしを摑み、引き落とした。鰻川は顔から土俵に突っ込んだ。客たちも鎧竜の様子がおかしいのがわかったようだ。

「どうした、鎧竜!」

「しっかりせえ!」

「おまえになんぼ賭けてると思とんねん!」

鎧竜はよたよたと土俵を下りた。そして、その足で左母二郎たちのいる桟敷に向かった。

「なんだよ、今の無様な相撲は。勝ったはいいが、危うく負けるところだったじゃねえか」

「それが……えらいことになったのじゃ。さっき、うちの丁稚が報せにきたのじゃが……うちのおとうが家を出ると、ふたりの侍がやってきておとうを無理矢理駕籠に押し込め、そのままどこかに行ってしもうたらしい。そのあと、こんな文が投げ込まれていたそうじゃ」

そう言って、鎧竜は一枚の紙を左母二郎と宮司に見せた。そこには、
金兵衛の命助けたくば相撲に負けよ

と書かれていた。左母二郎は、

「つぎからつぎへと汚え真似をしやがるもんだぜ。おめえが孝行もんだから、親父を殺すと脅しゃ言うことを聞くと思ったんだな」

「ううう……どうすればよいじゃろう。わしが勝てばおとうが殺される。わしが負ければ大勢の大坂の衆が悲しむことになる」

左母二郎はにやりと笑って、

「心配いらねえから、最後の一番、思い切り取ってこい」

「けど、そんなことをしたらおとうが……」

「あれは金兵衛じゃねえんだ」

「――え？」

「昨日の夕方、俺が金兵衛を連れ出しただろ？　そのとき、俺の仲間の並四郎ってやつと入れ替わったんだ」

「そんなはずはない。顔も声も背恰好もおとうそのままだったし、わしは一緒に飯を食いながら話もしたのじゃ」

「並四郎ってのはそういうやつなんだよ。なんにでも化けちまうのさ。俺やおめえにも化けられるぜ」

「では、本ものおとうは……」

「今、馬加大記って医者の家に匿《かくま》ってあらあ。結びの一番には間に合うように船虫が連れてくる手はずになってるんだが……ああ、あそこを見ろよ」

左母二郎は砂被りのところにひとり分だけ空いていた席を指差した。そこには金兵衛が座り、こちらに向かって両手で大きな○をこしらえた。

「これでおめえも心置きなく相撲が取れるな」

「へえ……なにからなにまで網乾どんにはお世話になりました。じゃが、だとするとその並四郎というお方が危ないのでは……」

「並四郎は、名前は言えねえが、世間に知られた大盗人《おおぬすっと》だ。ちっとやそっとのことじゃ殺されるようなことはねえから安心しな。たぶんどこかで相撲を見物してらあね」

「そ、そうか……」

そのとき、宮司のすぐまえの席に座っていた老人が振り返り、

「左母やん、わてやったら、とうの昔からここにおるで」

「なんでえ、いたのか」

「駕籠に入れられて、万書堂に連れていかれたさかい、屋根から逃げてきた」

左母二郎は鎧竜に笑いかけながら、

「な？」

と言った。鎧竜は、

「これで力百倍じゃ。最後の一番、どうぞご覧になってくださいまし」

そう言って大笑いした。

一方、簾内のなかの万書堂卯左衛門と中山出雲守は、

「どういうことだ。さっきの相撲のときは調子が悪そうだったが、鎧竜、今は笑《わろ》うておるではないか」

「おかしいなあ……金兵衛をかどわかした、という話は耳に入っているはずだすけど……」

「お、おい、あそこを見ろ。金兵衛だ！」

「えっ、どこだす？」

「土俵のすぐ下だ。こっちを見て手を振っておるぞ！」

「ど、どないしまひょ。だれぞが助け出したんやろか」

「こうなったらどうにもできぬ。鮫ケ海が勝つことを祈るしかない」

「もし、負けたら……」

「おまえをこの場で叩き斬ってやる」

「ひぃーっ」

とうとう最後の取り組みのときが来た。これに勝ったものが優勝である。それまで

騒々しかった客たちも、ぴたりと口を閉ざし、おのれの賭け札を握りしめて土俵を凝視している。呼び出しが、

「東、鮫ケ海、鮫ケ海。西、鎧竜、鎧竜……さあ、見合って見合って」

小文吾と鎧竜は土俵に片方の手を突いた。小文吾が小声で、

「おまえさまは相撲にかこつけてひとを傷つけたり、殺《あや》めたりするらしいのう。今日はわしが勝つ。おまえさまに恨みはないが、大坂の衆のためじゃ。悪う思うな」

「だれがそんなことを言うたのじゃ。わしは相撲でひとを傷つけたり殺めたりした覚えはない。よう確かめたのか？」

「言い逃れするつもりか。卑怯な……」

「言い逃れではない。確かめもせずにひとの言うことを鵜《う》呑《の》みにするのはおかしい、と言うておる」

ふたりはたがいにつぶやきながら呼吸を測っていたが、やがて、軍配が返り、両者は激突した。どごん！　と鉄と鉄がぶつかり合ったような音がした。鎧竜の猛烈なぶちかましを小文吾はがっしりと受け止めたが、足がずるずると土俵にめり込むような形で下がった。

「なんの！」

小文吾はすばやく前褌《まえみつ》を取ると一気に寄っていった。しかし、鎧竜はびくとも動かぬ。

それを見て小文吾は一旦摑んだ前褌を放し、怒濤の突っ張りを開始した。負けじと鎧竜も突っ張る。一撃で岩を砕き、大木をへし折るほどの突っ張りの応酬に、客たちは手に汗握っている。どしどしどし、どしどしどし、という重い杵《きね》で餅を搗いているかのような音が場内にこだまする。両手の回転があまりに速く目に見えないほどだ。普通の力士なら次第に疲れてくるところだが、ふたりの突っ張りは逆にどんどん速さを増していくようだ。胸板が真っ赤になったころ、

「突っ張りでは勝負はつかぬのう」

「よし、組み打ちで来い！」

ふたりは四つに組んだ。まずは小文吾が金剛力《こんごうりき》を発揮し、鎧竜を吊り上げようとした。鎧竜は必死でこらえるが、ついに足が土俵を離れた。

「あっ、あかん！　鎧竜、がんばれえっ！」

「鮫ケ海、今や、一気に行けっ」

しかし、鎧竜は両腕で小文吾の腕を締め上げた。小文吾が耐えきれずに鎧竜を下ろすと、今度は鎧竜が小文吾を吊り上げた。鎧竜は小文吾をそのまま土俵の外まで持っていこうとしたが、小文吾の足のかかとが俵にかかった。小文吾は踏ん張り、鎧竜を押し返した。なかなか勝負がつかない。

「こうなったら、この日のために鍛えた技じゃ！　わっしの頭は鋼《はがね》より硬いわい」

小文吾は鎧竜を突き離しておいてから、頭を下げて突進した。その凄まじい勢いは猛牛のようだった。鎧竜は土俵の中央に巨木のようにそびえたち、両腕を高々と上げた。小文吾は鎧竜の胸板目掛けて頭突きを食らわした。小文吾はあれから廃寺の境内で杉の木に向かって頭突きの稽古を繰り返していたのだ。鐘に撞木《しゅもく》が当たったような、ごおーん……という鈍い音が鳴り響いた。並の力士ならばあばらが折れているだろう。鎧竜はずずずず……と後退したが、

「まだまだっ」

そう叫ぶと、両手を開いた。胸にはどす黒い痕がついていた。

「もう一発じゃ！」

小文吾は再度頭突きをしようと猛進した。しかし、鎧竜は小文吾の頭頂がおのれの胸に当たる寸前、両手を下げて小文吾のまわしの後ろ褌《みつ》を掴み、ぐいい、と持ち上げた。小文吾は前のめりになったが、なんとか倒れずにこらえ、鎧竜のまわしを掴んだ。これでまた四つになった。両力士は全力を尽くして激しく投げを打ち合い、押し合い、突っ張り合ったが、ついに勝負のつくときが来た。

「ええやあっ！」

鎧竜が首投げを打ったが、それがすっぽ抜けたのだ。鎧竜の背後に回った小文吾は投げを打ち、鎧竜はうっちゃろうとしたがかなわず、とうとう鎧竜は土俵を割った。

「鮫ケ海ーっ！」

行司は軍配を東方に上げた。観客が承知しない。

「どういうこっちゃ！」

「わては認めへんで」

「鮫ケ海の手が先についてたんとちゃうか」

しかし、物言いもつかない。鎧竜は何度もうなずき、淡々と土俵を下りていった。賭け札が桜吹雪のように宙に撒き散らされ、客たちの囂々《ごうごう》という喚《わめ》き声が場内を満たした。

中山出雲守は立ち上がり、

「やったわい！　鮫ケ海が勝ったわい！　ふはははは……これで金はわしがものだ！」

卯左衛門も、

「あっはっはっはっ……勝った勝った。終わりよければすべてよし、や！」

そのときである。

「待てえいっ！」

大音声《だいおんじよう》が轟《とどろ》き渡った。皆が一斉にその声の主を見た。

「わしは、大坂西町奉行所与力、滝沢鬼右衛門である！　一同、その場を動くな。動いたものは召し捕るからそう思え！」

場内は静まり返った。鬼右衛門は十手を抜いて、

「この相撲興行を催したものはだれだ」

縄田屋の主がおずおずと進み出て、

「縄田屋重兵衛《じゅうべえ》でおます。一応、私ということになっておるようですが……」

「一応とはどういうことだ」

「万書堂さんのご主人に頼まれて名前を貸しただけで、ほんまはなにも知らんのだす。えーと、万書堂さんはどこかいな」

しかたなく卯左衛門は手を挙げて、

「わてが万書堂だす。大坂のお奉行さまの許しも得たうえでのこの興行、なんぞ差しさわりがおましたかいな」

「結びの一番は鮫ケ海と鎧竜の取り組みだったな」

「へえ……」

「鮫ケ海というのはどこにおる」

全身に大汗をかいている犬田小文吾が、

「わっしでございます」

「ほう……おまえが鮫ケ海か。ところが、ここにも鮫ケ海がおるぞ」

そう言って、鬼右衛門が少し横にずれると、そこには本ものの鮫ケ海が立っていた。

鮒ケ池たち萩の力士たちは、

「おお……鮫関！　ご無事でなによりじゃ！」

うっかりそう口走ってしまった。鮫ケ海は小文吾に向かって、

「わしがまことの鮫ケ海じゃ。おまえさんには一度会うたことがあるような……」

小文吾はからからと笑い、

「こうなっては隠し通すのは無理じゃな。いかにもわっしは鮫ケ海にあらず。犬田小文吾という素人じゃ。世直し大明神という御仁から、鎧竜関の悪行の数々を聞いて義憤にかられ、身代わりに立ったのじゃ」

鬼右衛門は、

「悪行の数々だと？　わしの聞いておるかぎりでは、鎧竜はたいそうな親孝行もので評判もよい。今度の相撲でも、図抜けて人気を集めておるぞ」

客たちは口々に、そうだそうだ、と叫んだ。文亀堂金兵衛が立ち上がり、

「わては鎧竜の父親《てておや》だす。すべてはそこにいる万書堂卯左衛門が金儲けのために仕組んだことだすのや。鎧竜にしびれ薬を飲ませようとしたり、わてをかどわかして鎧竜に負けるように指図したり……」

卯左衛門は、

「し、知らん。わてはなんにも知らんのや。悪いのはわてやのうて、世直し大明神……」

そう言いながら中山出雲守の席を見やると、そこにはだれもいなかった。

「そうか……おまえと世直し大明神がふたりがかりでわしをだましたんじゃな。この犬田小文吾、とんだ大恥をかくところだったわい」

小文吾は卯左衛門に向かって一歩進み、卯左衛門は鬼右衛門の後ろに隠れた。鬼右衛門は、

「大坂町奉行所の与力として申し渡す。おまえが鮫ケ海でないとすると、鮫ケ海に賭けた賭け札はすべて無効ということになる。最後の一番は取り直し……と言いたいが、鮫ケ海は大怪我を負うておる。よって、勝負はなかったものとする」

観客たちの怒りは卯左衛門に向けられた。

「おい、あのガキ、いてまえ！」

「ぼこぼこにしたれ！」

「みなで引きちぎれ！」

暴徒と化そうとした客たちのまえに鬼右衛門が立ちはだかり、

「待った。そのようなことをしたらおまえたちが罪人となる。わしは万書堂を召し捕って吟味し、町奉行に厳正にお裁きを下していただくつもりだ。それで納得してもらいたい」

「けど、賭け札の金はどうなるのや」

「もちろん賭けた額に応じて返金いたすゆえ、賭け札は大事に持っておけ」

そこへ世話役のひとりが青い顔でやってきて、

「みんなから集めた賭け金も木戸銭も優勝の賞金もなくなってます！」

「なんだと？」

卯左衛門が、

「大明神や！　あいつ、持ち逃げしよったんや！」

鬼右衛門が卯左衛門をにらみつけ、

「ナントカ大明神なるものがいる、と申しておるのは、おまえと犬田のふたりだけだ。おまえがはじめから独り占めするつもりだったのではないか？」

「ち、ちがう。世直し大明神は、町奉行の中山出雲守さまで……」

「黙れ！　中山殿は江戸におられるはず。でたらめを申すな！」

ふたたび観客たちが怒りの声をあげたので鬼右衛門は、

「鎮まれ！　安堵せよ。すべては万書堂が責めを負うべきこと。万書堂の財産をすべて処分することで贖《あがな》われることになろう」

縄田屋が進み出て、

「私も、名ばかりとはいえ主催のひとり。足らぬ分は私が償《まど》いましょう」

これで皆は納得した。彼らの大半は鎧竜に賭けていたのだし、相手が偽ものだったとはいえ鎧竜は負けたのだから、賭け金が戻ってくるほうが得なのである。鬼右衛門は、

「せっかくまことの鮫ケ海が来たのだ。相撲は取れぬとも、土俵入りだけでもやってもらおうと思うがどうかな」

大きな歓声が上がった。左母二郎は、土俵入りは観ることなく相撲場をあとにした。しばらくすると並四郎と小文吾が追いついた。左母二郎は小文吾に、

「おめえが鮫ケ海の代役をしてるたぁ気づかなかったぜ」

並四郎も、

「一言言うてくれたらええのに」

「すまぬすまぬ。相撲のこととなると夢中になるからのう」

三人が酒魂神社を出ようとしたとき、鳥居の柱の陰から現れた男がいた。駿河三郎太である。

「待っていたぞ」

左母二郎が、

「刀は新調したのか」

駿河は無言で鞘を叩いた。左母二郎は小文吾と並四郎に、

「こいつぁ俺が引き受ける。おめえたちは早く大明神を追いかけてくんねえ」

ふたりはうなずいて駆け出した。左母二郎は腰を落とし、刀の柄に手をかけた。駿河は刀を抜いて大上段に構えた。

「行くぜ」

「おおっ」

駿河が刀を振り下ろした瞬間、左母二郎の右腕が普段の倍ほどの長さに伸びたように見えた。駿河が刀を取り落とし、その二の腕から血が噴いていた。

「じゃあ、俺の勝ちってことで……」

左母二郎はすたすたと歩み去ったが、その着物は肩から腰にかけて斜めに大きく裂けていた。

◇

「急げ……急ぐのだ！」

中山出雲守は駕籠を担ぐ飛車さんと歩兵《へこ》さんを叱咤《しった》した。

「そのように急《せ》かされましても、われら両名、駕籠をかくのは不慣れにて……」

中山出雲守を乗せた駕籠は堀江から西横堀《にしよこぼり》沿いに北へ上がっていた。

「もし、あの与力に捕まったら、わしが大坂町奉行であることが露見してしまう。それだけは避けねばならぬのだ」

大晦日の真昼間、ふたりの供侍は汗を垂らしながら必死で駕籠を担いでいる。

「もっと速《はよ》うはできぬのか、非力なやつらだ」

「そうおっしゃられても……」

「いかん。肩が……肩が……」

「拙者も腰が……」

　駕籠の歩みが次第にのろくなってきたところで、

「やっと追いついたのう」

　一同はぎょっとして振り返ると、小文吾が後棒の歩兵さんの腰を後ろから摑んでいるのだ。しかたなく飛車さん、歩兵さんが駕籠を下ろすと小文吾は駕籠の垂れをはねあげ、

「世直し大明神……ようもこのわっしをたばかってくれたな」

　小文吾はぶるぶると震えている中山出雲守の胸倉を摑んで駕籠から引きずり出した。

「なにをする！　やめぬか！」

　並四郎が、

「わてもたいがい悪党やけどな、あはははは……おまえには負けるわ」

「うるさい！　飛車さん、歩兵さん、こやつらをこらしめてやりなさい！」

　しかし、供侍たちは動こうとしない。

「なにをしておる。こらしめてやれ、と言うておるだろう！」

「大明神さま、この犬田というやつの強さをご存じでしょう。とてもとても我々では歯が立ちません」

「こんなやつに立ち向かったら、頭から食われてしまいます。どうかご勘弁を……」

「腰抜けめ！」

小文吾が指の関節をばきばき鳴らしながら近づいていく。中山はくるりと向きを変え、逃げ出そうとした。しかし、そこにはひとりの浪人が立っていた。

「だれだ、貴様は」

「さもしい浪人、網乾左母二郎」

「貴様が網乾か。そこをどけ！」

「みんなから集めた金はどこだ」

「ふふふ……ははは……金はない。かねてより手配してあった別便で江戸に送ってしまったわい。金欲しさに追ってきたのだろうが、残念だったのう」

「金欲しさ、だと？」

左母二郎の目が憤怒《ふんぬ》で吊り上がった。

「てめえみてえな汚え野郎見たことねえ」

「なんとでも言え。わしほどこの国の将来を真剣に憂いているものはおらぬ。わしは、集めた金をおのれのふところに入れるつもりはない。この国を清浄にするための金なのだ。貴様ら悪党にわしの思いはわからぬだろうな」

「わからねえし、わかりたくもねえ。てめえが言ってる世直してえのは、万人のためじゃねえ。てめえにとって都合のいい連中だけの世の中にするってだけだ。この世にゃオギャーと生まれてきたのは同じでも、金持ちに生まれたものもいりゃあ、貧乏人に生まれたものもいる。生きるために掏摸《ちぼ》を働かなきゃならねえこどもだっている。みんな必死なんだよ。てめえは、この世に雑草はいらねえと思ってるかもしれねえが、雑草だって桜だっておんなじだ。てめえのやり方は、雑草を全部抜いちまって、見た目をきれいにしようってだけさ」

「塵芥《ごみ》がなにをほざく」

「塵芥でけっこう」

左母二郎は中山出雲守の顔面をいきなり拳で殴った。

「てめえを斬ったりしたら刀が穢《けが》れらあ」

「やめぬか！　わしをだれだと思うておる。畏《おそ》れ多くも大坂町奉行中山出雲守であるぞ。下郎、下がれ！」

「ほら、見ねえな。世直しだなんだと言ってもよ、とどのつまりはお上のご威光を振りかざすだけじゃねえか。そんな世直し、だれも喜ばねえよ」

中山出雲守が刀を抜こうとした瞬間、犬田小文吾が諸手《もろて》で中山の胸を突いた。中山出雲守はきれいな弧を描いて空中を飛び、西横堀に落ちた。

「大晦日の川んなかは冷てえだろうな。――行こうぜ」

左母二郎は並四郎と小文吾にそう言うと、あとをも見ずに歩き出した。

「助けてくれっ」

という叫びに、飛車さんと歩兵さんがあわてて川に下りていった。

◇

夜になって隠れ家に戻ってきた三人は、犬小屋に灯《とも》りが灯っているのに気づいた。なかに入ると、、大法師《ちゅだい》が見慣れぬ僧侶とともに土間に莫蓙《ござ》を敷いて座っていた。僧侶のまえには簡易な護摩壇《ごまだん》がしつらえてあり、火が燃えている。僧侶は数珠を揉みながら一心に呪文のような言葉を唱えている。左母二郎がなにか言おうとすると、、大法師が「しっ」とそれを止めた。左母二郎は小文吾に小声で、

「だれでえ、こいつ」

「駿河台成満院の隆光大僧正にあらせられる。どうしても江戸からでは遠すぎて大坂のことが見通せぬ。それゆえこうして伏姫さまの居所を祈禱によって探り出すため、お忍びで参られたのじゃ」

「ふーん……」

隆光の祈りの声は次第に大きくなっていき、それにつれて護摩壇の火が生きもののように踊りはじめた。

「なんの手妻《てづま》だ、こいつぁ。火事にならなきゃいいが……」

左母二郎がつぶやいたとき、

「オン・ボロン・ソワカ・オン・アミリタ・アユダディ・ソワカ……尊勝仏頂よ、伏姫さまの居場所を教えよ！　大坂のいずれにおられるのか、我に示せ！」

途端、護摩壇の炎がぱたりと消えた。

「おおっ……」

隆光は驚いたように護摩壇を見つめ、しばらく身じろぎもしなかったが、やがて、ほう……と大きな息を吐いた。、大法師がおそるおそる、

「大僧正、伏姫さまの居場所、いずこに……？」

「それが……」

隆光は、大法師を振り返ると困惑したような顔つきで言った。

「どうやら伏姫さまは大坂にはおられぬようだ」

一同は愕然《がくぜん》とするしかなかった。


（後記）

実乃は、船虫の口利きで、文亀堂に奉公することが決まった。万書堂卯左衛門は大坂町奉行所に版木を没収され、店は闕所《けっしょ》になり、卯左衛門は遠島になった。しかし、江戸

にいたことになっている中山出雲守は事件との関わりを否定し、かまいなし、とされた。その後、相撲興行で得た金を老中をはじめとする閣僚にばら撒いたのが功を奏して、翌年の十一月には勘定奉行に抜擢された。それを機に、大坂町奉行は二名体制に戻った。中山は勘定奉行を十二年間務めたあと（在任中に富士山の宝永《ほうえい》大噴火があり、中山は責任者として現地に赴いたが、すべてを失った住民たちへの対応はかなり冷酷なものだったという）、江戸北町奉行を拝命した（相役の南町奉行は大岡越前守《おおおかえちぜんのかみ》）。だが、出世もそこまでで、九年後には町奉行職を辞することになり、老中となって世直しをする野望も夢と消えた。

（著者追記）

実在の中山出雲守時春がどのような人物だったかはわからないが、『新宿と伝説』（東京都新宿区教育委員会）に収録されている「町奉行のひつぎに落ちた雷」という文章によると、北町奉行であった中山出雲守時春の葬儀の際、行列が屋敷から寺に向かう途上、突然豪雨と雷が起こった。雷は棺《ひつぎ》に落ちて、棺は壊れてしまったというが、その原因は中山の町奉行時代の裁きがあまりにむごかったため、罰せられたものたちの怨霊が祟《たた》ったからではないか、とひとびとは噂したという。その後も墓参のたびに雷が鳴るので、地元のものたちは「そら、中山だ」と言うようになった……そうである。

◆第二話

さらわれた少年犬士

一

「そんな馬鹿な！」

、大法師《ちゅだいほうし》が大声を上げた。

「伏姫《ふせひめ》さまは『おおさかのじいのところにいく』と書き残された。それゆえわれらは日々当地で探索を行っております」

隆光《りゅうこう》はため息をつき、

「それはわかっておる。わしもこうして上方《かみがた》まで参ったのは、大坂で伏姫さまの手がかりを見つけるためであった。わしは上《うえ》さまからその手紙をこうして預かっておる」

隆光はふところから油紙で幾重にも厳重に包まれた書状を出した。

「これは伏姫さまおんみずからしたためたもの。わしが念を送れば、護摩壇《ごまだん》の火とこの手紙が感応して、伏姫さまの居場所を教えてくれるはずであった。ところが……」

「わからねえってのかい。江戸からわざわざやってきて、役に立たねえクソ坊主だぜ」

ヽ大法師が、

「これ、左母二郎《さもじろう》。口を慎め」

隆光は腕組みをして、

「いや、クソ坊主にちがいない。上さまのご期待に沿うことができなかったのだからな。京あたりから、大坂の町……堂島《どうじま》から中之島《なかのしま》の付近に暗雲が立ち込めている気配を感じてはいたのだ。その気配は今、ますます強うなっておる」

「大坂のどこらあたりにそれをお感じですか」

ヽ大法師がきくと、

「大川《おおかわ》の南側、城の西側……西町奉行所のあるあたりだ」

「ふうむ……」

「なれど、肝心の伏姫さまの居所がわからぬとは情けない……」

犬田小文吾《いぬたこぶんご》が、

「大坂でないとすると、いずこにおいでじゃろうか」

「いや……大坂においでにならぬ、と決まったわけではない。わが法力が届かぬ場におられる……とも考えられる」

並四郎《なみしろう》が、

「どういうことや」

「わしの通力はあらゆることを見通すが、伏姫さまが結界などに閉じ込められ、法力の力が及ばぬよう隠されているとしたら、残念ながらわしの天眼通《てんげんつう》も届かぬのだ」

「結界……？　ああ、帳場で番頭が座ってるところやな」

、大法師が、

「あれも結界と呼ぶが、本来は目に見えぬ力を張り巡らせた場のことだ。普通は、外から邪悪なものが侵入しないように守るために使うのだが、法力を封じるためとは……」

「あくまでもわしの推量だが……」

「伏姫さまは『おおさかのじいのところにいく』と書き残されたのですから、大坂にいらっしゃると考えるのが筋。しかし、隆光大僧正にご祈禱《きとう》いただいてもなにもわからぬ。

――これは大僧正のおっしゃることが当たっているかと存ずる」

小文吾が、

「で、その結界とやらはどこに……？」

隆光はしばらく考え込んでいたが、

「大坂において、そのように強力な結界が張られている場所は一カ所しかないはずだ」

、大法師が勢い込んで、

「ならば、そこに行けば伏姫さまがおいでになるのですな！　その場所とは……？」

「大坂城だ」

隆光の言葉に皆は驚愕《きょうがく》した。隆光は続けて、

「今の大坂城は、太閤秀吉殿下《たいこうひでよし》が築き、太閤亡きあとは秀頼《ひでより》公が居城となしていたものを、神君家康《しんくんいえやす》公が破却して埋め立て、そのうえに築城されたものだ。豊臣《とよとみ》家をはじめ大坂の役《えき》で死んだ大勢の武将、足軽、巻き添えになった町人、百姓、女こどもなどの怨恨……がすべてこもっている。それが表に出ぬように、と南光坊天海大師《なんこうぼうてんかいだいし》や金地院本光《こんちいんほんこう》国師《こくし》などの手で大坂城に結界が設けられたと聞いておる。もし、伏姫さまが大坂におられて、わしにはそれが見えぬとしたら、大坂城内のいずこかにおられるとしか考えられぬ……」

そのとき、犬小屋の戸が開けられ、表から飛び込んできたのは船虫《ふなむし》だった。

「あー、寒い寒い。あんたたち、みんな、ひどいじゃない？　あたしだけ置いてきぼりかい。ここに灯《あか》りがついてるから来てみたら……みんないるじゃないか。あっ、いい火鉢があるじゃないか。暖かいねえ……」

船虫はまだ温《ぬく》もりの残っている護摩壇に手をかざした。左母二郎が笑って、

「おめえを探したんだけど見あたらなかったんだ。どうせ賞金をいくらかでも横取りできねえか、とあれこれ画策してたんだろうが骨折り損だったな」

「ありゃりゃ、図星だ。——でも、金なんてどこにも一文もなかったよ」

「中山出雲守《なかやまいずものかみ》が全部別便で江戸に送っちまったとさ」

「ちっ、あの野郎……」

船虫は上がり込もうとして、隆光に気づき、

「あれ……？　あんた、見慣れない顔だね。坊さんかい？　おでこがテカテカして脂ぎってるじゃないか。なかなかの生臭《なまぐさ》坊主だね」

、大法師が真っ赤な顔で、

「船虫！　ここにおられるお方はな……」

隆光が、

「よい、よい。船虫とやら、わしは江戸から来た隆光と申す生臭坊主だ。以後、見知り置きを願いたい」

「ああ、かまわないよ。――みんな、なんの話してたのさ」

並四郎が、

「大坂城に結界ゆうのが張られててな、そこに伏姫さまがおるんちゃうか、ていうねん」

「ふーん……大坂城ねえ。そう言えば近頃……」

船虫はなにかを思い出そうとしていたようだったが、

「忘れちまったよ。――今日は大晦日《おおみそか》、明日はお正月だ。みんな、お餅を搗《つ》いたり、おせち料理の支度をしたり、門松やらしめ縄やらを飾ったりしてるんだろうねえ」

左母二郎が、

「おめえもひとなみに正月の支度をしてた時分があったのか？」

「へへん、お生憎《あいにく》さま。あたしゃ、生まれてから一遍も、まともな正月なんて迎えたことはないのさ。凧《たこ》あげにも羽根つきにも独楽《こま》回しにも縁のない暮らしだったね」

「そりゃあ俺たちも同じさ。――まあ、隠れ家に戻って、パイイチ（一杯）飲もうぜ」

「そだね」

左母二郎と船虫、並四郎の三人は立ち上がった。丶大法師は、

「ま、待ってくれ。伏姫さまが大坂城におられるとなれば……われらの手には負えぬ。力を貸してくれ」

「知るかよ。俺《おら》ぁ、城なんておっかねえところへは近づいたこともねえ。あそこは俺たちたあちがう世界だぜ」

「そやそや。君子危うきに近寄らず、て言うさかいな。行こか、船虫」

並四郎がそう言った途端、船虫が「あっ」と声を立てた。

「なんや、おまえ、まさかお城に乗り込もう、ゆうのやないやろな」

「ちがうよ。――お城のこと、思い出したのさ。お堀の内側に大坂城代の上屋敷があるだろ？　そこであたしの知り合いが女中奉公をしてるのさ」

「なに？　そりゃあ耳寄りな話だ」

小文吾が身を乗り出した。

「お文《ふみ》ちゃん、ていうんだけどね、その子にこないだ久しぶりに会ったのさ。そうしたら、ご城内に妙な噂《うわさ》が流れてるっていうんだ」

左母二郎が、

「堀に河童《かっぱ》でも出るてえのか」

「まぜっかえしちゃいけないよ。お文ちゃんの言うには、大坂城には昔っからいろいろ怪談があってさ、本丸には番頭泊所《ばんがしらとまりどころ》という部屋があって、そこにえらい侍が泊まるたびに怪しいことが起きるらしい。たとえば、『禿雪隠《かむろせっちん》』ていう厠《かわや》があって、入ると禿姿のお化けがいるとか、台所の二階に上がると気が変になるとか……いろいろ怖い話を吹き込まれてたらしいんだけど……『姫門《ひめもん》』って門があるだろ？」

丶大法師がうなずいて、

「本丸に通じるふたつの門のうち、北側のものだ。もうひとつは南側にある『桜門《さくらもん》』だな」

「どうして姫門っていうんだい？」

「さあ……わしにはわからぬな」

「その姫門のあたりで夜な夜な女の子の声がするらしいのさ。で、宿直《とのい》のご家来衆が、十歳に満たない小さな女の子が振袖を着て、鞠《まり》を突いて遊んでるのを見たってんだよ。

それも、一度じゃないんだってさ」

ゝ大法師と隆光は顔を見合わせた。隆光が、

「もしかするとその娘、伏姫さまでは……」

左母二郎はカラカラと笑い、

「馬鹿馬鹿しいや。城に怪談はつきものじゃねえか。それに、おめえの友だちのお文ってのも、自分の目で見たわけじゃあねえんだろ」

「ご家来衆が噂してるのを小耳にはさんだそうだけど……何人もが見たって言ってるんだって。しまいには、山里加番《やまざとかばん》を務めるナントカっていうお大名も見たらしいんだ。でも、ご城代から、近頃、城内に怪しいものが出る、などと噂を広める不届きものがいるらしいが、流言飛語は許されぬゆえそのつもりで……というお触れが出たんだとさ」

徳川家直轄地にある大坂城は、公儀から大坂城代が最高責任者として預かっているものだ。西国の外様《とざま》大名ににらみを利かせ、京の帝《みかど》や公家《くげ》衆への押さえにもなっている重要な要塞である。大坂城代は譜代《ふだい》大名から選ばれ、現在は越前野岡《えちぜんのおか》三万五千石、土岐《とき》丹後守《たんごのかみ》がその任についている。それを補佐し、京橋口《きょうばしぐち》と玉造口《たまつくりぐち》の二カ所ある大門を固める大坂定番《じょうばん》、旗本のなかから選任されて要地を警固する東大番《おおばん》、西大番、そして大番に加勢する大坂加番などの役目があり、彼らとその家臣たちは皆、大坂城の内外に屋敷を拝領し、勤務に当たっていた。大坂加番は、山里加番、中小屋《なかごや》加番、青屋口《あおやぐち》加番、

雁木坂《がんぎざか》加番の四つで、いずれも小大名から選ばれた。

とはいうものの、城代と定番は二年から五年ほどで交代したが、大番、加番、その家来たちは老中から任命されて江戸から赴任し、たった一年で帰っていくうえ、基本的には城から外に出ることはできないのだから、大坂の庶民にとっては顔を見ることも、名前を知ることもない。左母二郎が言ったように「ちがう世界」なのである。

丶大法師が、

「姫門という名前も引っかかる。あそこはたしか、山里曲輪《くるわ》から本丸に入るところゆえ、山里加番が見ても不思議はない。それに山里曲輪は……」

なにかを言いかけたが法師はつぎの言葉を呑《の》み込むと、

「われらは大坂城には入れぬ。上さまからは、大坂での伏姫さま探索は隠密裏にせよ、と厳命されておる。町奉行所にも大坂城代にもわれらの素性は明かせぬのだ。もちろん鑑札もない」

大坂城に入るには鑑札が必要で、それを見せないとすべての門や番所を通過することはできない。

「その娘が伏姫さまであるかどうかをどうしても確かめねばならぬ。大坂城に結界が張られているならば、伏姫さまではないかと思うのだ。並四郎、今までのよしみで、われらを助けてはくれぬか」

並四郎は憮然《ぶぜん》として、

「わては盗人《ぬすっと》や。どんなところにでも入り込むのが自慢や。けどなあ……大坂城はなあ……警備が厳重すぎる」

「おまえならできるだろう」

「たやすう言わんといてや。その娘は夜に出てくるんやろ？　夜は全部の門が閉められてしまう。城のなかには常時三千五百人ぐらいの侍がいてるし、寝ずの番をしとるものもぎょうさんおる。門は全部で四つあるけど、そこに続く橋を渡ったらすぐに見つかってしまう。ということは堀を舟かなにかで越えなあかん、ということやで。忍び込むだけでもたいへんやけど、うまい具合になかに入れても、山里曲輪にしても本丸にしてもアホみたいに広いし、どこになにがあるかもわからん。とんだ罠《わな》が仕掛けてあるかもしれん。これはもう命がけやで。猫の額《がく》を盗むのとはわけがちがうのや」

「それはわかったうえで頼んでおるのだ」

「夜には入れんさかい、昼間に城に入って夜までどこかに隠れてる……ということができればええけど、鞠突き娘も毎晩出る、ちゅうわけやないやろ。何日も、下手《へた》したら十日も二十日も城のなかにおることになるで。それに、もしその娘がほんまに伏姫やったら連れてかえらなあかんのやろ。大坂城からどないして子連れで抜け出すねん」

「工夫すればよい」

「どんな工夫や」

「それはまだわからぬが……」

「危なっかしすぎるわ。まず、見つかって槍《やり》で串刺しか鉄砲で撃たれるか……なんぼ金をもろたかて引き合わんわ」

「大坂城には金蔵《かねぐら》がある。そこには大判、小判が唸《うな》っておるはずだ。いくらでも盗み放題だぞ」

「あのなあ、わても盗人の端くれやさかい、大坂城の金蔵のことぐらい知ってるわいな。本丸のど真ん中に建ってるらしい。こどもを連れてひょいひょいと入れるような場所やないがな」

「そうか……では、無理ということだな」

「無理、とは言うとらん。やりとうない、て言うとんねん」

「そうではあるまい。日頃、天下一の盗人だと高言しておるゆえ、大坂城に忍び込むことぐらいたやすいのかと思うておったがつまらぬコソ泥の類であったか。がっかりだわい」

「なんやと。おい、気ぃつけてもの言えよ。だれがコソ泥や。天下一の盗人かもめ小僧に入れん場所はないし、盗めんものもないのや」

「それなら、ぜひやってもらいたい」

「言うとるやろ。ほんまか嘘《うそ》かわからんような噂を鵜呑《うの》みにして、その娘が出てくるまで十日も二十日も城のなかにおるわけにいかん、て」

「いや、五日でよい。五日の間、城のなかで娘を探してくれたら、いや……その娘なるものがまことにおるのかどうかを確かめてくれたら、それでもう戻ってくれてかまわぬ」

「へ？　五日でええの？」

少し心が動いた様子の並四郎に左母二郎が、

「やめねえか、かもめ。その見返りに金を寄越《よこ》すってんだろ？　俺たちゃ、紐付《ひもつ》きにならねえはずじゃねえのか。ましてや、将軍の紐付きなんて、盗人としちゃ恥だろうが」

「それもそやな……。一万両もくれる、ちゅうのやったらともかく、千両、二千両のはした金ではこの仕事は引き受けられんわ。なんせ大坂城やで」

ゝ大法師は顔を引き締め、

「わかった。——一万両出そう」

「えーっ！」

並四郎と左母二郎と船虫は同時に叫んだ。

「ほんまかいな。さすがに一万両と引き換えなら……盗人冥利に尽きるわ。たいした大仕事やがな」

左母二郎が、

「本気かよ、ゝ大。マジで一万両出すってえのか？」

「出す。引き受けてくれるのか？」

船虫が、

「あのさ、口約束じゃダメなんだよ。いつか払うわ……ってのもダメ。ここに一万両の金をどーんと置いてくれないと、あたしゃ信じないね。そうだろ、かもめ」

「そ、そやなあ。おまえらが金をくれへんさかいというて、お恐れながらと訴え出るわけにもいかん。金の顔見てから考えよか」

ゝ大法師は、

「心配いらぬ。一万両はまもなくここに届く手はずになっておるのだ」

「どういうこっちゃ？」

「八犬士のひとり、犬江親兵衛《いぬえしんべえ》というものが、江戸からこの犬小屋に一万両持ってやってくるのだ。われらの大坂暮らしも長くなり、いろいろ金を費やした。水戸家の動きもきな臭くなってきたゆえ、このあたりで伏姫さま探索に決着をつけねばならぬ。それで、柳沢《やなぎさわ》さまにお願いして、当面の資金として一万両拝領することにしたのだ」

「その金を全部わてにくれる、ちゅうんかいな」

「さようさ。もちろん小判では持ち歩けぬゆえ為替《かわせ》だが、それを持って、犬江親兵衛がこちらに向かっておるはず。わしも隆光大僧正を送りがてら、京までそのものを迎えにいくつもりにしておる。わしは決して二枚舌を使うことはないゆえ、安堵《あんど》して仕事にかかってもらいたい」

「よっしゃ、その言葉を信用しよ。――けど、もしその娘が伏姫やなかったらどうなる？」

「それでも一万両はおまえのものだ」

今まで黙っていた隆光が、

「伏姫さまは上さまのご息女であらせられる。その行方を探すためなら、一万両は安いものだ」

並四郎は、

「大坂城か。おもろなってきたなあ。久々にやる気出すでぇ。一万両手に入ったら、あれを買《こ》うて、あそこへ行って、あれを食べて……」

もうもらった気になっている。左母二郎は、

「待てよ、かもめ。金をもらって腕を売るってえのか？　そいつは気に食わねえな」

「なに言うとんねん、左母《さも》やん。わての盗人としての腕に一万両の折り紙がついたんやで。うれしいやないか」

「そんなもんかね。俺ぁ百万両もらってもご免だけどな」

「ほな、なにかいな。左母やんはわてがこの仕事引き受けんほうがええ、と言うんかいな」

「俺なら引き受けねえ」

「左母やんには盗人の腕はないさかい、わての気持ちがわからんのや」

「ああ、わからねえ。——とにかくこの一件はおめえひとりでやんな。俺ぁ手伝わねえぜ」

「なんやねん、左母やん、冷たいなあ」

「知るかよ」

「ま、お上《かみ》の金を受け取りとうない、ていうおまえの気持ちもわかるさかい、今回はわてひとりでやってみるわ。おのれの腕を試してみたい、という気もあるからな」

船虫が、

「あたしゃ手伝うよ！　お金に紐がついてるとしても、そんなものは目に見えない紐なんだから関係ないね。ねえ、かもさん、いいだろ？」

「いらんいらん。わてひとりでやる。しばらく、どうやったら入り込めるか考えてみるわ」

こうして鴎尻《かもめじり》の並四郎による大坂城潜入が決まったのである。

◇

正月の東海道《とうかいどう》は日本晴れの日和《ひより》だった。早朝、晴れ渡る清々《すがすが》しい空の下、たくさんの佩を尻目に、ひとりの少年が西に向かって闊歩《かっぽ》していた。

初々しい前髪立てに、後ろは長い茶筅《ちゃせん》に垂らしている。背丈は四尺あまり（約百三十センチ）でおそらくまだ十歳に満たぬ年頃と思われたが、その衣服は金糸銀糸の縫い取りがある豪奢《ごうしゃ》なもので、稲妻柄の派手な帯に、体格に不釣り合いな太くて長い黒鞘《くろざや》の大小を、柄袋《つかぶくろ》に入れずそのまま差し、それを引きずるようにして歩いている。歩き方も、左右に大きく脚を踏み出す、いわゆる「豪傑歩き」で、こどもがおとなの真似《まね》をしてふざけているように見えた。野袴《のばかま》にぶっさき羽織、手甲《てっこう》、脚絆《きゃはん》、草鞋《わらじ》履きの旅装だが、笠《かさ》はかむっていない。顔立ちはふくよかで、肉置《ししお》きもぽっちゃりとしている。目はどんぐり眼《まなこ》というやつだが、鼻も口も小さい。振り分け荷物を肩に掛け、供も連れず、ただ一人《いちにん》で歩いている。ときおり飛んでくるトンボやウグイスの声などに物珍し気に反応し、路上にむしろを敷いて売っている貝細工や風車を物欲しげに見たりするあたりはいかにもこどもらしい。胸を張れるだけ張って、肩をいからせ、両腕を振りながらずんずん進む。通りがかる旅人や、茶屋や旅籠《はたご》のものたちからの好奇の視線ものともしない。

「えらいかわいらしいお侍やなあ」

「背の低いおとな……ではないみたいやな」

「恰好《かっこう》だけ見たら天下の豪傑やけど……」

「こどものひとり旅やなんて、危ないわ。連れはおらんのかいな」

心配されるのも無理はない。街道には悪い連中もたくさんにいる。今しも亀山《かめやま》の宿と関宿《せきじゅく》のあいだにある茶店のまえで、ひとりの旅人《たびにん》が少年を後ろから追い抜きざま、その背中にぶつかった。少年は転びそうになったが、かろうじて踏みとどまった。旅人は、

「おっと、ごめんよ」

そう言うとそのまま歩み去ろうとしたが、

「待て、町人」

少年は甲高い声で言った。頬に十文字の傷のあるその男は振り返ると、

「なんでえ。謝ったじゃねえか。ほかになにか用があるのかい」

「今、我輩《わがはい》のたもとから抜き取ったものを返してもらおう」

「抜き取った？　おうおう、妙な言いがかりつけると、ガキでもただじゃおかねえぜ。痛い目に遭いたくなかったらとっとと失せろい！」

「ぶち当たりざま、財布を盗んだことに気づかぬと思うたか。さあ、返せ」

少年は右の手のひらをうえにして、男に向けて伸ばした。

「知らねえな、そんなものは」

「他人のものを取るのは悪事ゆえ、ただではすまされぬ。また、素町人《すちょうにん》が武士に向かって無礼な物言いの数々、見過ごしにはできぬ」

「へっ、武士だろうが町人だろうが、ガキはガキらしくしてやがれ。脚の一本、腕の一本折られてえか。それとも命まで失《な》くしたいか。脅しで言ってるんじゃねえんだ。おとなに逆らうとどんだ泣きを見るぜ」

「我輩は泣いたりはせぬ。泣くのは貴様のほうだ。――おおかた胡麻《ごま》の蝿《はえ》とか申す、街道筋に巣食い、旅人の金品を狙う追い剝ぎの類であろう。相手をこどもだとあなどり、うえから怒鳴りつければ黙ると思うたか、愚か者め。貴様のようなもの、放置しておけば今後も旅人たちが迷惑するであろう。――我輩が成敗してくれる」

少年は刀の柄に手をかけた。

「お？　やるってえのか？　おもしれえ。相手になってやるよ。けど、刀が重くて持てねえんじゃねえか？　だいたいちゃんと抜けるのかよ」

少年は顔色ひとつ変えず、すらりと大刀を抜き放った。男はさすがに一歩下がると、ふところから匕首《あいくち》を取り出した。

「喧嘩《けんか》や喧嘩や！」

物見高い見物人が集まって、ふたりを遠巻きに取り囲んだ。

「だれとだれの喧嘩や」

「侍と胡麻の蝿や」

「えらい小さい侍やな」

「まだこどもなんや」

「あかんわ。あんなこども、すぐにやられてまう」

「宿役人に報《しら》せよか」

「そんなもん間に合うかい」

しかし、決着はすぐについた。男が少年に匕首を突き出そうとしたとき、右手で刀を持った少年は、ひるむ様子もなく男に向かって躍り込んだ。ガッ、という音がして、つぎの瞬間、匕首は地面に落ちていた。

「ひぇええええ、痛《い》てててて……」

男は手首を押さえてうずくまった。

「白昼の街道にて血を見るのも異なもの。峰打ちにしておいた。武士の情けと思うがよい」

少年はそう言うと刀を鞘に収めた。男の手首は紫色に腫れ上がり、

「痛い……痛いよお」

両眼《りょうめ》から涙をこぼしている。激痛で動けないようだ。見物人は口々に、

「ようよう痛い目に遭いよったか」

「おのれのせいで、この宿場の評判がえろう下がっとるのや」

「ざまあみさらせ、カスめが！」
五、六人が男を取り巻いて踏んだり蹴ったりしはじめた。少年が男のふところから財布を取り戻すと、野次馬のなかから茶店の主《あるじ》らしき前垂れ姿の女が進み出て、
「お武家さま、おおきにありがとうございました。お怪我《けが》がのうてなによりだす」

「ふん、こんなへなちょこを相手に我輩がひけを取ろうはずがない」

「こいつは『穴熊《あなぐま》の金五郎《きんごろう》』という掏摸《ちぼ》で、土地のものからも嫌われとりますのや。宿役人にお知らせして、召し捕ってもらいます」

「さようか。我輩は先を急ぐゆえ、これにて失礼いたす」

「まあ、そうおっしゃらず、うちの茶店でお団子など食べていきなはったらどうだす」

「団子か。それはありがたい。我輩、団子には目がないのだ。では、賞翫《しょうがん》させていただくとするか」

少年は茶店の店先に置かれた床几《しょうぎ》のひとつにどっかりと腰を下ろした。すぐに女は串に刺した団子三本と茶を運んでくると、

「お武家さまは、おひとりで旅をなさっておられますの？　それとも、お連れをお待ちだすか？」

「連れなどおらぬ。江戸からひとりで参った」

「えっ、お江戸から……まああそれはたいへんだしたなあ」

「なにもたいへんなことはない。こどもでも両脚を互い違いにまえに出せば旅はできる。ただ、こどもひとりだと、不審がって旅籠が泊めるのを嫌がることが多く、閉口したわい」

「そういうときはどうなさいますのや」

「木賃宿に泊まるか、野宿をするかだが、木賃宿だと我輩をこどもと思うて不埒《ふらち》なふるまいに及ぼうとするものもおるゆえ、野宿のほうが気楽だわい。だははは……」

「野宿やなんて、危ないことおまへんか」

「心配無用だ。たとえ狼《おおかみ》が来ようが熊が来ようが、ぴりぴりぴり……と引き裂いてやるからのう。――美味《うま》い団子だ。おかわり!」

「はいはい、すぐにお持ちしまっさ」

結局、少年は美味い美味いと言いながら団子を三十本ほど食べた。

「では、そろそろ行くとしよう。代はいくらだ」

「そんな……タダでおます」

「それでは相すまぬ」

「いえ、宿場のダニを退治してくれましたんやさかい、お代は結構だす。道中ご無事で……」

「うむ、では参る」

少年は立ち上がり、関宿に向かって歩き出した。

「お武家さま、お名前は……？」

「我輩か。我輩は犬江親兵衛と申す天下の豪傑だ」

少年はそう答えた。

◇

話を大晦日の晩に戻す。

並四郎が、大法師の頼みを呑んだことがどうにも気に入らない左母二郎は、ひとりで二《ふた》ツ井戸《いど》にある「弥々山《ややま》」という煮売り屋で飲むことにした。

（まあ、いいや。あいつはあいつ、俺は俺だ……）

弥々山は「床店《とこみせ》」といって、屋台を葭簀《よしず》で囲っただけの造りだが、組み立てたり片づけたりするのは容易である。蟇六《ひきろく》と亀篠《かめざさ》という老夫婦が切り盛りしている。酒も安く、肴《さかな》もそこそこ美味いと評判なので、常連客も多いが、深夜になると客層が変わるのだという。じつは好々爺然《こうこうや》としている主の蟇六、かつては亀篠とともに西国を荒らしまわった盗賊なのだ。

「右衛門七《えもしち》は休みか？」

左母二郎は酒のあてに叩《たた》きゴボウとブリの刺身、八ツ頭《やがしら》の煮物を頼んでからそうきくと蟇六は声を潜め、

「あいかわらずなんやえらい忙しいわ、例の件でな……」

「ふーん……」

左母二郎は顔をしかめた。右衛門七というのは、播州浅野《ばんしゆうあさの》家浪人の矢頭《やとう》右衛門七のことである。

「てえことは、まだやる気なんだな」

「そやろな。やめりゃあええのに」

「俺もずっとそう思ってる」

矢頭右衛門七の父は播州浅野家に勘定方として勤めていたが、今年の三月十四日、江戸城殿中の松の廊下において、浅野家の当主浅野内匠頭《たくみのかみ》が、高家肝煎《こうけきもい》り吉良上野介《きらこうずけのすけ》に突然斬りかかった。抜刀することも許されぬ場で、しかも勅使饗応《ちよくしきようおう》中にその担当者が殿中を血で汚したとあって、内匠頭は捕えられ、なんの吟味も受けぬまま、即日切腹を命じられた。当主を失った浅野家五万三千石は取り潰され、家臣たちは浪人することとなった。だが、吉良上野介にはなんの咎《とが》めもなかった。

国家老大石内蔵助《おおいしくらのすけ》は、喧嘩両成敗の原則を無視した公儀の裁きに不満を持ち、六十名ほどの同志とともにひそかに吉良上野介を討ち取る計画を立てた。矢頭長助《ちようすけ》と右衛門

七もその一味であったが、大坂に出てきた矢頭一家は、長助の病によって赤貧の生活を余儀なくされた。そして、長助は志半ばで死去し、まだ若い右衛門七が父の跡を継いで、「討ち入り」の血盟に加わることになったのである。

左母二郎は、そういう「主君のため」とか「忠義をもって」とかいった考え方が大嫌いだった。おのれの人生はおのれが決める。嫌なものは嫌だ。相手が殿さまだろうが将軍だろうが関係ない。首領の大石という元家老がどういう男かもよく知らないし、その配下の浪士たちのことも知りたくもない。しかし、右衛門七のことは妙に気に入り、左母二郎のせいで内職を失った右衛門七に、「弥々山」の手伝いをしないか、と仲介の労を取ったのである。右衛門七はコマ鼠《ねずみ》のように働き、蟇六、亀篠夫婦に気に入られた。

しかし、近頃はどうも彼の身辺があわただしくなっているらしく、今夜のように手伝いに来られない日もあるようだ。大坂に隠れ潜んでいる浅野家旧臣のうち、原惣右衛門《はらそうえもん》は江戸に派遣されているので、今は右衛門七のほかには千馬三郎兵衛《せんばさぶろべえ》という人物しかおらず、右衛門七が京の大石たちや江戸の原たちとのあいだで連絡係のようなことをしているため、と思われた。

堀部安兵衛《ほりべやすべえ》を中心とする江戸にいるものたちは「すぐにでも仇討《あだう》ちがしたい。亡き殿の恨みを晴らしたい」と焦っているらしく、内匠頭の弟であり、現在蟄居《ちっきょ》閉門中の浅野大学《だいがく》の謹慎が解かれ、浅野家が再興することに重きを置いている上方の大石たちとのあいだで行き違いが生じていた。それを解消するため、大石たちは幾度となく江戸に下向《げこう》し、堀部たちと会合を持っている。そのあいだ、大坂は右衛門七がひとりで支えているらしい。

（討ち入りなんてくだらねえことはやめちまえばいいのによ……）

主君の短気がもとで起きたことの責めを家臣たちが負い、つらい思いをしながらひとりの老人の首級《しるし》を挙げたとしても、待っているのは斬首か切腹である。残された家族も悲しむだけだ。

しかし、世間のものたちはそう思っていないようだった。少し離れたところの床几で数人の町人たちがおだを上げている。大晦日だというのに暇な連中はいつの世にもいる。

「赤穂《あこう》の浪人衆が吉良の皺首《しわくび》を取りにいく、ていうけどほんまかいな」

「ほんまやったらええなあ。上野介が本所《ほんじょ》に屋敷替えになったさかい、恰好の時節到来やで」

「どういうこっちゃねん」

「これまで吉良屋敷は江戸城の呉服橋《ごふくばし》のご門内にあったらしい。つまりは、お城のなかや。なんぼ浅野家の連中でもお城のなかに討ち入るわけにはいかんわ。ところが、今度は門の外や」

「お上が、吉良を討ってもええで、て言うてるようなもんやな」

「なんや、おまえら知らんのか。こないだ吉良の隠居がお上に認められたんや」

「隠居？」

「そや。家督を譲って、自分の子が殿さまになっとる米沢《よねざわ》の上杉《うえすぎ》家に身を寄せよう、ちゅうわけや。たぶん赤穂の浪人の動きがきな臭い、ゆうことを聞いて、米沢に逃げよう、いうことやろ」

「上杉家が本気で吉良を匿《かく》うたら、赤穂のご浪人たちも手出しできんわな。どこまでも卑怯《ひきょう》なやっちゃ」

「せやさかい、吉良が米沢に引っ越すまえの、今が討ち入り時なんや。赤穂の浪人にはがんばってほしい！　わては断然浅野家贔屓《びいき》や」

「わてもや」

「わしも」

「わいも」

「ここには吉良の味方するやつはおらんやろ。そんなやつがおったら、どついたる」

「わしも、いつ討ち入るてわかってたら、江戸まで見物に行きたいぐらいや」

「なあなあ、貧乏しながらじっと機会を狙《ねろ》うてるご浪人たちに、なんぼか寄進したらどないや」

「わてもなけなしのへそくり、そっくり寄進するわ」

「そっくり、て、なんぼやねん」

「えーと、十文。これで、槍か鉄砲でも買う足しにしてもらお、と思て」

「十文？　うどんも食えんやないか。そんなはした銭で槍やら鉄砲が買えるかい！」

「買え、て言うてないねん。買う足しにしてくれ、て言うとんねん」

「しょうもない。そんな銭、こうして、こうして、こうして、こうしたる」

「わしが夜《よ》の目も寝ずにいっしょうけんめい貯《た》めた金を捨てよったな」

「捨てたがどうした」

「こないするのじゃ」

「痛い痛い……」

蟇六が目配せをしたので左母二郎は立ち上がると、

「静かにしろい。カラスじゃあるめえし、アコー、アコーとうるせえんだよ。俺の前《めえ》であの馬鹿連中の話をするな」

「なんやと、駄サンピン、おまえ、吉良の回しもんか」

「痛い目に遭わせたれ」

今まで揉《も》めていたふたりが共同で向かってきたので、左母二郎は右手で右の男の、左手で左の男の胸倉をつかみ、思い切り手前に引っ張って額と額をぶつけてやった。ガッキン、という硬質な音とともにふたりは伸びてしまった。

「手間かけたな」

　蟇六が言った。

「こいつら、どうする。邪魔だろ？」

「あとで箒《ほうき》で掃いとくわ」

　居酒屋や煮売り屋に行くと、無責任な酔っ払いたちが赤穂浪人の話を肴に飲んでいるのを昨今よく見かける。ほとんどのものが吉良嫌い浅野贔屓である。吉良家も「討ち入りの噂」を気にしており、上方に密偵を放って、大石たちの動向を調べているようだ。

（右衛門七も馬鹿だぜ。俺たちの仲間に入りゃ、酒飲んで博打《ばくち》打って……金はなくったって勝手気ままに暮らせるってのによ……）

　左母二郎はその夜、大酒を飲んだ。

◇

　矢頭右衛門七は途方に暮れていた。彼は、大石内蔵助から武器類の調達を任されたのだ。戦闘に使用する刀、槍、弓などはもちろん、門を叩き割るための玄翁《げんのう》や大槌《おおづち》、塀を乗り越えるための梯子《はしご》や鉤《かぎ》のついた縄、暗がりで移動するための松明《たいまつ》や龕灯《がんどう》提灯《ぢょうちん》、合図を送るための笛……揃《そろ》えるべきものは多い。侍だから刀などは当然持っている……はずなのが、長い困窮生活で売り払ってしまったものもおり、また、乱戦が長引いた場合に備えて替えを用意しておく必要があるのだ。しかし、江戸で大量の武器を調達すると吉良方に筒抜けになってしまう可能性がある。遠く離れた大坂で買い付ければその心配はない、という判断である。また、大石が赤穂の国家老であったことはよく知られているので、大石が動くわけにはいかない。そこで、右衛門七に白羽の矢が立ったのだ。

だが、いくら右衛門七が無名とはいえ、大量に買い付ければ足がつく。いくつかの武具屋や刀剣商に分けて発注しなければならないうえ、吉良方に密告されたりせぬよう口の堅い相手を選ばねばならない。しかし、右衛門七には武具屋や刀剣商の知り合いはいないし、どの商人が口が堅いのかを見分けるすべもない。また、浅野家が取り潰されてからすでに一年近くが経過し、彼らの資金は底を突きかけており、それゆえできるだけ安く購入する必要があった。

（私にできるだろうか……）

右衛門七は武具屋相手の値引きの駆け引きなどしたことはないし、そもそも武具屋を知らない。そのうえ大石からは、一月九日に江戸から原惣右衛門、大高源吾《おおたかげんご》が打ち合わせのために京に来る、そのときまでに武器調達の目途をつけてもらいたい、と申し渡されていた。打ち合わせの次第によって、いつ討ち入りが行われるかわからないからである。

（困ったなあ……）

右衛門七は大坂の町を歩き回り、武具屋や刀剣商があるとなかをのぞいてみるのだが、まだ十七歳と若い右衛門七をあなどって、どこの店もまともには相手をしてくれぬ。それはそうだろう、十七歳の貧乏そうな浪人が大量の武器を安く買いたい、などと言ってきても、

「頭がおかしいんか」

ということになる。

「すいません……刀が欲しいんですが……」

右衛門七は思案橋《しあんばし》の西詰にある刀屋に入り、帳場に座っていた番頭らしき男にそう言った。

「一本だすか」

「いえ……三、四十本ほど……」

番頭らしき男は右衛門七を頭のてっぺんから足の先までじろじろ見て、

「なぶりに来たんやったら帰ってもらいまひょか」

「そうではないんです。ちょっとしたわけがあって……」

「どんなわけだす？」

「いや、それが……」

（吉良邸に討ち入りするため、とは言えないよなあ……）

「たいしたわけではないんですが……」

「どちらかのご家中のお方だすか？」

「いえ……浪人です」

「あんたなあ、うちは忙しいんや。しょうもない冗談《てんご》で手間取らさんとってもらえますか」

「そんなつもりはないんです。あの……売ってはもらえませんか」

「金はおますのか」

「それがその……あんまりないんです」

番頭らしき男はふっ……と笑い、

「しかるべきお方のご紹介ならともかく、急に入ってきて、浪人で金はないけど刀三、四十本売ってくれ……て言われても、まともに取り合えゆうのが無理ですわな」

「けっして怪しいものではないのです。私は矢頭右衛門七と申します。理由《わけ》あって主家を離れ、今は浪々の身なのですが、真面目《まじめ》な話、どうしても刀が三、四十本必要なのです。あと、槍が……」

「なんでそんなに刀がいりまんねん」

「そ、それは……。ただ、欲しいだけなんですが」

「アホらしい。どこかへ討ち入りでもしますのか」

「ははは……まさか……そんな……その……ふふふ……」

「胡散臭《うさんくさ》いなあ。八百屋で大根買うんとちがいまっせ。刀というのはひとを斬る道具。それを三、四十本てあんた……。妙なことに使われでもしたら、うちがお奉行所からお咎めを受けますがな」

「あの……売ってもらえませんか」

「帰りなはれ」

「はい……帰ります」

右衛門七はしょぼくれてその店を出た。

(どうすればいいんだろう……)

背中を丸め、とぼとぼと歩く右衛門七に、

「もし……そこのお武家さま」

と声がかかった。振り返ると、商人風の男が立っていた。歳《とし》は四十歳ぐらいだろうか、目が細く、にこやかな笑みを浮かべた、ひとの好《よ》さそうな人物である。

「私ですか?」

「はい……間違《まちご》うてたらすんまへん。もしかしたら、元播州浅野家のご浪人さまやおまへんか」

「どうしてそれを……」

「今、刀屋の番頭に矢頭右衛門七と名乗られたのが耳に入りましたのや」

「いかにも私は播州浅野家に仕えておりましたが……」

男は柔らかい物腰でぺこりと頭を下げ、

「申し遅れました。わてはこのすぐ近くで廻船《かいせん》問屋を営む天野屋利兵衛《あまのやりへえ》という商人《あきんど》でおます。あちこちのお大名方にも出入りさせていただいとりますのやが……じつは、先年の浅野のお殿さまの一件を聞いて、深く心を痛めておりました」

「それはなにゆえ……？」

「ひとりの人間として、でおます。なんぼ殿中で刀を抜いたとて、理由も聞かずに即日切腹させるというのはひどすぎます。お家は改易になって、家中のお方はちりぢりばらばら、大勢のお侍とそのご家族が路頭に迷うことになりました。これというのもあのアホの犬公方《いぬくぼう》が悪いんだす」

「ちょ、ちょっとそれは言い過ぎでは……。だれかに聞かれたらたいへんです」

右衛門七がひと目を気にしてそう言うと、

「それぐらいはっきり言うたったらよろしいねん。アホはアホや、とね。わてはずっと怒ってますのや。今度の赤穂のことについては、お上のやり方が間違うとる。それを、公方さまにはっきり示さなあかんのだす」

その通りである。大石たちがやろうとしていることは、単に吉良の首を取るのが目的ではなく、喧嘩両成敗という武家の法を無視した公儀や将軍に対する意思表示なのである。

「そのお気持ちはありがたいのですが、あまりそのようなことをおおっぴらに口になさると、天野屋さんがとばっちりを食いますよ」

「かましまへん。とばっちり結構。浅野家の皆さんのためなら、この天野屋利兵衛、喜んでお咎めを受けまっさ。——そういうわけでな、わては常日頃からなにかしら浅野家のご浪人衆のお役に立ちたいと念じてましたのや。この大坂にも矢頭さまや原惣右衛門さまなど何人かがお住まいやと聞いとりましたので、いつかお会いできるのとちがうか、と思てましたが、今日、その願いが叶《かな》いました。ありがたやありがたや。なんまんだぶなんまんだぶ」

「そうでしたか……」

時々、弥々山でも、町なかでも、浅野家の旧臣を応援する声を耳にすることがある。そのたびに、ああ、ありがたいなあ……と思ってはいたが、これほど熱く語ってくれるひとははじめてだった。

(もしかしたら……このひとなら力になってくれるのではないか……)

右衛門七はそう思った。

(きっとこのひとならなにもかも打ち明けても大丈夫だろう。そのうえで、武器調達のことを相談してみたらどうだろう……)

しかし、頭領の大石の許可なく勝手にそんなことをしてもよいのだろうか。右衛門七の判断が誤っていたら、とんでもない事態にもなりかねない。だが、目のまえに垂れ下がった一本の蔓《つる》にしがみつきたい、という気持ちもあった。このまま別れてしまったら、つぎの機会は巡ってこないかもしれない。右衛門七がどうしようかと考えていると、

「矢頭さま、往来で立ち話もなんでおます。わての店はほん近所だすさかい、どないだすやろ、ちょっとお寄りいただいて、お茶《ぶ》でも差し上げたいと思いますのやが……。せっかくこうしてお会いできたのやさかい、もう少し踏み込んだ話もお聞きしとおます」

案ずるより産むがやすし。相手のほうから最高の申し出をしてくれた。ホッとした右衛門七は、

「ありがとうございます。では、図々《ずうずう》しいようですがお言葉に甘えて……」

「いえいえ、こちらこそお忙しいところを厚かましゅうお誘いしましてすんまへん」

こうして右衛門七は利兵衛の先導で天野屋へと向かった。

(いろいろ話をして、ひととなりを確かめたあと、京の大石殿に手紙を書けばよかろう……)

たしかに店は目と鼻の先だった。東横堀《ひがしよこぼり》に面しており、右衛門七が思っていたよりもはるかに立派な構えだった。

（大名家に出入りしているだけのことはあるな……）

なかに入ると、大勢の奉公人が頭を下げ、

「旦さん、お帰りやす」

「うむ、ただいま戻りました。——ばったりと珍しいひとにお会いしたさかいお越し願《ねご》うたのや。だれかこのお方を客間にご案内申せ。わての大事な客人やさかい、粗相のないようにな」

右衛門七は女子衆《おなごし》の案内で奥のひと間に入った。正月らしく畳替えがされており、青々とした香りが心地よかった。右衛門七はおのれの長屋のぼろぼろの畳のことを思った。まもなく茶と茶菓子が出たが、手を付けずに座っていると、利兵衛がやってきて女子衆に、

「出ていくとき、そこをぴしゃっと閉めてくれ。わてが呼ぶまでだれも部屋に近づけてはならん」

女子衆が行ってしまうと、利兵衛は右衛門七に向かって頭を下げ、

「これでもうなにを話しても大丈夫でおます。今、矢頭さまはどちらにお住まいで？」

「堂島の長屋におります。赤穂を離れたあと、父、母、兄弟たちとともにこちらに参ったのですが、父が病で亡くなり、そののちは煮売り屋で働いて母と三人の妹を養っております」

「それはたいへんだすな。矢頭さまさえよろしければ、わてが毎月、いくばくかお援《たす》けしてさしあげてもよろしゅうございますが……」

「それが、母が物堅く、武士は他人からほどこしを受けてはならぬ、と叱られますので……」

「ご立派なご母堂さまでおられます」

しばらく会話が途切れたあと、利兵衛は咳払《せきばら》いをしてから、

「単刀直入に申し上げますよって、矢頭さまもそのおつもりでお答えくだされ。あなたさまは、いや、大石さまをはじめとする一味徒党の方々は近々吉良邸に夜討ちをかけようとお考えやおまへんか」

あまりにずばりときかれたので右衛門七は咄嗟《とっさ》に言葉が出てこなかった。ようやく絞り出したのは、

「なにゆえ……そう思われたのです」

「まえまえから浅野のご浪人さま方が吉良に復讐《ふくしゅう》するのやないか、という噂は耳にしておりましたが、さきほど矢頭さまが刀屋でぎょうさんの刀を注文なさるのを聞いて、まちがいない、と思いましたのや」

利兵衛はじっと右衛門七の目を見つめる。ここで、

「そんなことは考えてもいない」

と否定してもよかった。同志の取り決めでは、親兄弟にも義挙の秘密を漏らしてはならぬ、ということになっていたからだ。しかし、右衛門七は否定も肯定もせず、ただ黙っていた。

「矢頭さま……わても此度《こたび》の吉良聶貭の裁定はうなずけんことばかりでおます。なんとか皆さんをお援け申し上げたい……その一心で申しとりますのや。他意はおまへん。わてに、その武具や刀剣類の買い付けをお手伝いさせていただけまへんやろか」

「え……っ！」

思わず声を上げてしまった。

「さっきのようにまともな商人に大口の注文をすると足がつきます。わてが出入りさせていただいてるお大名を通して、浅野家聶貭で口の堅い武具屋、刀剣屋を紹介してもらえば、吉良方に知られることはおまへん。――もちろん費用はすべてこの天野屋がかぶらせていただきます」

「そんな……それは申し訳なさすぎる」

事実上、討ち入りをすると認めたことになる、と気づいて右衛門七があわてて口をつぐむと、利兵衛は涙ぐみながら右衛門七の手を取り、

「わてを信用して、よう打ち明けてくださった。おおきに……。これで皆さんのお役に少しでも立つことができます。なんとまあうれしい日やろ」

「うむ……。いかにもこの矢頭右衛門七、亡きご主君の無念を晴らすため吉良殿の首を取る算段をしている同志の一員。このことはくれぐれもご内密にお願いしたい」

「もちろん心得ております。うちの店のものや、家のものにも漏らすようなことはおまへん。ほな、討ち入りに使う武器の調達、わてにお任せいただけますのやな」

「ご家老にお許しをいただかねばならぬゆえ、暫時《ざんじ》待っていただきたいが……私は若輩者のうえ、かかることにはふつつかで力不足。おそらくお頼みすることになるだろう。その節はよろしくお願いいたす」

右衛門七は深々と頭を下げた。

「頭を上げとくなはれ。こちらからお願いしたことでおますがな」

右衛門七は大石に依頼された武器調達の大役が果たせそうで、心底ホッとはしたものの、

「なれど、天野屋殿……もし、万が一このこと露見したら、天野屋殿もただではすまぬことになる。私としては、今日会《お》うたばかりの方にそのような迷惑をかけるのは心苦しいのだが……」

利兵衛は不敵に笑って、

「そうなったらこの利兵衛がすべての罪をかぶって腹を切ればすむだけのこと。心配なさいますな」

矢頭はその言葉に心を打たれながらも、

「なにゆえそこまでわれらに尽くしてくださるのです」

「それは……」

利兵衛はしばらく言葉を探している様子だったが、やがて、どん！　と胸を叩いて、

「天野屋利兵衛は男でござる！」

二

関宿を過ぎ、狩野元信《かのうもとのぶ》という絵師があまりの絶景に筆を投げ捨てたという筆捨山《ふですてやま》を右に見ながら坂下宿《さかのしたしゅく》に入る。旅籠が建ち並び、本陣も多いにぎやかな宿場だが、犬江親兵衛は立ち止まることなく行き過ぎる。もう鈴鹿《すずか》峠が目のまえなのだ。鈴鹿峠は稀代《きたい》の難所で、険しい山道が延々と続く。ここを越さねばならないのだ。親兵衛は、昨夜泊まった亀山の宿でこしらえてもらった握り飯を、路傍の石に腰かけて食べた。おとなのゲンコツほどの大きさのものが五つだが、ひとつは万が一のときのために残し、四つだけ食べた。竹筒の水を飲み、いざ鈴鹿峠に挑む。

かなり急な坂だが、親兵衛は馬も駕籠《かご》も使わぬ。馬子《まご》や駕籠かきから小児とあなどられ、酒手《さかて》（心付け）を脅し取られそうになったことが幾度もあるからだ。峠の茶屋で一

服し、やっと残りの握り飯を食べ、そのあと物足りなく思えたので団子を三十本食べた。

普段ならおとな顔負けに一日八里も歩く親兵衛だが、この山道はなかなかはかどらぬ。ようよう土山《つちやま》宿に入ったころには日が暮れかけていた。

「さて、と……今夜の宿だが……」

麴屋《こうじや》、井筒屋《いづつや》、大黒屋《だいこくや》など大きな宿屋がいくつかある。しかし、どの宿に行っても、

「今宵《こよい》、一泊お願いしたい」

と言うと、客引きにじろじろ見られたあげく、けんもほろろな扱いを受ける。最後の一軒のまえで、水を撒《ま》いていた男に、

「汝《なんじ》のところに断られたらこの宿場を出ていかねばならぬが、つぎの宿……水口《みなくち》までは遠い。なんとか泊めてもらいたい」

「汝やなんて妙な言葉遣いするこどもやなあ。こどもひとり、ゆうのはちょっと困る。だれかおとなと一緒やないと……」

「我輩はひとり旅だ。ひとり旅ゆえ、同道のものはおらぬ」

「すまんな。それやったらうちは泊められへん」

「なにゆえこどもひとりでは泊められぬのだ」

「めんどくさい子やなあ。あかんもんはあかんねん。どうせ金も持ってないやろし……」

ムッとした親兵衛は、しなくてもいい行動に出てしまった。

「金ならあるぞ」

「嘘つけ」

「嘘ではない。これを見よ」

親兵衛はふところから一枚の紙を取り出した。それらには「公金為替手形　金壱千両」と書かれ、下半分に数名の署名と捺印《なついん》があった。署名はすべて江戸の大商人ばかりである。

「ははは……千両やなんてこんな落書きでだまされるかいな」

「千両ではない。十枚ある。全部で一万両だ。どうだ、驚いたか」

「あのなあ……おまえの冗談《てんご》に付き合《お》うてる暇ないねん。今から宿屋は書き入れ時や。忙しいねん。――去《い》に！」

「なぜ信用してくれぬのだ」

「こどもが一万両の為替持ってうろうろしてるはずがないやろ？　だれかてわかるわ」

そこにちょうど、四人連れの旅人が、

「おい、おまえんとこ、四人泊まれるか？」

「へえ、お手頃な部屋がございます。どうぞなかへお通りを……」

「ふたりやけど泊めてもらえるか。明日は大坂に着くさかい、今晩はワーッてなことしたいんやけど、おまえんとこ芸者呼べるか」

「もちろんでおます。どうぞどうぞ」

「五人やけど、年寄りがおるさかい、なるべく静かな部屋で頼むわ」

「へえへえ、ちょうど閑静な部屋が空いてございます。――おい、こども、まだおるんか。そこに立ってられたらお客さんの邪魔や。早う去《はよい》ね、言うたやろ」

「我輩も客だ」

「おまえなんぞ客やない。とっととあっち行かんと、この柄杓《ひしゃく》でどつくで。――あ、お侍さんだすか。へえ、二階の見晴らしのええ部屋が空いてございます。――こら、去ねちゅうたら去ね！」

親兵衛はぐすんと鼻を鳴らしながらその場を立ち去った。しかし、しばらく歩いているうちに、

（いかん、いかん。上さまに仕える八犬士《はちけんし》のひとりとして甘えや弱音は禁物だ。武者修行中の武芸者ならば深山幽谷で岩上や草むらに寝るのは当たり前。我輩もこれまで、幾度となく野宿をしてきたではないか。よし、このまま夜通し歩きに歩いて、行けるところまで行ってやろう……）

そう思い直した。そのまま歩調を速めて、松並木が続く街道をどんどん進む。月はまだか細く、そのため闇は深い。蛇腹になった小さな提灯を取り出し、その明かりを頼りに歩く。土山と水口のあいだにはほとんどなにもない。殺風景な道がひたすら続くだけ

だ。二刻《ふたとき》ほど歩くと、さすがに脚も疲れてきたし、喉も渇いてきた。もう間もなく水口宿が見えてくる、というあたりで、親兵衛は太い杉の木の根もとに座って、竹筒の水を飲んだ。

（腹が減ったな。もっと団子を食べておけばよかった……）

そう思ったが、どうにもならない。親兵衛は杉の幹に寄りかかって、寝てしまった。

どれぐらいの時間が経《た》ったろうか。顔に冷ややかなものを感じて目を開けると、白刃が頬に当たっている。

「おい、起きろ」

見ると、髭面《ひげづら》の男五人が親兵衛を取り囲んでいる。野武士のような風体《ふうてい》の侍たちだ。

親兵衛は横になったまま、

「なんだ、貴様らは」

「ふところにあるものを出しやがれ」

「ふところにあるもの……？」

「まえの宿場で、旅籠の奉公人に見せてたアレだよ」

「ああ、なんだ、為替のことか」

「俺たちゃこのあたりを根城にしてる追い剝ぎだ。山賊まがいのことも、盗人みてえなことも、とにかく金になりゃあなんでもする。たまたまあのとき通りがかって、そこからおめえのあとを追ってきたってわけだ。アレをこちらに渡してもらおうか。一万両たあお笑いぐさだ。どうせ拵《こしら》えもんだろうが、それでも上手《うま》く使えば信じるやつもいるだろう」

「これは拵えものではない。正真正銘の一万両の公金為替だ。しかし、我輩のものにして我輩のものにあらず。あるお方にお届けするために所持しておるのだ。貴様らに渡すわけにはいかぬ」

「おとなしく渡さねえと、命を落とすことになるぜ。俺たちゃ、ガキひとりぶっ殺すぐれえなんとも思ってねえんだからな」

「腕ずくで奪《と》るというのだな。面白い。旅の余興にちょうどよい。相手をしてつかわす」

そう言って立ち上がった親兵衛に、先頭の男が笑いながら、

「おいおい、正気かよ、このガキ。おめえに勝ち目はねえんだぜ」

「勝負というものはやってみなければわからぬものだ」

「なに寝言言ってやがんでえ。こっちはおとなが五人だぜ。ガキひとりが敵《かな》うわけねえだろ」

後ろにいた男が、

「こいつ、軍談講釈の聞き過ぎかなにかで、自分のことを天下の豪傑だと思い込んでる

んじゃねえかな」

「なるほど、そうにちげえねえな」

親兵衛は刀を抜き払うと、

「思い込んでいるのではない。我輩はまことの豪傑である。今からそれをわからせてやろう」

五人は一斉に抜刀し、親兵衛を取り囲んだ。

「頭がおかしいガキを殺すのは気が引けるが、しょうがねえ。迷わず成仏しやがれ」

「それは我輩の言う台詞《せりふ》だ。悪党どもを成敗してくれん」

先頭の男が刀を振りかざして突っ込んできたのを大きく身体《からだ》を右に開いて呼び込むと、その後頭部を刀の柄頭でガツン！　と打った。男は目を回して倒れてしまった。

「このガキ、なかなか手ごわいぜ」

「こどもだと思って油断するな」

残りの四人はじりじりと親兵衛を囲む輪を狭めてくる。

「やあっ！」

正面の男が上段に構えた刀を振り下ろした。と同時に背後からも斬りつけてくる気配を感じた。親兵衛は大きく左側に跳躍して二本の切っ先をかわすと、正面の男の喉を刀の峰で叩いて悶絶《もんぜつ》させ、すばやくしゃがみこみながら振り向いて、後ろの男に小柄《こづか》を投げつけた。小柄は相手の右腕に突き刺さり、男は悲鳴を上げながら刀を落とした。

「我輩が豪傑であることがわかったかな。だっはっはっはっ……」

親兵衛の高笑いに、残ったふたりの男たちは、

「おい……ガキのくせに強《つえ》えぞ」

「こうなったら三人で一斉にかかるか」

三人という言葉が引っ掛かったが、親兵衛はそのままふたりに向かって刀を正眼《せいがん》に構え、

「どこからでもかかってこい」

ふたりの男は目配せをしあっていたが、

「でえええい!」

呼吸を合わせて突っ込んできた。親兵衛も踏み込もうとしたそのとき、視界が真っ暗になった。なにか大きな布のようなものをうえからかぶせられたのだ。

「うわあっ、これはなんだ……!」

親兵衛はその布を取り除こうとしたが、突き倒され、刀を奪われたうえ、布のうえからさんざん殴られたり蹴られたりした。はじめは抗《あらが》っていたが、とうとう動けなくなってしまった。

「どうだ、生意気なガキめ……おとなにゃ敵わねえってことがわかったか」

「念のために長介《ちようすけ》を木のうえに潜ませておいてよかったな」

「うむ。さすがの豪傑小僧も頭のうえまでは気が回らなかったとみえるわい」

「さて……為替をいただいてずらかるか」

「殺さなくてもいいのか」

「そうだな。あと腐れがねえようにバラしちまおう」

　そんな会話を聞きながら親兵衛は、

（ああ、情けない……。うっかり一時の癇癪《かんしやく》のせいで大金を持っているとしゃべってしまったのが誤りであった。口は災いのもと。上さまからお預かりし、ゝ大法師《ちゆだい》殿にお届けすべき金を賊徒に奪われ、命まで落とすことになろうとは……）

　激しく後悔したが後の祭りである。

「だれがやる？」

「俺だ。利き腕を刺された恨みを晴らしてやらあ」

「じゃあ、おめえに任せるぜ」

「へっへっへっ……ガキめ、死ねえっ」

　親兵衛が身を固くした瞬間、

「待てっ！　その少年から離れよ」

　そんな大声が聞こえた。

「なんだ、てめえらは」

複数の足音が近づいてくるのがわかった。

「どこの侍か知らねえが、正義漢ぶって下手に顔を突っ込むと大怪我するぜ。それとも、俺たちの上前をはねるつもりかよ」

「そんな気はさらさらない。われらはその少年に用があるのだ」

「うわっ、なにしやがる」

いきなり刀と刀が激しくぶつかり合う音がして、親兵衛は腕をつかまれ、引っ張られた。なされるがままに五、六歩進んだところで頭にかぶせられていた布が取り払われ、やっと自由の身になれた。彼をつかんでいたのはひとりの武士で、右手に抜き身を持っている。その後ろに仲間らしいものたちが立っているが、皆、りゅうとした身なりで、どこかの家中の侍だろうと思われた。親兵衛は自分の刀を拾うと、賊たちに向かって構え、

「このまま去ればよし、一命は助けてつかわすが、いかがいたす」

「ちっ、ここでトンビにあぶらげさらわれるわけにゃいかねえんだよ」

六人の盗賊たちは親兵衛と武士たちに向かって一斉に斬りかかってきた。十人ほどの武士たちも全員抜刀し、親兵衛とともに盗賊たちと戦った。ほとんど明かりがないなかでの斬り合いである。はじめのうちは互角だったが、やはり正式に剣術を学んだものだ

ちが次第に優勢となり、ついには全員を斬り伏せてしまった。縄で縛り上げ、杉の木につなぐと、

「あとは宿役人に任せておけばよい。——それにしても見事な腕前、感服つかまつった。その若さでそれだけの技をお持ちとは末恐ろしい」

侍のひとりがそう言った。親兵衛は彼らに向かって頭を下げ、

「お恥ずかしいありさまをお目にかけ、情けないかぎりでござるが、各々方《おのおのがた》のおかげで助かりました。お礼申し上げる」

「いや……礼を言うのはまだ早い」

「——え？」

「貴殿は犬江親兵衛殿に相違ござらぬか」

「いかにも我輩、犬江親兵衛だが……なにゆえそれを……？」

武士たちは刀の切っ先を親兵衛の喉に突き付けた。

「なにをする」

「我々もこの賊同様、貴殿が来るのをここで待っておったのだ。妙な連中に先を越されて少々あわてたが、な」

「おまえたちも金が欲しいのか」

「ふふふ……そうではない。われらの欲しいものは貴殿の身体だ。同道願いたい」

「我輩には行くところがある」

「手間は取らせぬ。死にたくなければわれらの言うとおりにせよ」

親兵衛は、ここでもうひと暴れすべきかどうか迷ったが、さっきの連中とはちがい、いずれも腕のたつ武士のようだし、人数も多い。

（大立ち回りしたあげく斬り殺されては、大法師殿に為替を渡すという大役が果たせぬ。それに、わが名を知っているのが気になる。狙いはなにか聞き出すために、ここは言うことを聞いておこう……）

そう思った親兵衛は武士たちに従うことにした。彼らはひとつだけ提灯をつけて、街道を進み、水口宿に着いた。木戸は開いていたのでそのまま通行する。どこかの旅籠に入る様子もない。すでに真夜中なので、宿場は静まり返っている。見附《みつけ》の番人も寝ているようだ。そのうちに宿場を通り過ぎてしまった。

「遠いな。どこまで歩かせるつもりだ」

親兵衛が言うと、

「うるさい。黙って言うとおりにせよ」

石部《いしべ》の宿の手前にある常夜灯のあたりで、そろそろ夜が明けかけたころに一同は森のなかに入った。そこにあった一軒のあばら屋に親兵衛は連れ込まれた。ほとんど朽ち果てて、いつ崩壊してもよさそうな小屋である。もとは農家の納屋だったようだが、近頃はだれも使ってはいないのだろう、足を踏み入れると濛々《もうもう》と埃《ほこり》が舞い踊った。隅のほうに武士たちのものだと思われる荷物、笠などが積み上げられていた。どうやら彼らはここを隠れ家にしているらしい。

武士たちは親兵衛を縄で縛り上げると、床に正座させた。親兵衛は、

「いずれのご家中の方々かな……ときいてもご返答はくださるまいな」

一行の束ね役らしい顔の四角い侍が、

「そのとおり。さる大名家のもの、とだけ申し上げておこう。では、早速おたずねいたす。すらすらと答えてくだされば、すぐにご解放させていただくが、お教え願えぬと長引くことになり申す」

「かかる大人数で待ち構えてまで我輩にききたいことというのはなんだ」

「まずは……八犬士のこと」

「なに……？」

親兵衛は驚いた。一部のものしか知らぬはずの「八犬士」という名前を彼らが知っている、ということにである。

「なんのことかわからぬな」

「ほう……どうやら長引きそうな塩梅《あんばい》でござるな。われらは気が長いゆえ一向にかまわぬが、大坂に用向きのあるご貴殿はそれではお困りではないかな」

「我輩が向かう先までご存じとは……」

「もう一度たずねる。上さまは八犬士を使《つこ》うてなにをしようとしておられるのかを言え」

口調が乱暴になってきた。

「知らぬ」

「われらは、上さまが八犬士という直属の配下を持っている、ということを知っておるし、犬山道節《いぬやまどうせつ》、犬飼現八《いぬかいげんぱち》、犬坂毛野《いぬさかけの》……などそのうちの数人の名もつかんでおる。彼ら八人がたびたび大坂に上り、そのつなぎを、大法師なる仁が務めていることもわかっている。われらはおまえが一番年少の八犬士と知り、江戸から上ってくるのを待ち伏せしておったのだ。――大坂で、貴様たちが探ろうとしているのはなんだ」

「知らぬ」

「まさか……われらの企てにお気づきなのではなかろうな」

「『われら』の企て、と言われても、おまえたちの素性がわからぬゆえ答えようがない。まずは、それを先に申すがよい」

男は、しまった、という顔をしたが、

「われらは……われらだ」

「はっはっ……まるで禅問答だな」

「黙れ。おまえは存じよりを話せばいいのだ。——どうしてもしゃべらぬというのか」

「そうだ」

「いじやけるやつだ。かくなるうえは身体に問うしかないが、それでもよいのだな」

「かまわぬ」

「われらとて……小児を拷問するのは本意《ほい》ではない。しゃべってはくれぬか」

「いやだ」

「やむをえぬ。ご家老のお言いつけだ。——おい……」

男はかたわらの侍に顎をしゃくった。その侍は親兵衛の諸肌《もろはだ》を脱がすと、弓の折れを手にして、親兵衛の剝《む》き出しの背中に振り下ろした。

◇

京都御所清涼殿《せいりょうでん》の西側にある建物の一室で、ふたりの人物が対峙《たいじ》していた。ひとりは関白近衛基熙《かんぱくこのえもとひろ》、もうひとりは水戸《みと》家の家老山寺信雄《やまでらのぶかつ》である。近衛基熙は困惑していた。水戸徳川家には家老は十人以上いるとはいえ、御三家の家老がなんの前触れもなくひそかに上洛《じょうらく》してきたのだ。正月、宮中にはさまざまな儀式があり、基熙は多忙を極めており、本来ならば、関白に対して事前の許可なく面会を要求するなど無礼である、と門前払いを食わせるところだが、無下にはできないわけがあった。基熙の叔母泰姫《おばたいひめ》が、亡くなった徳川光圀《とくがわみつくに》の正室だったのである。つまり、基熙と現水戸家当主徳川綱條《つなえだ》は人脈でつながっているのだ。そして、山寺は、綱條からの重要な言伝《ことづて》を預かってきた、というのである。会わぬわけにはいかぬ。

「武江《ぶこう》（江戸）ではなにか変わったことでもおじゃるかな」

まずはゆるゆる世間話でも、と基熙はそう口火を切った。山寺は顔を上げ、

「変わったことと申して……そうそう、例の吉良殿でござるが、隠居願いがご公儀に認められ、近々米沢に移られるのではないか、との噂を聞き申した」

「ほう……そうなると、浅野家浪人たちも討ち取りにくうなる。面白くないのう」

「関白殿下は上野介ともご面識がおありのはず。吉良殿がお嫌いでござるか」

「あれは嫌な男じゃ。徳川家の意向をわれら公家にむりやり押し付けようとする。浅野とのあいだでなにがあったのかは知らぬが、つむりを斬られたと聞いて胸がせいせいした。麻呂《まろ》だけではない。お上もずいぶんと吉良を嫌《きろ》うておじゃる」

「お天子さまが……」

「まことでおじゃる。千代田《ちよだ》のお城で浅野殿が吉良に刃傷《にんじょう》に及んだと申し上げると、大喜びであらしゃった。また、江戸から勅使の柳原《やなぎはら》（資廉《すけかど》）と高野保春《たかのやすはる》、院使の清閑寺《せいかんじ》（熙定《ひろさだ》）が戻ってきたとき、お上はえろうお怒りになられてのう、なにゆえ将軍家に浅野助命の取り成しをしなかったか、とその三人の参内《さんだい》をお禁じになられた」

「天子さまは浅野贔屓でいらっしゃる」

「まあ、世間もそうでおじゃろう。皆、浅野家浪人が吉良の白髪首を取るのを待ち焦がれておるようではないか」

「なれど、大石と申す家老は毎夜島原《しまばら》で遊んでおるとか。仇討ちの気持ちがあるかどうかは定かではありますまい……」

「おっほほほほ……そちは大石の遊興をまことと思うてか。あれは、世間を欺くための見せかけに過ぎぬ」

「ほう……」

「じつは大石が今住んでおる山科《やましな》の家は麻呂の領地にある。進藤源四郎《しんどうげんしろう》なる大石縁故のものが近衛家に仕えておったゆかりでのう、麻呂も一度だけ大石に会うたことがあるが、なかなかの傑物でおじゃる。それゆえ麻呂は大石贔屓、浅野贔屓なのじゃ」

「さようでござりましたか。関白殿下も顔がお広い……」

「おっほっほっほっ……」

「ところで、そろそろ本題に入らせていただきとうございますが……」

話の腰を折られて鼻白んだ近衛基熙だが、

「よろしい。綱條殿からのお言伝とやら、お聞きいたしましょう」

山寺信雄は書状を取り出して関白に渡し、

「まずはそれをお読みくだされ」

文面に目を走らせていた基煕の顔つきが次第に変わっていった。

「まことにこれを綱條殿が……？」

「お天子さまにお取次ぎを願いとう存ずる」

「いや……しかし……これは……」

「水戸家は本気でござる。ぜひともお天子さまの存念、承りとうござる」

「しばし……しばし待たれよ」

「ことはすでに動き出しております。それがしも所用で大坂に向かわねばなりませぬ。近日中にお返事を承りにふたたび参りまするゆえ、そのときまでにお天子さまの詔《みことのり》、水戸家に賜りとう存じまする」

「ううむ……」

基煕は発する言葉を失っていた。まもなく山寺信雄は御所を去ったが、そのあとしばらくのあいだ関白は書状を握りしめていた。

（この件……お上にどうお伝えするべきか……）

立ち尽くす関白の手はわなわなと震えていた。

◇

一月某日の早朝、大坂城大手門《おおてもん》のまえに大勢の商人たちが並んでいた。今日は月に数度、城内で市が開かれる日である。大番侍たちは城から外に出ることを禁じられているため、小売り商人たちを入城させて彼らの買いものの便宜を図っているのだ。場所は、橋を渡って大手門をくぐったところにある、多聞櫓《たもんやぐら》に囲まれた枡形《ますがた》の広場である。この多聞櫓は「市多聞」と呼ばれており、ここに入るだけなら鑑札は必要ない。鏡屋、書物屋、瀬戸物屋、小間物屋、茶屋、小刀打物屋、武具馬具屋、鞘師、茶道具屋、扇屋……などが日用の雑貨や大坂土産《みやげ》などを販売するのである。

「さあさあ、皆、揃てますかいな。並んでお行儀よう入っとくなはれや」

市頭《いちがしら》の河内屋彦兵衛《かわちやひこべえ》にうながされ、一同はぞろぞろと門内に入っていった。

「おや？　あんたは見かけん顔やが、どこのお方だしたかいな」

彦兵衛にそう声をかけられた男は、屋号を染めた大きな風呂敷を背負っている。

「へえ、今日からお世話になる近江屋《おうみや》の手代《てだい》で為助《ためすけ》と申します」

「近江屋？」

「乾物屋だす。今度から御多聞市仲間に入れてもらう、ゆうことに年末の寄り合いで決まった、て聞きましたけど」

「そやったかいなあ。——けど、あんた、ひとりかいな。ものを包んだり、お代を受け取ったり、お釣りを出したり……ひとりでは間に合わんのとちがうか」

「番頭は今日、おなかを壊して休んどります。今日は丁稚《でっち》も手が足りず、わてひとりだす。はじめてのことで勝手がわかりまへんさかい、いろいろ教えていただけると助かります」

「うーん、わしもおのれの商いで忙しいさかい、あんまり面倒は見られへんけど、気の付いたことがあればお教えしまっさ」

「おおきに」

「ああ、そっち行ったらあかん。二の門から先は鑑札がないと入られへんのや」

「そうだっか」

そのあとは市頭は、ふたりの丁稚とともに大きな茣蓙《ござ》を何枚も敷き、そこに自分の売りものを並べるのにかかりきりになった。ようようはじまりの刻限までに並べ終えたとき、

(そういえば、近江屋の手代さんはどないしたかいな……)

と一瞬思い出したが、それっきりまた忘れてしまった。そのころ、近江屋の手代こと鴎尻の並四郎は、とうに二の門を通り越し、二の丸に入り込んでいた。もちろん「七方《しちほう》出《で》」で顔は別人のように作り変えている。

(ここまで来たら、あとはなんとかなるやろ)

見つかったら捕えられるどころかその場で斬り捨てられるだろう。とにかくまずはど

こかに隠れるしかないが、勝手がわからない。西側の堀に沿って進み、だれか来ると松の木の裏に隠れる。しばらく行くと花畑があり、そこを抜けると、大きな屋敷の外塀が見えてきた。

（ははあ……これが城代の上屋敷やな）

並四郎は、船虫の知り合いが女中奉公をしている、という話を思い出した。松の木に登り、ひょい、と塀のうえに乗る。さいわい内側にはだれもいない。並四郎は飛び降り、目のまえにあった小屋に入った。そこは炭小屋で薪《まき》や炭が積み上げられていた。並四郎はそこに隠れて夜になるのを待つことにした。風呂敷を広げると、そこには鉤縄や携行用の明かり、変装術用の品々などとともに、凍《し》み豆腐、アジの焼き干し、焼き栗、焼き米といった食品が収められていた。これらがあれば数日間は籠城できる。並四郎が「乾物屋」を名乗ったのは、ある意味、伊達《だて》ではなかったのだ。

（狭いけどなあ……まあ、住めば都や）

並四郎はそう独りごちた。

（あとは、鞠を突く女の子が出てくるのを待つだけや）

並四郎の頭のなかには一万両が浮かんでいた。

◇

（かもめの野郎、うきうき顔で大坂城に行きやがった。そんなに一万両が欲しいかねえ……）

左母二郎は暇つぶしに町なかをぶらぶらしていたのだが、足はなぜか城のほうに向かってしまう。外堀をぼんやりと眺めていると、

「網乾《あぼし》氏！」

後ろから声がかかった。振り返ると、矢頭右衛門七だ。となりに商家の主らしき小柄な男が立ち、笑顔でこちらを見ている。

「おう、右衛門七。しばらくだな」

「ごぶさたして申し訳ありません。弥々山へも二日に一度ぐらいしか行けず……」

「いいってことよ。おっ母《か》さんたちは元気か」

「はい、おかげさまで……」

左母二郎がちらりととなりの男の顔に目をやると、男は柔らかい物腰でぺこりと頭を下げ、

「わては思案橋近くで廻船問屋を営む天野屋利兵衛という商人でおます」

右衛門七がささやくような小声で、

「あちこちのお大名の御用商人も務めておいでで、顔も広く、われら浅野家の旧臣に心を寄せてくださるお方です。山科のご家老から書状が届き、お許しを得たので、今日もいろいろなものの調達の件で打ち合わせをしていたところです」

「いろんなものてえと刀や鎧《よろい》なんぞか？」

「はい、さようです。刀剣類や武具などは商人からまともに仕入れると足がついてしまいますから慎重を要するので、天野屋殿に橋渡しをしていただいているのです」

利兵衛は目を丸くして、

「矢頭さま、そんなことを口にするとは……」

「よろしいのです。このお方はわれらが義挙についてもようご存じで、頭目の大石殿にもお会いなされたことがございます」

「おお、ほな、私同様、赤穂のご浪人衆のお味方で……」

左母二郎は顔をしかめ、

「そんなんじゃねえよ。俺ぁただ、右衛門七が不幸な目に遭わねえことを祈ってるだけさ。討ち入りなんてくだらねえとしか思わねえし、大石ってやつの考え《かんげ》にも賛同はできねえ。討ち入りのときに死ぬか、あとで腹ぁ切るか……どっちにしても若《わけ》えやつらが死なにゃあならねえようなこたあ俺ぁ気にいらねえんだ」

利兵衛は周囲に目を走らせてから、

「網乾さま、どこでだれが聞いてるかわかりまへんのやで。口は慎まれたほうがよろしゅおます。それに……わては大石さまの志はご立派やと思いますけどなあ……」

「ふーん、そうけえ」

「わてはわてなりのやり方で大石さまたちをお助けしていくつもりでおます。そのためにもしわての命が危ういことになったとしてもかましまへん。大石さまたちが腹をすえてはるように、わても商人として腹をすえとります」

「どうしてそこまでするんだ」

利兵衛は柔和な顔を引き締めて、

「天野屋利兵衛は男でござる」

「へへ……男でも女でも勝手にすりゃいいさ。俺にゃあどうでもいいこった。——右衛門七、また弥々山で逢《あ》おうぜ」

「はいっ」

右衛門七の返事は元気にあふれていた。

◇

ぴしっ、ぴしっという音が納屋に響く。侍が弓の折れで犬江親兵衛の背中を打擲《ちようちやく》しているのだ。彼がここに連れ込まれたのは夜が明けはじめたころだったが、すでに一日が過ぎ、ふたたび夜になっていた。しかし、親兵衛は応えた様子がなく、顔には笑みが浮かんでいる。逆に、叩いている侍の目から涙がこぼれている。親兵衛は顔を上げ、

「だはははは……そんなへなへなの叩き方では我輩はびくともせぬ。もっと力を入れぬか」

侍はだらり、と弓を垂らし、

「もう、だめだ。こんなこどもを拷問するなど、俺には無理だ……」

しゃがんで見ていた束ね役の侍が、

「おまえの気持ちはわかる。なれど、山寺殿のお言いつけだ。仕方ないではないか。もうまもなく山寺殿が京都御所からここに参られる。それまでに白状させねば叱られるぞ」

「ならば、船木《ふなき》、代わってくれ」

「お、俺がか……？　いや、俺もちょっと……」

「俺にも、ちょうど同じぐらいの息子がいる。これ以上は無理だ」

侍はその場に両手を突き、

「頼むからしゃべってくれ。でないと、俺はおまえを責めねばならぬのだ」

親兵衛は涼しい顔で、

「一向かまわぬぞ。我輩は天下の豪傑だ。猪《しし》をひしぎ、大蛇をふみつける我輩にとって、

そんな拷問など蚊がとまったようなものだ」

それがまたやせ我慢ではなく、心からそう思っているようなので、侍たちは困り果てていた。これでもう丸一日こんなことを繰り返しているのだ。不敵に笑う親兵衛に比して、侍たちは精神的にもへとへとに疲れていた。そのとき、戸を叩く音がした。侍のひとりが、

「鶴と言えば……」

「亀。――わしだ。山寺だ。なかにおるのか？」

「はい、一同揃うております」

「京で書状を受け取ったが、犬江親兵衛を捕えたというのはまことか」

「はい、なかにお入りを……」

侍のひとりが戸を開けると、提灯を持った山寺信雄が入ってきた。

「それで、吐いたのか」

「だめです、ご家老」

船木という四角い顔の侍がかぶりを振った。

「強情なやつだな。年端のいかぬこどもゆえ、拷問にかける、と申しただけで震え上がってなんでもしゃべると思うたが……」

「てんで応えませぬ」

「おまえたちの責め方が手ぬるいのではないか？」

「とんでもない。おとなでも音《ね》を上げるほどに責めておりますです」

親兵衛が山寺に向かって、

「おまえの手下は非力なものばかりだのう。我輩を拷問するなら、武蔵坊弁慶《むさしぼうべんけい》か酒呑童子《しゅてんどうじ》でも連れてこい」

「なんだ、こやつの口の利き方は……」

侍のひとりが、

「ずっとこんな調子なのです」

「とにかく吐くまで責め続けるのだ。それしかない。——どうした。不服そうな顔だのう」

「いえ……そんなことは……」

「ならば、やれ。相手をこどもだと思うな。よいな」

「は、はい」

「わしは例の件で大坂に行かねばならぬ。ここはおまえたちに任すゆえ、存分にせよ」

そう言い置いて山寺は納屋を出ていった。残された侍たちは一斉にため息をつき、親兵衛はだはははは……と大笑いするのだった。

◇

初日の夜はなにごとも起こらなかった。寝ずの番をしている侍たちもいるのだが、並四郎はそういうところには近寄らず、山里曲輪のあたりをうろうろしながら鞠突き少女が出てくるのを待った。しかし、東の空が白々としてきても、女の子は現れなかった。がっくりした並四郎だったが、一万両が目のまえにぶらさがっているのだからたやすくあきらめるわけにはいかない。二日目も女の子は現れなかった。

(やっぱりただの噂やったんかいな……)

だが、本丸の東端に糒《ほしいい》を蓄えた櫓を見つけた。糒は兵糧で、炊いた米を天日で乾かしたものである。水や湯でもどして食べる。糒だけでなくさまざまな保存食が備蓄されており、

(なんや。こんなもんがあるんやったら、当分食いものには不自由せんがな)

手持ちの乾物がなくなったら、城代屋敷の台所にでも忍び込んで食料をあさるか、など考えていた並四郎だったが、そんなことをする必要はなさそうであった。

そして、三日目の夜、次第に大胆になった並四郎は、本丸御殿のほうへも脚を運んでみた。火事で焼けた天守閣跡のすぐ南側に、下半分が海鼠壁《なまこかべ》で上半分が白い建物がふたつ並んでいる。窓にも鉄格子がはまっているところをみると、

（これがたぶん金蔵やな。さぞかし金銀財宝が唸っとることやろなあ。入ってみたいけど、今度の目的はこいつやないさかい、我慢せなしゃあないな……）

そのあとはあいかわらず山里曲輪を徘徊《はいかい》していた。小さな龕灯は持っているが、見回りの侍に見つかってはいけないので火は灯《とも》していない。月明かりだけが頼りなのである。山里曲輪といってもかなりの広さがある。そこをゆっくりと時間をかけて歩き回るのだ。姫門のあたりまで来たとき、

「おい、そこにだれかおるのか！」

誰何《すいか》の声がした。提灯を点《つ》けずに夜回りをしている侍がいたらしい。

あわてて逃げ出そうとしたが、暗くて周囲の様子がよく見えず、並四郎はなにかにぶつかって転んでしまった。

（しもた……）

「怪しいやつ。動くな！」

侍は刀を抜いて、こちらにやってくる。並四郎が覚悟をしたとき、

「おしまいがらんしょ、からがんしょ、これからしまって参ります。おいとまへ、おさらばへ。またあした来て突きまあす……」

そんな歌とともに、とんとん……と鞠を突く音が聞こえてきた。歌っているのは少女のようだ。

「うわあ、出たあーっ!」

侍は刀を放り出して逃げていった。並四郎が声のするほうを見ると、月明かりの下で振袖を着たおかっぱ頭の少女が手鞠を突いている。

(ほんまにおったんか……)

並四郎は龕灯に火を入れて少女を照らし、度胸をすえて観察した。見たところ、幽霊などではなく実在の人間に思えたが、深夜に城のなかで鞠突きをしている、という点はかなり怪しい。龕灯を持った並四郎がそろそろと近づいても、少女は歌も鞠突きもやめようとしない。

「おい……おい!」

並四郎が声をかけると、ようやく少女は鞠突きをやめ、

「わらわになにか用か」

「わらわ、と来たか。あのなあ、おっちゃん、ちょっとおまえにききたいことがあるのや。おまえ、もしかしたら伏姫か?」

「伏姫? ほほほほほ……わらわはそのような名ではない。ひと違いであろう」

「えっ……! ちがうんか」

落胆した並四郎だったが、もし伏姫でなかったとしても一万両はくれる、という約束だったのを思い出し、

（まあ、しゃあないか。あの坊主には気の毒やけど……）

並四郎がそんなことを思っていると、

「わらわもお主の申すことをきいてやったのだから、わらわの頼みも聞いてくれぬか」

「ああ、かまへんで。わてにできることやったらなんでもしたるで」

「むずかしいことではない。おまえの後ろに祠《ほこら》があろう」

そう言われて振り返り、龕灯を向けるとたしかに小さな祠がある。どうやら並四郎がけつまずいたのはその祠だったらしい。

「これがどないかしたんか」

「その祠を壊してほしいのだ」

「なんでや」

「理由はない。なんでもすると申したであろう」

「ああ、わかったわかった。どうせわてはもう帰るのやさかい、あとは野となれ山となれや」

並四郎は祠をなんども蹴りつけた。そのうちに祠は崩壊し、ついにはばらばらになった。並四郎は肩で息をしながら、

「これでええか？」

「よろしい。では、もう行ってよいぞ」

「ほんまにええんか。――そや、おまえの名前、まだ聞いてなかったな。なんちゅうんや」

「わらわの名か。わが名は茶々《ちゃちゃ》じゃ」

「茶々……？　どこかで聞いたような気もするけど、変な名前やなあ」

「無礼な。早々に下がりおれ！」

「はいはい。おまえが伏姫やないとわかったら用はないさかいな。ほな、さいなら」

立ち去ろうとした並四郎が、妙な気配を感じて振り返ると、少女の姿がぶれて見えた。目をこすった並四郎のまえで、少女はおとなの女に変貌し、しかも、みるみる巨大になっていった。両手を広げ、赤い舌を出すその女に向かって並四郎は、

「お、お、おまえはいったい……！」

「長らく封じ込められていたが、ようやくこの城の結界から出られる。礼を申すぞ。うはははははは……」

哄笑《こうしょう》しながら女は怪鳥《けちょう》のごとく空中に舞い上がり、雲間に消えていった。ほうほうのていで逃げ出し、なんとか城の外へ出た並四郎は、身体の震えがいつまでも治まらなかった。

三

天野屋の店の奥にある主の部屋で利兵衛は帳面を検分していた。そこに番頭が、

「旦さん、山寺さま、お越しでございます」

「来られたか」

出迎えるため腰を上げようとしたとき、当の山寺信雄が入ってきた。

「遠路お疲れさまでございます」

「三十石から下りてそのまま駕籠で参ったが、さすがに疲れたわい」

そう言いながら大小を外し、座布団に座った。利兵衛は番頭に、

「こちらと内密の話があるさかい、だれも近づけんとってや。ただ、あとでひとり、いつもの矢頭さまが来られるゆえ、あの方だけはお通し申せ」

「かしこまりました」

番頭が行ってしまうと、山寺は性急な口調で、

「例の件はどうなった」

「あちこちの刀剣商や武具屋に話は通しておりますさかい、あとは書き付けだけだす」

「うむ、でかした」

「まもなく矢頭が参ります。細工は流々仕上げを御覧《ごろう》じろ、というところだすな」

「まさか、そやつ、気づいてはおらぬだろうな」

「ご安堵なされませ。真面目だけが取り柄のまっすぐな若いもので、ひとを疑うなどということは考えてもおらんやろ、と思われます」

「ふふふ……おまえも悪人だのう」

「わては間違《まちご》うたことはしとりまへん。なにもかも水戸さまのおんため、天下国家のためだすがな。天下国家のためなら、なにをやっても許されるのとちがいますか」

そう言って天野屋利兵衛は邪悪な表情でにやりと笑った。その背後にドス黒い靄《もや》のようなものが立ち上がり、禍々《まがまが》しい竜のようにうねっていることに山寺は気づいていない。

「旦さん、矢頭さま、お越しだす」

廊下から女子衆の声がした。利兵衛はいつもの柔和な顔つきになり、

「おお、待ちかねた。早《はよ》う入ってもろとくれ」

襖《ふすま》が開き、右衛門七が入ってきた。女子衆が襖を閉めて、立ち去る足音を確かめてから、右衛門七はすすめられた座布団に座った。

「矢頭さま、わざわざお越しいただき恐縮でおます。早速、本題に入りまひょか」

右衛門七が山寺を不審そうに見て、

「こちらのお方は？」

「寺山勝信《てらやまかつのぶ》さまとおっしゃいまして、水戸家の蔵屋敷にお勤めのお役人さま。じつは、此度の件、一軒に大口の注文を出すとほかの商人に怪しまれますさかい、あちこちに小口の発注をしとります。水戸さまに出入りする武具屋にも声をかけさせてもらわななら
んさかい、寺山さまに顔つなぎをお願いしましたのや」

「さようでしたか……」

山寺が右衛門七に、

「矢頭殿、わしは以前より播州浅野家旧臣の方々がかならずや卑怯未練の吉良上野を討ち果たすために立ち上がるであろうと思うておった。及ばずながらひと肌脱がせていただきますぞ。これは水戸家の家臣としてではなく、私人としての立場からの応援でござる。それならよろしかろう」

「おお、これはかたじけない！　ただ、内密にお願いいたします。もし、吉良の間者《かんじゃ》にことが露見したら……」

利兵衛が、

「矢頭さま、寺山さまは口もお堅く、信頼のおけるお方だす。わてが請け合います。心配いりまへん」

「さようか。天野屋殿がそう申されるなら私も信用いたしましょう。――寺山氏、これからもよろしくお願いいたす」

そう言って右衛門七は深々と頭を下げた。天野屋利兵衛は手文庫から一枚の紙を取り出し、右衛門七に示した。そこには、

注文

鉄砲　二十挺《ちょう》

刀　百振《ふり》

槍　二十本

薙刀《なぎなた》　二十振

まさかり　十挺

弓　五十張《はり》

大砲　十門

竹ばしご　大小八挺

玄翁　十丁

鉄手木《てつてこ》　五丁

木手木《きてこ》　五丁

鉄槌《てつつい》　五本

大のこぎり　五丁
鎹《かすがい》　百本
鉤のついた長細　三百本
玉火松明　百本
ちゃるめらの小笛　百個
龕灯提灯　十個

　と書かれていた。

「二十軒ほどの武具屋、刀剣商などに注文し、合わせてこれだけのものを集めるだんどりでおます」

　じっと見つめていた右衛門七は静かにかぶりを振り、

「これは多すぎます。そもそも江戸は上さまのお膝もと。鉄砲を撃つことは許されませぬし、城攻めをするわけではないのですから、大砲など必要ありません。同志の人数を考えると、刀百振、弓五十張なんて……」

「どれも多めにしておます。たとえば、戦いの最中に刀が折れたら困りますやろ。そのときの代わりとして念のためご用意しておこうと思うております」

「いや……それに、そんな資金《もとで》もありませぬ」

「ははは……ご心配には及びまへん。まえにも申しましたとおり、資金はすべてこの天野屋が出させてもらいます」

「ありがたいことです。なれど、無駄な買いものをしたらご家老さまに叱られます」

「そうだすか。さても欲のないお方やな。ほな、少し減らしまひょか」

「そうしてくだされ」

利兵衛は二十枚ほどの白紙を出して、

「ほな、さっそく注文状を作らせていただきます。中身はあとでわてが書き込みますさかい、この隅に矢頭さまのお名前をお書きいただき、判を押してもらえますか」

「名前だけでよろしいのですか」

「いえ、『播州赤穂浅野内匠頭長矩《ながのり》遺臣　大石内蔵助良雄《よしお》代理矢頭右衛門七教兼《のりかね》』としとくなはれ」

「それでは相手に浅野家旧臣の注文だとバレてしまいます」

「それでよろしいのや。此度は、浅野贔屓、吉良嫌いの商人を選ぶようにしとります。そのために、寺山さまはじめ、お大名家のご家来衆に、前もって出入りの刀屋、武具屋の主の見識を教えていただき、ひととなりを見極めてから話を持ちかけとりますのや。やはり西国での赤穂のご浪人たちの人気、たいしたもんでおます。普段なら、そんな注文、怪しいて受けられへん、という刀剣商、武具商の方々も、『じつは浅野家からのご注文で……』と打ち明けると、コロッと態度が変わり、赤穂の皆さんのお役に立つなら……と力を貸してくれますのや。せやさかい、浅野家という文言はかならず入れてもらわなあきまへん」

「なるほど……」

山寺が、

「いまのご政道に不満を持ち、なんとかしたいと考えているものは案外大勢おるものでござる。そういうものたちは、皆さまを支援したいと思うておる。ありがたいことではござらぬか」

「涙がこぼれるほどうれしゅうございます」

利兵衛が、

「ほなら、ここにご署名お願いいたします」

「承知しました」

右衛門七はそれらの紙に、利兵衛に言われたとおりの肩書と名前をしたため、その下に印章を押した。

「これでよろしゅおます。武器が揃うたらまたお連絡《つなぎ》させてもらいます」

「吉報をお待ちしております。これで私もご家老の代理としての大役が果たせてホッとしました」

「そう言うていただけるとわても骨折り甲斐《がい》がおます」

「天野屋殿にはなにからなにまで世話になり、礼の述べようがございません。危険も顧みず、よくぞわれらに手を貸してくだされました。かたじけのうござる」

「なんの。これも正義のため。——では、堅い話はこのぐらいにして、夕餉《ゆうげ》でもご一緒しまひょ」

「あ、いや……お心はありがたいのですが、このあと行かねばならぬところがあるのです」

「いずこへ？」

右衛門七は頭を掻《か》き、

「ある煮売り店の手伝いをしておりまして……。それではご免くだされ」

右衛門七はそう言って部屋を出ていった。山寺は、

「気持ちのいい若者だのう。ああいう男をだますのは心苦しいが……」

「ははは……山寺さまらしゅうもない。ああいうお方やこそだましやすいんだす。肝要なのは、公儀にバレぬようひそかに武器を調達すること。太平の世ではこれがいちばん難しい。矢頭さまはそのための『囮《おとり》』だす」

そう言って笑った利兵衛の顔が一瞬ぐにゃりとタコのように歪《ゆが》み、山寺は思わずおのれの目をこすった。その顔の下から、白髪をおどろに振り乱した老人の顔が現れたよう

に見えたが、つぎの瞬間にはもとに戻っていた。

「どないしはりました？　わての顔になんぞついとりますか」

「い、いや……なんでもない」

山寺は気味悪そうに利兵衛から目を逸《そ》らせたが、

（今の老人の顔……どこかで見覚えがあったような気が……）

しかし、山寺は結局、それ以上考えるのをやめてしまった。

◇

「そうか……伏姫さまではなかったか……」

まだ夜の明けきらぬうちに隠れ家に戻ってきた並四郎の報告を聞いて、大法師《ちゆだい》は肩を落とした。隆光と犬田小文吾は江戸に向かってすでに出立して、大坂にはいない。

「わて……えらいことしてしもたんやないやろか。とんでもないもんを解き放ってもうたかもしれん……」

並四郎も蒼白《そうはく》な顔でうつむいている。左母二郎は寝そべったまま器用に酒を飲みながら、

「夢でも見たんだろう。祠をぶっ壊したら娘が化けものになって飛んでった、なんてことあるわけねえぜ」

「ほんまにほんまやねん。夜中に山里曲輪で、女の子に鞠突いてて、その子に頼まれたんや。そしたら……女の子が年増になって、ぶわーっ、とでかくなって……うははは……」

「おめえよう、ほんとに城に忍び込んだのか？　新地《しんち》で居続けでもしてたんじゃねえのか」

並四郎は気色ばんで、

「なんやと、左母やん。わてが城に潜り込まれへんかったさかい一万両欲しさに嘘ついてる言うんか？　わてにも日本一の盗人かもめ小僧としての誇りがあるのや。嘘なんかついてたまるかい」

船虫が、

「けど、嘘は盗人のはじまりっていうからねえ」

「おまえまでわてを疑うんか」

「そうじゃないけど……あんまり奇天烈《きてれつ》な話だから……」

「鞠突く女の子のことは、もともとおまえが言い出したんやないか！　腹立つなあ！　こんなことやったら、たしかに忍び込んだゆう証《あかし》に、城のなかのもん、なにか盗んできたらよかったわ」

大法師が、

「まあ、待て。その女、『長らく封じ込められていたが、ようやくこの城の結界から出られる』と申したのだな?」

「そや」

「そして『茶々』と名乗ったのだな」

「たしかにそう言うた」

「茶々とは、淀《よど》殿の幼名だ。山里曲輪は、淀殿と秀頼が自刃した場所なのだ」

船虫が、

「淀殿って、太閤秀吉の側室で秀頼を産んだあの淀殿?」

「そうだ。神君家康公の計略で堀を埋め立てられ、裸城となった大坂城の守りは紙よりも薄くなった。そこに徳川方が攻め寄せ、ついには淀殿と秀頼公はじめ豊臣方の武将たちは山里曲輪の唐物蔵《からものぐら》にて自害なされた。かくして徳川方の勝利となった。城には火が放たれ、本丸も天守も全焼した。今の大坂城は、徳川家の手によってそのうえに建てられたものだ。大坂夏の役における豊臣方の死者は二万人に近い。むごたらしく死んでいったものたちの恨みの念が今の大坂城に残っている、と考えてもおかしくはない。大坂城に怪談が多いのは、そういった霊たちの仕業だという説もあるのだ。――それらの頂点におられるのが淀殿の亡霊だろう。隆光大僧正がおっしゃっていたように、大坂城に祠を立てて結界を張り、そこに淀殿の怨霊を閉じ込めていたと考えても不思議はない」

「ほな、わては淀殿の怨霊を解き放ってしもた、ゆうことか？」

「かもしれぬ」

「さあ……わしにもわからぬが、なにやらたいへんなことが起こるかもしれぬ」

「どうなるやろ」

左母二郎が、

「気にすんなよ、かもめ。おめえのせいじゃねえ。ほっときゃいいんだ。大坂城に忍び込め、なんて頼んだやつが悪いのさ」

「せやろか。とにかく一万両はもういらんわ」

船虫があわてて、

「そりゃダメだよ！　伏姫であってもなくても、お城に忍び込んでその娘に会えたら一万両くれるっていう約束だったじゃないか！　もらえるものはもらっときなよ！」

「あのなあ、おまえは関係ないやろ」

「だって……もったいないじゃないか。一万両だよ、一万両」

「ええねん。将来、いつか大坂城にもっかい忍び込んで、金蔵の金、全部盗むときのための下見がでけたようなもんやからな」

、大法師がこわばった顔で、

「その一万両のことだが……ちと困っておるのだ」

左母二郎が、

「ほーれ、雲行きが怪しくなってきた。やっぱり払うのが惜しくなったんだろう」

「そうではない。一万両の為替をここに持参するはずの犬士、犬江親兵衛がまだ到着せぬのだ」

「旅に浮かれて、どこかで油売ってやがるんだろ」

「そんな人物ではない。いたって実直謹厳なる士だ。伏見《ふしみ》まで迎えに参るゆえ、いつ着くかがわかったら仕立て飛脚で手紙を寄越すよう命じてあったのだが、それがいくら待っても来ぬ。桑名《くわな》の宿で大晦日を迎えた、という手紙が来たゆえ、本来ならば何日もまえに連絡が来てもおかしくないのだが……」

「おおかた腹痛《はらいた》でも起こして、宿で寝てるんじゃねえのか」

「だとしたら、その旨知らせる書状が参るはず。なにかあったとしか思えぬのだ」

並四郎が、

「一万両も持ってるんやさかい、追い剝ぎにでも遭《お》うたんとちがうか」

「考えにくい。追い剝ぎなど手もなくひねる腕を持っておる」

左母二郎が、

「そんな腕まえの野郎なら、心配いらねえじゃねえか」

「だからこそ、なにかあったのかと案じておるのだ」

き、大法師はしばらく目を閉じてなにやら考えていたが、左母二郎に向かって両手を突

「左母二郎……」

「やーだね」

「まだなにも言うておらぬ」

「頼みごとだろ。聞けねえよ」

「網乾左母二郎殿を男と見込んで、この金碗大輔《かなまりだいすけ》が一生の願いだ。犬江親兵衛の探索に力を貸してくれい」

「ダメだ」

左母二郎はにべもない。しかし、大法師は額を床にこすりつけ、

「わしひとりでは心もとない。おまえの腕が欲しいのだ。ほかの犬士を呼び寄せていては間に合わぬ」

「知らねえな。俺ぁかもめとちがって、一万両もらったってご免だからな」

「おまえが金をもらって動く人間でないことは承知しておる。ならば、どうすれば助けてくれるのだ。どんなことでもする。ことは一刻を争うかもしれぬ」

「ほかを当たりな」

大法師は顔を上げた。額は板の間にこすれて赤くなっていた。

「ならば……左母二郎。これまでわれらとおまえたちは、曲がりなりにも手を組んで、ことに当たってきた。雇い主と雇われる側だったことは一度もない。いわば仲間……友どちではないか。その友が助けてほしいと懇願しておるのだ。救うてくれてもよいではないか」

左母二郎は笑い出した。

「俺たちが友どちだと？　馬鹿ぁ休み休み言えよ。俺ぁ悪党だぜ。ひと助けしてえ、なんて考えはこれっぽっちも持ち合わせちゃあいねえのさ」

「そうか……。たしかに本来は水と油の我々だが……口には出さぬが、同じ目的のために命を張ったもの同士、いくばくかの友情が存《あ》るのでは、と思うておったわしが甘かったようだ。もう、頼まぬ！」

丶大法師はぷいと横を向いた。

「そうさ、それでいいんだ。——けどよ、いつもに比べて、えらくその犬江親兵衛てえ野郎のことを心配《しんぺぇ》するじゃねえか。そいつも八犬士のひとりなんだろ？　大のおとなじゃねえか。おのれのこたぁおのれでなんとかするさ」

「そうではないのだ……」

「なにが？」

「犬江親兵衛はおとなではない。——まだ九つのこどもなのだ」

「え……？」

さすがの左母二郎も驚いた。

「おめえら、馬鹿じゃねえか？　そんなガキに一万両も持たせてひとり旅をさせるなんてどうかしてるぜ！」

「それがその……当人がどうしてもひとりで行く、と言い張って聞かなかったのだ。こどもながら、剣術は道場の師範代が務まるほどの腕ではあるし、力も強く、知恵もある。まあ、大丈夫だろう、と思うたわしが間違うていた。もしかしたら……」

「もしかしたら……？」

「水戸家の動きがきな臭い、と柳沢さまが申しておられた。八犬士のことや、大坂でのわれらの動向についても調べておるらしい。家老のひとり山寺信雄なる人物がなにやら密命を帯びて上洛している、という噂も聞いておる。八犬士の秘密を聞き出すため、こどもなら与《くみ》しやすしと水戸家が思うて親兵衛を連れ去ったとしたら……」

「水戸家といやあ御三家、つまり、将軍側だろ？　それがどうして将軍の手下の八犬士に手を出すんだ？」

「それを申さば、力を貸してくれるか？」

「嫌だね。そういうことなら聞きたくねえや」

「ねえ、左母さん、そのこどもが可哀《かわい》そうじゃないか。助けておやりよ」

左母二郎はハッとした様子だったが、

「うるせえ！　こどもだろうがおとなだろうが俺の知ったことか！　会ったこともねえガキをどうして俺が助けなきゃなんねえんだ」

左母二郎は湯呑みを置いて立ち上がり、帯に刀を突っ込んだ。並四郎が、

「どこか行くんか？」

「面白くねえからその辺ぶらぶらしてくらあ」

言い捨てて左母二郎は隠れ家を出ていった。、大法師はため息をつき、

「しかたない。とりあえずわしは三十石の昼船で伏見に赴き、そこから桑名に向かって宿場を訪ねて歩くとしよう。しばらく留守にするが、八房《やつふさ》のこと、よろしく頼む」

そう言って、大法師は並四郎と船虫に頭を下げた。

◇

居酒をさせる酒屋を何軒もはしごして昼酒を飲み歩いているうちに日は暮れた。酩酊《めいてい》した左母二郎の脚はしぜんと「弥々山」へと向かっていた。

「おう、今日はいたな」

酒肴《しゅこう》を運ぶ矢頭右衛門七の姿を見つけた左母二郎はそう声をかけた。

「いらっしゃいませ。もうかなり酔っておられますね」

「まあな……」

「いいことでもあったのですか」

「その逆だ。碌《ろく》なことがねえから自棄酒《やけざけ》飲んでたのさ」

左母二郎は床几に腰を掛け、コンニャクと焼き豆腐とレンコンの煮物を頼んだ。まだ時刻が早いので客はほかにひとりしかおらず、そのひとりも煮豆で二合ほど飲むと帰ってしまった。左母二郎は、寒そうに空に張りついている三日月を眺めながら、ちびりちびりと酒を飲んだ。やがて、店の用事がひととおり終わったらしい右衛門七が左母二郎のところにやってきた。

「自棄酒は身体によくありませんよ、網乾氏」

「自棄酒のつもりだったが、ここの美味《うめ》え酒を飲んだらくだらねえことなんざどうでもよくなった。そんなことより、こないだの『男でござる』とか言ってた天野屋利兵衛とかいう野郎との……あっちのほうは上手く進んでるのか」

「はい、天野屋殿のおかげで万事だんどりよく運んでおります。天野屋殿はわれらの志にご賛同くださり、あれこれお援けくださいます。本当に感謝してもしつくせないほどの恩を受けております。おかげでわれらが企てに使う刀剣、武具、その他の諸道具もすべて揃えられそうです。その費《つい》えも天野屋殿が一切を負担してくださる、とのことで、もう足を向けては寝られませぬ。おかげで、ご家老さまにもよいご報告ができそうで、安堵しております。今日も、天野屋殿のところで打ち合わせをして参りましたが、水戸家のえらいお方と引き合わせてくださいました」

「水戸家……？」

左母二郎は、さっきの、大法師の言葉を思い出した。犬江親兵衛の件に水戸家がかかわっているのではないか、と、大法師は言っていた……。

「はい、その御仁もわれらの義挙に心を寄せてくださり、水戸家出入りの武具屋に声をおかけいただけることになりました。ありがたいことです」

「なんてえ名のやつだ？」

「寺山勝信さまとおっしゃるお方でした」

「寺山だと」

「ご存じですか？」

「いや……知らねえ……」

寺山……山寺……。信雄……勝信……。偶然かもしれないが、左母二郎は引っ掛かりを覚えた。

（まさか……右衛門七はそいつらにだまされてるんじゃねえだろうな……）

ただの勘だが、左母二郎は先日会ったときの天野屋利兵衛の言動に胡散臭いものを感じていたのだ。

（大石の志は立派だ、と抜かしてやがったな。おのれが金を出して浅野の浪人たちに武器を買い与える。それを使って、連中が討ち入りをする。義挙と言やあ聞こえもいいが、要は徒党を組んでのひと殺しだ。大勢が斬り合いで死ぬ。そこで死ななくてもあとで切腹仰せつかる。そんな目に遭うことがわかりきってるのに、なにが立派だ。なにが応援だ。なにが男でござるだ……！）

この先六十年も七十年も生きられるはずの右衛門七がたかだか十七歳で死なねばならぬ意味が、左母二郎にはわからなかった。それをいかにも美談のように言い立て、そちらに誘導していく天野屋利兵衛が左母二郎には許せなかったのである。

「網乾氏、どうかなさいましたか……？」

急に黙り込んだ左母二郎に、右衛門七は声をかけた。

「なんでもねえ。——右衛門七、おめえは一味徒党のなかで歳は一番下か？」

「いえ、ご家老のご長男、大石主税《ちから》殿は十五歳です」

「十五だと……」

こどもじゃねえか、と左母二郎は思った。たった十五の少年を、しかもおのれの息子を、大石は殺すのか……。もうすでにこの世にいない「主君」とやらのために皆が死なねばならない……なんという馬鹿馬鹿しいことだろう。左母二郎は酒をあおるように飲んだ。

「網乾氏、また自棄酒を……」

「右衛門七、俺ぁ悲しいよ……」

「なにがですか?」

左母二郎は、おまえや大石主税のようなガキが死ぬってことがだ、という言葉を腹中にとどめ、また、酒を飲んだ。

(ガキ……こどもか……)

左母二郎はハッとした。犬江親兵衛は、大石主税よりもまだ年下の九つだという。左母二郎は立ち上がると、酒の残りを飲み干し、

「用事を思い出した。ツケといてくれ」

そう言うと、「弥々山」をあとにした。

◇

「ゝ大法師はどうした」

隠れ家に戻ってきた左母二郎は並四郎にそう言った。

「あのあと、伏見に行く、ゆうてあたふた出ていったで。桑名に向かって宿をひとつずつ探して歩く、て言うとった」

「よし……」

踵《きびす》を返そうとする左母二郎に、

「なんや、気が変わったんか？」

「まあな」

「そうなるやろ、と思てたわ。追いつくやろか」

にやにや笑いを浮かべる並四郎に、

「まあ、なんとかならあな。――そうだ、かもめ。俺が伏見に行ってるあいだに、おめえにやってもらいてえことがある」

「わて、当分、なにもせんとじーっとしてるつもりやねん。なんぞどえらいことが起きたらわいのせいやさかいな……」

「おめえのせいじゃねえってば。ありゃあ、大法師のやつが、よく調べもせずに、一万両の大金でおめえの頬を叩くような真似をしたのが悪いのさ」

「そやろか。けどなあ……」

「俺の頼みをきけば、多少の罪滅ぼしにもなるってもんだ」

「罪滅ぼし？　やっぱり左母やんも罪やて思とるのやないか」

「ぐずぐず言わねえでやってくれよ」

「なにをやったらええねん」

「じつはな……」

左母二郎は並四郎にあることを依頼した。

四

「もう、いいかげんに吐いてくれえっ！」

侍のひとりが泣き出した。

「俺はこんなこどもを打つためにご奉公しておるのではないのだ！」

あたりには、弓の折れ、竹でできた鞭《むち》、木の棒などが散乱している。どれも折れてしまって使いものにならなくなっていた。親兵衛の身体が頑丈すぎて、打っても傷ひとつつかないうえ、当人も泰然として受け流しているようだ。

「もうこれで丸三日だ。こんなことをしてなんになる。植える種もないのに畑を耕しているようなものだ。――八田《はった》、代わってくれ」

「嫌だ。俺はさっきやった。峰野《みねの》、おまえの番だ」

「俺も三度目だが、打ち過ぎて手を痛めてしまった。こやつの身体、鋼《はがね》でできているのではないか」

押し付け合っている侍たちに向かって親兵衛は、

「なにを揉めているのだ。おまえたちが叩くから、身体がぽかぽかしていい心持ちだ」

「こやつめ……風呂にでも入っているような気でおる！」

「そんなことより、腹が減ってどうにもならぬ。三日前に鈴鹿峠で団子三十本を食うて以来、なにも食しておらんのだ。なにか食わせてくれ」

「なんだと？　我らももう長いあいだなにも食べていないのだ。おまえにだけ、どうして飯を食わせねばならぬ。こうなったら一蓮托生《いちれんたくしょう》だ」

「だれかひとりが代表となって石部の宿に行き、皆の分の食いものを買うてくる、というのはどうだ。我輩は団子がよい」

「勝手なことを……」

「おいおい、こやつが申すのももっともだ。我らも共倒れになってしまう。――船木」

「わかったわかった。山寺さまからは、近場の百姓に見つからぬよう小屋から出るな、と言われておるが、いたしかたない」

四角い顔の侍が財布を取り出し、ひとりに手渡した。

「人数分の握り飯と漬けものと、なにか菜《さい》になるものを買うてきてくれ」

べつの侍が、

「酒もな」

船木が、

「酒はいかん。山寺さまに知れたらお咎めを食う」

「よいではないか。堅いことを言うな。我らはるばる当地までかかる小児ひとりを追うて参り、このような狭く、むさい小屋に寝泊まりして、気の進まぬ責め折檻《せっかん》をさせられておるのだ。酒でも飲まずばやっておれぬぞ」

「それもそうだな。——酒も買うて参れ」

「たんと買うてこいよ。酒の肴も欲しいな。石部の名物はなんだ」

「たしか蜜をかけたところてんだ」

「ところてんで酒が飲めるか!」

小屋のなかは急ににぎやかになった。買い出し役の侍が出ていこうとする後ろから親兵衛は、

「我輩は酒はいらぬ。団子だ、団子。団子を、あるだけ贖《あがの》うてきてくれ!」

一同は大笑いした。船木が親兵衛に、

「団子を食わせてやるから、なんとか吐いてもらえぬか」

親兵衛はきっとした顔で船木をにらみ、

「我輩の口は貝のごとし。吐かぬと決めたらぜったいに吐かぬぞ」

侍のひとりが、

「船木、こやつ、もしかしたらまことにこのままなにも吐かぬかもしれませぬぞ」

「俺もそういう気がしてきた」

「もし、そんなことになったら、山寺さまのことだ。利用する値打ちのないものは斬り捨ててしまえ、などと言い出すかもしれぬぞ」

船木はかぶりを振り、

「いや……俺はもう山寺さまからその場合の命を受けておる。この小僧……大江親兵衛はたとえなにも白状しなかったとしても、計り知れない値打ちがあるそうだ」

親兵衛はビクッと身体を固くしたが、たずねた侍はそれに気づかず、

「ほう、どんな値打ちだ」

「将軍家や柳沢出羽守《でわのかみ》に対する人質として使える、というのだ。この様子では口を割ることはなさそうだから、明日、夜が明けたら、我らが領地へと護送する」

「暴れるのではないか?」

「ぐるぐる巻きにして長持に入れて運べばよい」

親兵衛は真っ青になった。自分が痛めつけられたり、殺されたりするのはいたしかたないが、将軍家に対する取り引き道具にされるのは臣下として耐えがたい屈辱である。

(なんとかせねば……)

親兵衛ははじめて焦りを覚えたが、それをおくびにも出さず、

「歩かずにすむのは楽でよいのう。いったいいずくまで連れていかれるのだ」

「そ、それは言えぬ。おまえはおとなしく我らに従っておればよい」

「用便がしたくなったらどうする。垂れ流しか」

「長持に入るまえに済ませておけばよい。途中で催したら、内側から合図をすれば出してやる」

「飯はどうするのだ」

「うるさいやつだな。三食差し入れてやるから心配するな」

「だっはっはっはっ……それならよかろう」

それから半刻ほどして戸が叩かれたので、

「鶴と言えば……」

「亀。――食いものと酒を買うてきたぞ」

ひとりが戸を開けると、大量の食品と酒を持った男が入ってきた。

「茶店があったので、そこで握り飯、コンニャクと焼き豆腐の煮しめ、玉子の巻き焼き、烏賊《いか》のかの子焼き、里芋と大根の田楽、ブリの塩焼き……なんぞを作らせた。酒も、たっぷり買ってきた。さあ、食おう、飲もう」

そう言うと男はその場に食べものを並べはじめたが、品数があまりに多いので船木は目を丸くして、

「お、おい、こんなにたくさん……しかも、贅沢《ぜいたく》なものばかりではないか」

「よいではないか。もう、ここは引き払うのだ。最後の宴会だと思えばこれぐらいの贅

沢は当たり前だ。それに、酒も上酒を吟味してきた。いつもの並酒でも焼酎でもないぞ。諸白《もろはく》ばかりだ」

船木は、

「無茶をするな。高くついただろう」

「ははははは……おまえの財布の金子《きんす》を全部使ってやった。ああ、せいせいしたわい。――おい、小僧、喜べ。串団子を買うてきてやったぞ」

「ありがたい！　何本買うてきた？」

「あるだけ、と申しておったゆえ、あるだけ買うてきた。さあ、食え」

薄汚いボロ納屋のなかで、時ならぬ大宴会がはじまった。侍たちはごちそうを肴に美味い酒をがぶがぶ飲み、握り飯を食った。親兵衛も縛《いまし》めを解かれて、団子を賞翫した。

侍たちは上機嫌で、

「なんとも美味い酒ではないか。我らが在所の甘ったるいみりんのような酒とは大違いだ。ここいらのものはこのような上酒を飲んでおるのか。けしからぬ！」

「カラスミが入っておる。俺はカラスミさえあれば、ほかに肴はいらぬ。いくらでも飲める」

「この煮しめも、いい塩梅の味付けだ。飯のおかずによし、酒の肴によし。その茶店、あなどれぬな」

「おい、一杯いけ。なに？　酒は不調法？　俺の酒が飲めぬというのか」

「ならば、俺の大福も食うてみよ」

「いやー、愉快愉快。こちらに参って、窮屈な思いをしておったが、その憂さが晴れた。

──ここらでひとつ、俺が隠し芸でも披露しよう」

「やんや、やんや」

侍たちは順番に、謡《うたい》、軍談、物真似、女舞いなどを披露しながら大酒を飲んだ。

「はっはっはっ……おぬしにそのような曲芸があろうとはのう」

「まだあるぞ。ここで、逆立ちをやってみせる」

「そんな無粋なことはやめておけ」

「いいや、やってみせる。──えいっ」

逆立ちをした侍はそのまま転倒し、食器や湯呑みがひっくり返ってめちゃくちゃにな
ったが、だれも怒るものはいない。手を打ってゲラゲラわらっている。隠し芸大会はい
つ果てるとも知れず、しまいには皆で大声で歌を歌い出した。踊り出すものもいる。山
寺という家老の手前、ずっとおとなしくしていたのが、箍《たが》が外れてしまったのだろう。

そんななかで、親兵衛はひとり、団子をむさぼり食っている。

（美味い。よくこねてある。餡《あん》もあっさりしている……。いや、そんなことより、どう
やってここから逃げ出すか、だが……）

あれこれ考えながら食べているうちに、親兵衛は百本近い串団子を全部腹中に入れてしまった。

「ああ、食った食った……。食いすぎたな、これは」

とあたりを見回すと、皆は、久しぶりの酒宴にすっかり酔い果てて、そのうちにひとり倒れ、ふたり倒れていく。

「おい……小僧、団子は食ったか」

「全部平らげた」

「ならば……うーい……悪いがまた縛らせてもらうぞ」

「うむ、お願いいたす」

親兵衛はおとなしく縛めを受けた。

「これでよし、と。では、俺は寝る」

皆、そのあたりで大いびきをかいて寝てしまった。それを見届けた親兵衛は、そっと立ち上がり、

「ふーむっ!」

両肘を左右に突っ張り、全身に力を入れると、縄はぶつり、と切れた。納屋を出ると、一面の星空だ。おそらく子《ね》の刻(深夜零時頃)ぐらいだろう。

(よし、行くぞ!)

親兵衛は街道を西へ西へとひた走った。団子をたらふく食べているので元気はつらつである。提灯を持っていないので、足もとにだけは気を付けるようにした。すぐに石部の宿に入ったが、脚を止めることなく駆け抜け、草津《くさつ》と大津《おおつ》で二度ばかり休息を取っただけで、あとは休みなく走り続けた。途中からなんだか横腹に差し込みのような痛みを覚えたが、無視して走ることに集中する。京には入らず、その手前で南に折れて京街道を進み、伏見についたときにはすでに朝になっていた。全身から汗が滴り落ちていたが、伏見の浜の船着き場が見えたときにはさすがにホッとした。

（ここまで来ればもうあいつらも追ってはくるまい）

そう思うと、それまで張り詰めていた気持ちが一気に緩み、その場にへたり込んでしまった。腹が痛む。しばらくそのままじっとしていたが、

（そうだ、丶大《ちゅだい》法師殿に手紙を出しておらぬ。さぞかし心配なすっておいでだろう。困ったことになった……）

今から手紙を出し、伏見の船宿で法師殿が来るのを待つべきか、それとも今から三十石に乗り、大坂まで下ってしまうべきか……。

（やつらに追いつかれては困る。行き違いになるかもしれぬが、気が急《せ》いてならぬゆえ、やはり船に乗るとしよう）

そう決めた親兵衛は、矢立《やたて》と半紙を取り出し、法師宛てにこれまでのいきさつをした

ためると、それを託すべく一軒の船宿に向かった。そのとき、

「やっと見つけたぞ、小僧！」

振り返ると、そこには親兵衛を監禁していた侍たちが立っていた。親兵衛は内心、

（しまった……！）

と思ったが、顔には出さず、

「おまえたちが高いびきで寝ておるゆえ、やかましくて眠れぬ。馬鹿馬鹿しいから出ていかせてもらったのだ。――それにしても速かったではないか。よう追いついたな」

「石部の宿で馬を借りたのだ。大坂に行くなら京ではなく伏見に向かうはずだと思うて来てみたが、当たっていたな。船に乗るまえに捕まえられてよかったわい」

船木がそう言ってにやりとした。

「大事な人質のおまえを逃がすとご家老に叱られる。我らとともに来てもらおうか」

「どこへ？　また、あの納屋か」

「ちがう。京には当家の屋敷がある。そこに連れ込めば、二度と出られぬ。公儀の手も及ばぬ場所だ」

「当家とはいずれの大名のことだ」

「それは言えぬ」

「当ててやる。水戸家だろう」

「おまえは我輩の態度に苛立《いらだ》ったとき、『いじやけるやつだ』と申したことがあった。あれは、水戸のほうの言葉ではないか」

「――な、なに？」

船木は舌打ちをして、

「耳ざといやつだ。あなどれぬ」

「水戸家の京屋敷なら、護王《ごおう》神社のすぐ近くと聞いておる。そこに連れていくつもりだな」

「うるさい！　とにかく来い」

「行かぬ、と申したら？」

「拒むことは許されぬのだ。いかにおまえが強いとて、我らは十一人、おまえはたったひとり。勝負は見えておる。下手に抗うと怪我をして泣くことになるぞ」

「我輩は泣いたりはせぬ」

「小児に怪我を負わせるのは本意ではないのだ。おとなしく同道せよ」

親兵衛は刀の柄に手をかけ、おのれを取り囲む侍たちに油断なく目を走らせていたが、

「船が出るぞー」

「出しますぞー」

という声が聞こえてきた。親兵衛は、

「ええいっ！」

と掛け声一番、抜くと見せかけて、そのまま船に向かって走り出した。

「いかん！　三十石に乗せるな！」

船木の叫びに、侍たちは抜刀して親兵衛を追った。船に乗ろうとしていた客たちは皆、悲鳴を上げて左右に避《よ》けた。しかも、船頭までも逃げてしまった。これでは船は出ぬ。十一人に取り囲まれた親兵衛はゆっくりと刀を抜いて、

「二度も縄目の恥辱に遭うぐらいなら、武士としてここで潔く斬り死にする覚悟だ。何人あの世に道連れにできるか、試してみよ！」

「小癪《こしゃく》な！」

ひとりの侍が斬りつけたのをかわしながら一閃《いっせん》した親兵衛の刀は、その侍の腕を激しく叩いた。ぎゃっ、と叫んで侍は刀を落とした。

「だははは……見たか、我輩の必殺剣！　お次はどいつだ」

釣り込まれてまえに出ようとした侍に船木が、

「殺してはならぬぞ。生け捕りにせよ！」

うなずいた侍は、正眼から真っ直《ます》ぐに振り下ろした。鋭い太刀筋《たちすじ》だ。なんとか受け止めたが、その侍はなおもぐいぐいと押さえつけてくる。背の低い親兵衛は不利である。

次第に腕が下がってきたところを、後ろから脚を払われて、ずてんどう、と転んでしまった。

「不意打ちとは卑怯なり！」

顔も着物も土だらけだ。

「悪う思うな。これも、おまえを怪我させずに取り押さえるためなのだ。――それっ！」

船木の下知で数人が親兵衛に駆け寄ったとき、後ろに泊めてあった船のなかから墨染《すみぞめ》の衣を着た人物が飛び出し、錫杖《しゃくじょう》を振るった。侍のうち、ふたりが背骨を痛打され、悲鳴を上げてまえのめりに倒れた。親兵衛は必死に顔を上げて、

「あっ、ゝ大法師殿！」

「遅れてすまなんだのう。今、着いたところだ。――こっちに参れ」

親兵衛は、ゝ大法師に飛びつくと、しくしく泣き出した。

「さぞ心細かったであろうが、もう大丈夫だ」

親兵衛は涙を拭うと、

「失礼つかまつった。もう泣きませぬ」

そして、侍たちに向かって刀を構えた。船木は、

「おまえがゝ大法師か。名前は聞いておるぞ」

「なに……？」

親兵衛が、

「法師殿、こやつらは水戸家のものたちです。我輩を人質にするつもりで、八犬士のことも存じておるようです」

「やはりそうか」

、大法師は侍たちに向き直ると、

「わしが来た以上はもう親兵衛に手出しはさせぬ。このまま去《い》ねば、今日のところは見逃してつかわす」

「そうはいかぬのだ。どうしてもそこなる小児、当方に引き渡してもらいたい」

、大法師は無言で錫杖を構えた。船木は、

「この坊主は斬ってもかまわぬ。——やれっ！」

ふたたび激しい斬り合いがはじまった。、大法師は長い錫杖を軽々と打ち振るい、侍たちを叩き伏せていたが、ふと親兵衛を見ると、顔色が悪く、動きも鈍い。刀を持つ手も震えている。

「どうした、親兵衛」

「な、なんでもございませぬ」

「嘘を申せ。具合でも悪いのか」

「先ほどから急に腹が痛《いと》うなって参りまして、激痛耐えがたく……」

「なにか食うたか？」

「このものたちのおごりにて、団子を少々……」

そう言いながら、親兵衛は膝を突き、腹をさすった。

「どれほど食ろうたのだ」

「百、ほど……」

「たわけ！　団子を百も食うてから韋駄天走《いだてんばし》りに走ったら、腹も痛むに決まっておる。ちいとは加減せぬか、たわけめ！」

「まことに申し訳……」

　そこにふたりの侍が同時に斬りかかってきた。ゝ大法師は親兵衛をかばいつつ、錫杖で攻撃を受け止めたが、どうしても押され気味になる。親兵衛とともにじりじりと浜へと向かい、ついには波打ち際に至った。くるぶしが水に浸《つ》かる。水戸家の侍たちは扇形になってふたりを追い詰めていく。

「今だ」

「うむ」

　示し合わせた三人に同時に斬りたてられて、ゝ大法師も右の脛《すね》に傷を負って、ついに膝を突いた。

「親兵衛、覚悟はよいな」

丶大法師が言うと、

「はい、人質として交渉の道具にされるぐらいなら、この場で死ぬほうを選びます」

「うむ、よう申した」

そのとき、

「くだらねえことを言うんじゃねえ」

土手のうえから声がした。

「おお、左母二郎！」

丶大法師の顔がにわかに明るくなった。

「どうやって来たのだ」

「歩いて、な」

左母二郎は疲れ切った表情でにやりと笑った。丶大法師は、早朝に天満《てんま》の八軒家《はちけんや》を出る昼船に乗ってきたのだが、川の流れに逆らって進む上り船は、下り船に比べて倍の時間がかかる。それなら、と左母二郎は夜中に大坂を発《た》ち、歩いて伏見までやってきたのだ。

「おい、丶大。おめえがひとりで死ぬのは勝手だが、こどもを巻き添えにするんじゃねえ。坊主のくせにそんなこともわからねえのか」

ヽ大法師はハッとした様子で、

「そうだった……。わしの務めはたとえおのれが死すとも親兵衛を守り抜くことであった……」

「加勢するぜ」

左母二郎は土手を走り降りると、ヽ大法師たちと侍たちとの間にひょいと立ち、侍たちに向かって刀を抜いた。

「なんだ、貴様は。どけ！」

船木が言うと左母二郎はぴたりと刀を正眼に構え、

「どけ、と言われて、どいたやつはいねえよ」

ふたりの侍が左右から打ちかかったが、左母二郎は一旦退くと見せかけて、ふたりの首筋を的確に峰で打った。急所を打たれたふたりはその場に倒れた。親兵衛は感心したように、

「強い……！　我輩も話には聞いていたが、聞きしに勝る強さだ。しかも、大坂から徒《か》歩《ち》で来たばかりで疲れておられるはずなのに、ものともしておらぬとは、まさに真の英雄豪傑。天晴《あっぱ》れなるかな！」

左母二郎はちらと親兵衛を見て、

「なんだあ、こいつの口の利きようは？」

、大法師が、

「こういうやつなのだ」

「俺が思ってた九つのこどもとはずいぶん違うが……まあ、いいか」

船木が苛立って、

「痩せ浪人の出る幕ではない。どうせ、大法師に小遣いをもらって助勢を頼まれたのだろう。いくらもろうたかは知らぬが、命と引き換えにはならぬぞ」

「へっへっへっ……おあいにくさま、一文ももらっちゃいねえよ。俺ぁたしかに痩せ浪人だが、気楽に生きてる。お殿さまやご家老さまの顔色をうかがいながらびくびく過ごしてるてめえらよりゃあ幾分ましな暮らしだぜ。上役から命じられたらこんなこども相手にも刃を向ける、てえのは外道じゃねえのか」

聞いていた侍のひとりが突然大きくうなずいて、

「たしかにそうだ！」

そして、刀を鞘にしまうと、

「俺は下りる。大勢でこどもを捕まえ、口を割らせようと責めるなど、天に恥じる行いだった」

船木があわてて、

「そんなことをしてみろ。もし、家が断絶になったら、おまえだけではない。家族全員が路頭に迷うのだぞ。両親や祖先に対して不孝だとは思わぬか」

「思わぬ。こどもを打ってまで家を守りたくはない。浅野家のように、公儀から取り潰されたと思えばあきらめもつく」

「馬鹿を言うな！　考え直せ」

　べつのひとりも、

「俺もやめる。浪人して、納豆でも売って暮らすさ」

　左母二郎は馬鹿にしたように、

「へへ……仲間割れかい？」

　船木は一同に、

「待て……！　親兵衛は逃がしたが、ゝ大法師を捕え、その手下の剣客を討ち取った、と報告すれば、山寺さまもお許しくださるだろう。こどもを責めるのはたしかに気が咎めるが、この坊主ならば許されよう。ゝ大法師から八犬士のことを聞き出せばよい」

　ゝ大法師が、

「わしもなめられたもんだな、左母二郎」

「俺もだ。水戸っぽのひょろひょろ剣法で討ち取れるもんなら討ち取ってみやあがれ！」

「抜かせ！」

船木はカッとして左母二郎目掛けて斬りかかった。左母二郎は避けようともせず、そのまま船木に向かって進むと刀を横薙《よこな》ぎに払った。刀の峰が船木の胴に入り、船木は胃液を吐いてその場にぶっ倒れた。

「絶妙なる一太刀、お見事！」

親兵衛が声をかける。

「やりにくいぜ……」

そう言いながら、左母二郎は返す刀で殴りつけるようにしてふたりを瞬く間に倒し、そのうちのひとりの頭を草鞋でぎゅうぎゅう踏みつけながら、残った侍たちに向かって、

「まだやるかい？」

先頭にいた侍が、

「ひ、引けっ……引けっ！」

水戸家の侍たちは、倒れたものを担ぎ上げると、あたふたと逃げていった。

「我輩、八犬士の一人《いちにん》にて犬江親兵衛仁《まさし》と申すもの。此度は急場をお救いくだされ、感謝の言葉もござらぬ。今後ともよろしくお願いいたす」

こどもとは思えぬ堂々たる挨拶に、左母二郎は首筋をぽりぽり掻きながら、

（やりにくいぜ……）

と思った。、大法師が、

「もう腹は痛まぬのか」

「はい、すっかり治りました。法師殿の脛の傷は？」

「歩くには差し支えない」

そのとき、騒ぎで出船を見合わせていた船の船頭が、

「出しますぞー」

と怒鳴った。左母二郎はふたりに言った。

「さあ、大坂に行こうぜ」

◇

そのころ鴎尻の並四郎は、廻船問屋天野屋の天井裏にいた。左母二郎から、利兵衛がなにかを企《たくら》んでいないか探ってくれ、と頼まれたのだ。主の利兵衛は、奥の部屋で大身《たいしん》らしい武士と相対していた。ふたりのまえには膳があり、山海の珍味と酒が置かれていた。利兵衛は手ずからその武士に酌をして、

「すんまへんなあ、山寺さま。きれいどころを呼びたいところだすけど、それでは密談ができまへん。今日はわての酌で堪忍しとくなはれ」

「ふふふ……たまには男の酌もよかろう。で、例の件、集まり具合はどうだ」

「それがもう……浅野家ご浪人方の人気というのはたいしたもんだすわ。あの書き付け

を見せたら、どの武具屋もふたつ返事で『余所《よそ》さんのことならお断りするとこだすけど、相手がご浪士の方なら内々に協力させてもらいます』て言いよる。今どきあれだけの量の武器弾薬を調える、というのはどう考えても物騒な話だすけど、吉良邸に討ち入るための支度、と言うたらすんなり納得してもらえる。値もえらい安い。よそからの注文品をこちらに先に回してくれたりと便宜を図ってくれる。どの店も十日後に全部揃えて納品してくれることになりました。一旦、うちの蔵に集めてから、船でそちらさんの蔵屋敷に運ぶ手はずになっとりますさかいよろしゅう頼んます」

「はっはっはっ……これで江戸の殿に良き報せを持ち帰れるというものだ。それにしても、水戸家の名前ではとんと集まらぬ武器が、浅野家の名前ならばすぐに集まるというのも情けない話だわい」

「山寺さま、世間と申すはそういうものでございます。欲しいものを手に入れるには知恵を絞らねばなりませぬ。相手をだましたり、脅したり、ときには傷つけたり、殺したり……そうでなくてはこの太平の世に大量の武器を入手することはできまへん」

「右衛門七が聞いたら、さぞ驚くであろうのう。自分たちのためにおまえが奔走して武器を集めてくれている、と思うておるのだからな」

「利用されているとも知らず、あの世間知らず……ふっふふふ……」

「おまえと話をしておると、わしまで怖くなるときがあるわい。天下の義商天野屋利兵衛、まことの顔は他人をたばかり、武器を集める恐ろしい男だ。——思えば右衛門七もあわれよのう……」

「なにをおっしゃいます。わては、水戸さまの此度の企てこそが、江戸開闢《かいびゃく》以来腐りきってしもたご政道を正しいものに引き戻し、日本という国を本来の姿にする唯一の道と賛同し、力をお貸ししとりますのや。そういう大義のまえに、右衛門七なんぞに情けをかける必要はおまへん。なにより大事なのは新しい日本を作ること。そのためには個々の人間なんぞ石か野菜屑《くず》ぐらいに思てたらよろし」

利兵衛は、まるでこの企ての首謀者のごとく言い放った。並四郎は、

（十日後か。よし……）

天井裏でひとり合点し、長居は無用とばかりに天野屋を去った。

◇

右衛門七はしばらく「弥々山」に姿を現さなかった。じつは、山科の大石の屋敷で同志の会合があり、それに出席するために京に上っていたのだ。左母二郎たちと入れ違いのような形だったが、左母二郎はそのことを知らなかった。

一刻も早く吉良を討ちたい、と焦る江戸急進派を代表する原惣右衛門と大高源吾は、一月九日に京に着いた。まずは浅野家再興が認められるかどうかを確かめるのが先決と

考える大石は、ほかのものの意見も聞くため、山科の屋敷に上方にいる同志を集めた。それが一月十一日である。だが、急進派も漸進派も妥協することはなく、結論は出ぬまま終わった。

その席で右衛門七は皆に、大坂の商人天野屋利兵衛の尽力で、討ち入りのための武器や道具一切を揃えることができそうだ、と胸を張って報告し、称賛を浴びていた。

「でかしたぞ、右衛門七」

「若年ながらようやった」

急進派からも漸進派からもほめられて、右衛門七は内心得意になっていた。十四日は亡き主君浅野内匠頭の月命日に当たり、大石はじめ一同は大徳寺《だいとくじ》瑞光院《ずいこういん》にある墓（泉岳寺《せんがくじ》以外に数カ所ある）に詣でたあと、医師寺井玄渓《てらいげんけい》宅に集まって、ふたたび会合を行ったが、やはり双方が歩み寄ることはなかった。

右衛門七が大坂に戻ってきたのはそのあとのことである。懐は乏しいが大石から、

「三十石で帰るがよい」

と百文くれたのだ。川霧が揺蕩《たゆた》う早朝の八軒家に降り立ち、住まいのある堂島に向かおうと歩き出したとき、霧のなかからひとつの影が現れ、行く手を塞いだ。ぎょっとした右衛門七がいぶかしげにその顔をのぞくと、

「やっと帰ってきたか」

それは、左母二郎だった。

「網乾氏！　こんなところでお会いするとは……。もしやどこかで夜通し飲んでの朝帰りの途中ですか？」

「そうじゃねえよ。おめえをずっと待ってたんだ。たぶん船で帰ってくるだろうと網を張って、今日か明日かとな」

「私を……？　なにゆえです」

左母二郎は声を潜め、

「ちいと……話があるのさ」

そう言うと、右衛門七の肩に手を回した。

◇

夜の川面《かわも》からは強い藻の匂いが漂ってくる。すでに亥《い》の刻（午後十時頃）を過ぎているというのに、思案橋の下側には多くの船が集まっていた。天野屋のすぐ裏のあたりである。暗い水面を見下ろしながら山寺信雄は利兵衛に言った。

「深夜にようこれだけの船を手配りできたのう」

「うちは廻船問屋だっせ。船の手配りは得手でおます」

大勢の人足が寒い最中に汗みずくになって働いているのを見下ろしながら利兵衛は言

った。武具商の番頭たちがそこに一列になって利兵衛に頭を下げている。

「この度は天野屋さんのお口添えでええ商いさせていただいて、主も礼を申しておりました」

「ご浪士の方々のお役に立てるやなんて、商い冥利につきます」

「我々の売った武具を身に着けた赤穂のご浪人の皆さんが勇ましく討ち入りするかと思うと、うれしゅうございます」

番頭たちは口々に礼を述べた。

「かなり夜も更けとりますが、これからこんなことしていただいて……」

利兵衛は盃《さかずき》を口に運ぶ仕草をしたあと、

「口を濡《ぬ》らしてから帰ってもらいまひょ。ごちそうの支度も整っとりますし、甘党の方にはそういうものを取り寄せときました」

船のなかから船頭頭らしき男が、

「全部だんどりできました。今から向かいまっさ」

「おお、頼むで。あちらのご用人には話は通ってる」

水夫たちは船に乗り込み、それぞれの持ち場についた。天野屋は山寺に、

「これで大仕事の片がつきました。山寺さま、いよいよだすなあ」

「うむ、おまえの骨折りでここまで来ることができた。礼を申すぞ」

「なんの。わてはおのれの信念に従ったまでのこと。あとは、決行の日を待つばかり。ご武運をお祈りしております」

そのとき、ばたばた……と走ってくる足音が聞こえ、

「天野屋殿！　天野屋殿！」

利兵衛が顔を上げると、それは矢頭右衛門七だった。血相が変わっている。

「おお、矢頭さまやおまへんか。こんな夜更けにどないかしましたか」

「これはいかなることです」

「なんのことだすか？」

「武器を一旦天野屋に集めてからわれらに引き渡していただく手はずと承っておりましたが、本日、荷を運び出すという話を聞き、まことかどうか確かめるために参りましたるところ、このようにまがうことなき事実。しかも、船頭を問い詰めると、行き先はわれらが指示した寺院ではないとのこと……」

「ははは……それは矢頭さまの勘違い。これらの船に積み込んだものは矢頭さまにはかかわりのない品々。さるお大名にお買い上げ願うた全国の特産品でおましてな……」

「とぼけないでくだされ。それならばなにゆえかかる夜更けに人目を忍び、多くの大船をしつらえているのです」

「いや……それは……」

「私をだましたのですか？　はっきり答えてください」

「はははは……わてが矢頭さまをだますはずがおまへんがな。まあ、ここではなんだすさかい、店へ行って話しまひょ。ゆっくりお話ししたら誤解も解けますやろ」

横から山寺が、

「若いうちは血気にはやって、ものごとの全体が見えぬこともある。それはいたしかたないことではあるが……そもそも、矢頭殿は本日、武器が天野屋から運び出されるという話をどこから聞いたのでござろうか。そんなでたらめを申したものは許しがたい」

「わてが言うたのや」

思案橋のうえから声がした。現れたのは並四郎だ。

「おまえらがこないだの晩、十日後に集まる、て話してたやないか。忘れたんか？」

「な、なにを申す」

「浅野の浪人を応援したがってる武具商人は多いさかい、右衛門七に書かせた書き付けのおかげで武器弾薬が集めやすい、て言うとったのをはっきりこの耳で聞いたで」

利兵衛が、

「わては知らんで」

大仰に手を左右に振る。

「これでもしらぁ切るかい？」

べつのひとりが一艘《そう》の船に飛び乗った。左母二郎だ。刀を抜いて、船の積み荷にかかっていた菰《こも》を切り裂くと、その下からおびただしい数の武器弾薬が現れた。右衛門七は悲痛な声で叫んだ。

「私が注文した数よりはるかに多い！　十倍、いや、もっとあります。それに、お断りした銃や火薬、大砲まで……」

「この船だけじゃねえぞ。ここにある船全部がそうなんだ。右衛門七……おめえはうめえ具合に利用されてたんだよ」

「許さぬ……！」

右衛門七はふたりに近づいた。山寺は刀、利兵衛は脇差《わきざし》の柄に手をかけ、抜く、と見せかけて、その場を逃げ出した。天野屋に逃げ込もうとしたのだ。しかし、船虫がそのまえに立ちはだかり、

「おっと、どこ行くんだい。町奉行所はあっちだよ」

利兵衛は舌打ちをして、

「おい、おまえたち。出てきてこいつらをのしてしまえ」

店に向かって声をかけた。

「あいにくだが、用心棒たちならば我輩が皆、しめてしまったぞ」

犬江親兵衛と、大法師も登場した。計六人に囲まれた形になった利兵衛が険しい顔で、

「山寺さま、もう逃げれられんようだすな」

「そのようだな。おまえのせいでかかるありさまだ。どう落とし前をつけるつもりだ」

「そうだすなあ。わてのけじめのつけ方は……」

そこまで言うと、利兵衛はいきなり脇差を抜くと、おのれの腹に突き刺した。

「なにをしやがる!」

左母二郎が飛びついて、脇差をもぎとったが、もう遅かった。血の海のなかに利兵衛は仰向《あおむ》けに倒れた。首を捻《ね》じ曲げ、右衛門七たちに向かって、

「わては浅野家のご浪人さまの人気につけこんで、武器を安う買い付けてひと儲《もう》けするつもりだした。こちらの山寺さまには、水戸さまお出入りの刀剣商人との口利きをお願いしただけだすのや。みーんなわてが悪いんだす」

「嘘つくな」

並四郎が言うと、

「死に際に嘘はつきまへん。——矢頭さま、だましてえろうすんまへんなあ。これからは、うかつにひとを信じんようにしなはれや。天野屋……利兵衛は……男で……ござ……」

そこで息絶えた。左母二郎は山寺信雄に向き直り、その額に刃先を当てると、

「おう、水戸の大将。てめえも腹ぁ切るつもりかもしれねえが、そうはいかねえ。ふん

じばって、泥吐くまで縄で橋からミノムシみてえに吊《つ》るして、なにを企んでるか川風を味わわせてやるからそう思え」

しかし、山寺は顔色ひとつ変えず、

「ははは……はははははは……はっはっはははは！」

「なにがおかしい」

「どうしてわしが腹を切らねばならぬ。こやつが死に際に申したとおり、すべては天野屋がひとりでやったこと。わしがこやつの悪事に加担した、という証拠があるか？　わしはなにも知らぬ。そこにおる矢頭なる若造が同志のために武器を集めているから水戸家の刀剣商人に口利きをしてほしい、と旧知の天野屋に頼まれ、引き受けた。それだけのこと。なんのやましいところもない」

「いけしゃあしゃあとよく言うぜ」

「わしは水戸徳川家にて二千石の禄《ろく》をはむ家老職山寺信雄だ。なにか申したき儀があれば、水戸家を通してもらいたい。ただし、どこの馬の骨かわからぬ連中や、八犬士などというかがわしき輩《やから》がなにを言うてきても、門前払いになるであろうがな。天野屋の死骸の取り片付けとこの刀剣、武器類の始末はそのほうらに任せる。――では、さらばだ」

山寺は皆に背を向け、西に向かって歩き出した。左母二郎は、

「おい、行こうぜ」

並四郎が、

「え？　あの家老、ほっといてええんか？　あいつが黒幕やで」

「わかってらい。けど、俺ぁもう、あのクソ野郎の面見るのが嫌なんだ。二度と関わり合いたくねえ」

「まあ、そらそやな。わても関わらんとこ」

しょげきった右衛門七が、

「大石さまになんと言ってお詫《わ》びすればよいか……」

「おめえが悪いんじゃねえ。武器はちゃんと手に入れたんだ。いらねえ分はそれぞれの商人に返せばいいさ。気にすることぁねえよ」

「ですが、悪人から入手した穢《けが》れた武器を殿の仇討ちに使うというのは許されないのでは……？」

「馬鹿野郎。刀や槍なんてものはもともとひと殺しの道具なんだよ。穢れてるに決まってるぜ」

「そうか……そうですね」

右衛門七は、天野屋利兵衛の死骸に歩み寄ると、念仏を唱えた。左母二郎がそれを見て、

「ひとがいいにもほどがあるぜ……」

そうつぶやいたとき、利兵衛の死骸から瘴気《しょうき》のようなものが立ちのぼったかと思うと、それが雲のような塊となって虚空に浮かんだ。

「な、なんだ、こいつぁ！」

左母二郎が驚いて飛びのき、

「右衛門七、危ねえぞ！」

「ひっ……！」

右衛門七は尻餅を搗いた。雲のようなもののなかになにかが蠢《うごめ》いていた。それは、白い顎鬚《あごひげ》の老人の姿に見えた。乱杭歯《らんぐいば》を剝き、両手を広げて、六人の頭上に浮かんでいる。身体が大きくなったり、縮んだりしながら、のたうつように西横堀の上空を旋回している。

「今少しで武器が手に入ったものを……網乾左母二郎なるもの、邪魔立てしよって……許さぬ……」

その両眼は稲光を発しているかのように輝き、手の爪は猛禽《もうきん》類のようににゅうと伸びている。全身から妖気を発し、地鳴りのような声を上げ、

「憎い……憎い憎い……紀州《きしゅう》が憎い……尾張《おわり》が憎い……綱吉《つなよし》が憎い……」

六人は微動だにせず、その不気味な現象を見つめていた。

「が……があがあ……左母二郎が……左母二郎が……」

左母二郎は刀を抜き、虚空を覆うその老人に斬りつけた。途端、老人の姿は掻き消えた。左母二郎は、刀を構えたまま、なにもない夜空をじっとにらんでいたが、やがて、

「なんだったんだ、今のは……」

ゝ大法師が、

「亡くなられた徳川光圀公の怨霊だ。天野屋利兵衛に取り憑《つ》いておったのだな……」

そう言うと、錫杖をじゃらん、と鳴らした。

「左母二郎が憎いって言ってたよ。どうするのさ、左母さん！」

船虫が心配そうな声を上げた。左母二郎はそれには応えず、まだ立ち尽くしたままだったが、やがて、ほう……と息を吐くと、刀を鞘に収め、喉から絞り出したひとことは、

「飲もうか」

だった。

◇

「基熙、水戸の家老とやらはなにを言うて参ったのじゃ」

「ははっ……それがその……まことにもって絵空事のような申し出にて……」

「早う申してみよ」

「あまりに馬鹿げた、いや、失敬きわまるうえ、とてもまともな建議とはいえぬことでおじゃりまするゆえ、まともに取り合わぬほうがよろしいかと……」

「申してみよ。水戸家は朕《ちん》になにをさせたいのじゃ」

「はは……」

近衛基熙はしばらく黙っていたが、

「日本は本来、大王《おおきみ》の統べる国のはず。平氏《へいし》以来、武家が朝廷をないがしろにして好き放題に政《まつりごと》を行ってきたのは遺憾。徳川家も同様で、朝廷の臣のはずが、まるで自分たちがこの国の王のごとき振る舞いに及んでいる。このあたりで帝がこの国の頂であることを万民にしらしめねばならぬ云々《うんぬん》と……」

「ほっほっほっほっ……。なかなか面白いことを申すではないか。朕も今の徳川の在り方がよいとは思わぬが……」

基熙は思わず御簾《みす》に向かってにじり寄り、

「お上、水戸綱條めは公儀に弓引くつもりにおじゃります」

「――なんじゃと？」

「水戸家の地位が紀州、尾張に比べて不当に低い扱いを受けていることへの不服から、大坂への国替えを望みしが断られたるがゆえに、ついにお上を頭目にいただいて兵を挙げる所存。そのための密勅をお上からたまわりたい、というのが手紙の主旨におじゃります」

基煕はかなり待ったが、御簾のなかからの応《いら》えはなかった。じれた基煕が、

「ただいま禁裏は江戸との関係も良好。かかるくだらぬ申し出は受けられぬ、と叱りつけてやりましょう」

と言うと、

「待て、基煕……まあ、待て。朕は、よう考えてから返答いたすでおじゃろう」

第百十三代天皇は、やや湿った声でそう言った。

◇

大坂の遥《はる》か上空でふたつの「この世ならざるもの」が邂逅《かいこう》した。大坂を「わがもの」と考え、現徳川政権を憎むふたつの巨大な怨念である。かたや家康の直の子孫でありながら尾張、紀州より下位の扱いを受けているのを不服とし、日本国の正統な主は皇室である、という主張にかこつけてその憤懣《ふんまん》を晴らそうという「怨」、もうひとつは今の日本の主人と威張る徳川家はかつての臣であり、太閤殿下に対する裏切者である、という思いから、ひたすら徳川憎し憎し憎し……と思う「怨」。いずれも現世を揺さぶり、歪め、捻じり、従えんと欲する怨霊が、大坂城のうえで出会ったのである。

「なんだか嫌な風が吹いてやがるな……」

隠れ家に戻る道すがら、左母二郎は空を見上げてそうつぶやいた。極太の筆で描いたような渦巻が暗い天空を埋めていた。緩慢に回転するその渦巻を見つめながら、左母二郎はなにやらとんでもないことが大坂に起こるのでは、という予感に囚《とら》われていた。

（つづく）

左記の資料を参考にさせていただきました。著者・編者・出版元に御礼申し上げます。

『大阪の橋』松村博著（松籟社）
『大阪の町名―大阪三郷から東西南北四区へ―』大阪町名研究会編（清文堂出版）
『歴史読本 昭和五十一年七月号　特集　江戸大坂捕り物百科』（新人物往来社）
『近世風俗志（守貞謾稿）（一）』喜田川守貞著　宇佐美英機校訂（岩波書店）
『完全　東海道五十三次ガイド』東海道ネットワークの会（講談社）
『NHK文化セミナー・江戸文芸をよむ　八犬伝の世界』徳田武著（日本放送出版協会）
『近世畿内近国支配論』村上路人著（塙書房）
『歴史群像・名城シリーズ①大坂城』太丸伸章編（学習研究社）
『中公新書2079　武士の町　大坂』藪田貫著（中央公論新社）
『大坂城を極める』中井均著（サンライズ出版）
『大阪城ふしぎ発見ウォーク』北川央著（フォーラム・A）

解説

田中哲弥

いやあめちゃくちゃおもしろくなってきた『元禄《げんろく》八犬伝』既刊三巻も文句なしにおもしろかったが第四巻に来てこれまでで最高の盛り上がりを見せてくれている。ついに八犬士全員登場となってなにあなたまだ読んでない。なんで先にこんなとこ読んでるんですか。

次からどうなるのか気になってしかたがないが、作者自身この作品の着想となったと言っているＮＨＫの人形劇『新八犬伝』を見ていたときも毎日こんな風にわくわくしていたのを思い出す。田中啓文とぼくはまったく同世代なので放送時期は小学校五年生と六年生の二年間と重なっている。当時の『新八犬伝』の人気はすさまじく、男女の区別なく、あほかしこの区別なく、小学生は皆夢中になっていた。仁《じん》義《ぎ》礼《れい》智《ち》忠《ちゅう》信《しん》孝《こう》悌《てい》などというややこしい言葉もあたりまえのように全員が覚えていたし、かしこい子はそれを漢字でさらさらと書くことさえできたし、あほの子は「いざとなったら玉を出せ」と歌ってはまたぐらから玉を出そうとしてげらげら笑っていたのである。

しかしあんなに一生懸命見ていたはずなのに、ぼくは「さもしい浪人網乾左母二郎《あぼしさもじろう》」のことをほとんど覚えていなかった。そう言えばそんなのいたかなあくらいの印象しかなく、なるほどさすが田中啓文、持ち前の異様な記憶力でへんなもの覚えていたのだなあやっぱりへんな人やなあとばかり思っていたのだが、調べてみたら網乾左母二郎、けっこう人気のあったキャラクターらしい。へえ。ぼくは「我こそは玉梓《たまずさ》が怨霊」ドロドロドロドロ、というのが好きだった。

でも田中啓文がへんなことをよく覚えているのは事実で、その「異様な記憶力」についてはいろんな人がいろんなところで書いているとは思うが、なんというか本当にもう「異様」としか言いようがないのである。

作家仲間で何人か集まってだらだら飲んでいるときなど、ふと古いテレビアニメや特撮ドラマの話題になることはよくあって、そうすると田中啓文は突然歌い出す。主題歌どんなんやったかなあと訊《き》かれたわけでもなく、主題歌の話など誰もしていないのに歌い出す。それも主題歌ではなくエンディングの曲、ときにはテレビ放送期間中数回しか流れなかった挿入歌だったりする。

「赤い夕陽《ゆうひ》を背に受けて、明日に誓うは黒鉄《くろがね》の……」

突然の歌唱にその場は一瞬ぎょっと固まるが、確かに覚えのある歌なので懐かしさもあって納得し、

「ああそうそう、そんな歌やったなあ」と、ここまではある程度称賛される。そんなのよく覚えてたなあ、えらいえらい。

普通の人間ならそこらへんで適当に歌は終わるのだが、終わらない。

「命をかけて戦うは、胸に誓いのクリスタル……」

「ああ、うんうん」そうそう。あー、いやいや、まだ歌うんか。うん、いやもうええで。

でも終わらない。

もういいよ、うるさいし、興味ないしと皆が止めようとしても終わらず、フルコーラス歌い切ってしまう。で、やれやれやっと終わったと一同ほっとしたところで、

「白いマントは友情の……」

「二番も歌うんかい」

歌うのだ。

なんでそんな普通の人は誰も知らないような歌全部覚えているのか。なんで全部歌うのか。

「人間ジュークボックス」という異名を取るほど昔のへんな歌を無限に覚えている。それだけでもちょっと気持ち悪いなと思うところだがさらにアニメや怪獣をはじめ落語、時代劇、ジャズ、それにもちろん小説に関しても、そんなことこの世の誰ひとり気にしてないよというような細かいところまで覚えているという驚威の記憶力なのである。

稀代《きたい》の才人と言えるかもしれない。

しかしパソコンの話をしているときに、真顔で「OSってなに？」と訊いてくるのも田中啓文なのだ。

興味のないことにはまったく頭を使う気がないらしく、自分にとって重要と考えるものだけを吸収していく。これは自転車のペダリングに必要な筋肉以外は無駄と考え歩行やランニングを極力避けながら生活するトップロサイクリストのストイックさに通じるものがあるが、一方で普段はほとんどなにも食べないのに好きなものが目の前に出たときだけよだれだらだらでがつがつ人の分まで手づかみで貪り食ういじましい妖怪を連想させたりもするので、正直なところ馬鹿か利口かわからない。なんともむずかしい人なのである。

ただ小説を書くということにおいて、その異様な記憶力がとてつもない武器となっているのはまちがいない。

『元禄八犬伝』ではどのエピソードも「時代劇」の基本パターンを踏襲しつつもありきたりな展開に収まらないひねりが加わっていて、そこが大きな魅力のひとつとなっている。このあとこうなるのかなという読者の予想と期待を裏切りうわまわり、うわあそう来るのかと意外に思わせながら時代劇として外れすぎない納得の展開を見せる。さらっと読めてしまうのでなかなか気がつかないが、これはなかなかすごいことをやっているのではないか。時代劇を知りつくしているからこそできる離れ業と言えよう。

またすべての台詞《せりふ》のなめらかさ響きの心地よさは、落語由来のものでもあるだろう。関西訛《なま》りだけでなく、左母二郎や船虫《ふなむし》の話す江戸言葉も見事に表現されている。これも簡単なことではない。

方言に限らず話し言葉を文字にするときは、どうしても元の抑揚やリズムが失われぎくしゃくした印象になりがちである。極端な話、小説に書かれている台詞は不自然であたりまえとも言える。読む人も「これは小説だから」という前提で読んでいるので少々不自然な会話でも「そういうもの」だと思って読んでいる。

「つまり君はこう言いたいのかな、殺したのは彼だと」

「いや、その点については後で言うことにするよ」

こんな話し方するやつおらんやろ。

後で言うな今言え。

日常では考えられない会話なのだが、でも小説だから、虚構だからという前提で受け取っているのでほとんど気にはならない。

テレビドラマなどでも、かかってきた電話に出ていきなり、

「なんだって？　山田が西村に殺された？」

と叫ぶような場面をよく見るが、落ち着いて考えたらこんなこといきなり言うわけな

いのである。この人物が電話で知らされたのは、

「あのね、山田さん殺されたんだって。西村君に」くらいのものだろう。それに対して、

「なんだって? 山田が西村に殺された?」

言わないいわない。絶対言わない。

現実ではたいてい「えっ」と驚くだけである。でも映像作品ではこういうやり方が昔からあたりまえになっていて、見る側も納得しているので特に気にすることなく成立する「約束事」なのだ。

そしてたぶん田中啓文はこうした不自然なお約束を避けている。意図してのことなのか無意識にそうなってしまっているのかはわからないが、おそらく無意識にやっているのではないかと思う。なんとなく。

左母二郎や船虫たち仲間、市井の人々の台詞を読んだとき、その声が聞こえるかのように再現されるのも、虚構だからという妥協を排除した結果だろう。あまりに自然なので、なんにも気にせず読んでしまうがかなりの工夫がなされているのはまちがいない。

落語のCDやDVDを買うと噺家《はなしか》のしゃべったとおりすべてを文字に起こしたものがおまけに付いていたりするが、落語はおもしろかったのにこれだけ読むと全然笑えないなと思った経験を持つ人も多いはずだ。そこに書かれているものから、言葉の強弱や間《ま》は読み取れない。

ではどうすればその失われたニュアンスを文字で再現できるのか。

それを可能にしているのは、田中啓文の驚くべき高度な技術なのである。

ほんまかいな、と思った人も多かろう。

本当なのだ。みんな驚くべきなのだ。

実は台詞だけではなく、地の文にもその技術は存分に駆使されており、ちゃんと気をつけて読めばどこを読んでもリズミカルに流れていることがわかるはずである。『元禄八犬伝』では落語調であったり講談調であったりと文章はさまざまに変化するが、その文章のどこを切り取っても不自然な流れはない。一貫して耳に心地よい調《しらべ》に満ちている。

落語や講談といった話芸であれば、演者が言葉の強弱をつけたり間を取ったりすることで整った流れを作り出すことができるが、文章の場合読む速さは読者に委ねられる。つまりほぼ一定の速度で読まれることになる。

音として美しい流れを作るためには、文章そのものにリズムを持たせなければならず、言葉の選び方が非常に重要になってくるのだが、これは本当にむずかしい。決め台詞や、ここ一番のとっておきのシーンに凝った言い回しを考えることはあっても、全編に渡って言葉を厳選してリズムを作っていくというのは、ものすごく手間も時間もかかるし頭も使うしなかなかできるものではないはずである。

でも田中啓文はそれをやっている。意図してやっているのか無意識にそうなってしまっているのかはわからないが、おそらく無意識にやっていると思う。そんな気がする。真似《まね》できない。

この『元禄八犬伝』はもとより他のどの田中啓文作品も非常に読みやすく、また尋常ではなくリーダビリティが高いので、わーっと一気に読み終えて、あーおもしろかったで終わってしまう読者も多いだろうけど、この文章の響きをゆっくり嚙《か》み締めて味わってほしいものだと思う。物語のおもしろさだけでなく、文章で雄弁に語る田中啓文の芸をぜひとも楽しんでいただきたい。駿河《するが》と左母二郎の対決シーンなど、映画やマンガよりよほど臨場感に溢《あふ》れてかっこいいではないか。

そしてどうやら次巻からは新たな展開が待っていそうな気配である。いざとなったら玉を出すのだろうか。

これからどうなるのかなあ楽しみだなあとわくわくしながら待つのは、ほんとになんとも幸せなことだ。

（たなか・てつや　作家）

本書は、「ｗｅｂ集英社文庫」二〇二一年九月〜十二月に配信された「空から落ちてきた相撲取り」と、書き下ろしの「さらわれた少年犬士」で編んだオリジナル文庫です。

集英社文庫

天《てん》から落《お》ちてきた相撲取《すもうと》り　元禄八犬伝《げんろくはっけんでん》　四

2021年12月25日　第1刷　　定価はカバーに表示してあります。

著　者　田中啓文《たなかひろふみ》

発行者　徳永　真

発行所　株式会社　集英社
東京都千代田区一ツ橋2-5-10　〒101-8050
電話　【編集部】03-3230-6095
【読者係】03-3230-6080
【販売部】03-3230-6393（書店専用）

印　刷　図書印刷株式会社

製　本　図書印刷株式会社

フォーマットデザイン　アリヤマデザインストア　　マークデザイン　居山浩二

ISBN978-4-08-744335-6 C0193